徐涛 著

逃亡的苏溪

作家出版社

图书在版编目（ＣＩＰ）数据

逃亡的苏溪 / 徐涛著. — 北京：作家出版社， 2017.8（2017.12重印）
ISBN 978-7-5063-9660-8

Ⅰ.①逃… Ⅱ.①徐… Ⅲ.①长篇小说－中国－当代
Ⅳ.①I247.5

中国版本图书馆CIP数据核字（2017）第211234号

逃亡的苏溪

作　　者：徐　涛
出 品 人：高　路　华　婧
责任编辑：丁文梅
监　　制：王俊一
特约策划：姬文倩
封面设计：张丽娜
封面绘图：夏小茶Melody
出版发行：作家出版社
社　　址：北京农展馆南里10号　　邮　　编：100125
电话传真：86-10-65930756（出版发行部）
　　　　　86-10-65004079（总编室）
　　　　　86-10-65015116（邮购部）
E-mail：zuojia@zuojia.net.cn
http://www.haozuojia.com（作家在线）
印　　刷：中煤（北京）印务有限公司
成品尺寸：145×210
字　　数：240千字
印　　张：10.5
版　　次：2017年9月第1版
印　　次：2017年12月第2次印刷
ISBN　978-7-5063-9660-8
定　　价：38.00元

目录

CONTENTS

楔　子

黑色身影

黑色身影

阴雨天气已经持续了一个星期。华灯初上，街上都是赶着回家的人，各自打着伞，拎着包，行色匆匆地踩过一个又一个的小水注。

苏溪穿着雨衣，站在马路边上，一边心不在焉地说着电话，一边望着对面的红绿灯。

"嗯，我知道了……明天上班，我当然准备好了，嗯嗯，放心吧！我下个礼拜再给你打电话，不跟你说了，绿灯了！你和我爸注意身体，代我向小杰瑞问好！"

她在绿灯亮起的瞬间，挂断了电话。

裹挟在人群中，急匆匆地穿过了马路。人行道上有一块地砖碎裂，苏溪一脚踩下去，泥水四溅，打湿了她的裙摆，她甚至没有低头看一眼。

雨真大，她现在只想赶快回家，洗个热水澡。

沿着马路走十分钟，是一条小巷，穿过小巷，是苏溪现在租住的房子，一个五层的老式房子，老到几乎每个月都有关于拆迁的传闻——苏溪在这里住了三年。

小巷的灯早已经坏了，站在巷口，看着雨中黑黢黢的小巷，苏溪加快了脚步。

她是个二十六岁的女人，独居，有些地方不得不比平常人更注意一点，尤其在那件事之后……

"那是个误会！"就在几天前，她这样跟从德国飞过来，陪她小住的妈妈解释。

"误会？我亲眼看见那个人在楼底下，早上你出门他在跟着你，下午你回家他还在跟着你！"妈妈很坚持。

"可是你都没看见他的脸……"

"那能怪我吗？那么大的雾，那人又戴帽子，又戴口罩的，我怎么看得清！"

"所以啊，你连是男是女都没搞清楚——你肯定是看错了！谁会跟踪我呢？"

"会不会是你接手过的案子？"妈妈马上就否认了，"哦，不会，你那律师行我知道，都是些鸡零狗碎的案子，再说要找也不找你啊，有大律师在那顶着呢。"妈妈眼珠子转转，"那就是男朋友？男朋友的女朋友？女朋友的男朋友？"妈妈撇撇嘴，"反正你们现在的小孩，私生活特乱！"

妈妈最后也没再坚持追问这件事，因为她实在找不到苏溪私生活"混乱"的证据——作为一个"准剩女"的妈妈，她其实更担心的是苏溪的私生活不够"混乱"。

所以，妈妈的话题马上转了一个方向："我说，你检察院也考上了，马上就是助理检察官了，工作的事儿踏实下来，是不是也该考虑个人问题呢？"

"哎呀，今天有更新，差点忘了！"

苏溪不想和妈妈纠缠这个话题，她马上打开笔记本电脑，找自己追的刑侦美剧看。

妈妈在她身边大声地叹气："整天看这些玩意儿！你现在可是大龄未婚女青年！要看也得看韩剧啊，韩剧还能教你谈谈恋爱，给你开开窍！啧啧！你就是因为看这些东西太多了，才考检察官助理的？"

苏溪的脸烫了起来，她咳嗽了一声义正词严地说："妈，这是理想！做检察官是我的理想！"

妈妈用恨铁不成钢的眼神看着苏溪："树立什么理想不好，偏偏学人家跟罪犯打交道？你以为自己是 FCA 啊！"

苏溪"扑哧"一声乐了："妈，是 FBI。"

"哼，不管是什么 F，还不都是一样！唉，怪我，怪我！都是小时候给你看《名侦探柯南》看多了，就对这些谋杀案啊，凶手啊什么的感兴趣……"

苏溪揉揉额头:"妈,你行李都收拾好了吗? 给我哥一家三口的礼物都放进去了吧? 不是明天一早的航班吗?"

"哎呀,你爸要的猪肉松忘打包了……"妈妈跳了起来。

看着妈妈急匆匆地走出房间,苏溪嘘出一口气。

还说自己《名侦探柯南》看多了,小时候看那个动画片的时候,在旁边最起劲的人,明明就是妈妈自己! 她刚刚还在异想天开什么"跟踪狂"的事儿……

嗯,真的只是妈妈异想天开吗? 苏溪的脑子里却不由自主地想着。

是的,一两个星期前,她也曾看到过这么一个人影。

那天她刚刚从检察院的人事部领取上任通知书回来,傍晚回家的时候,走过小巷,鬼使神差地突然回头看了一眼,就看到一个人在她身后,大概五六米的距离,像是被她突然回头给吓到了,猛然停下脚步,然后转身飞奔而去。

那人穿着黑色的连帽冲锋衣,黑色的长裤,黑色的高帮运动鞋。

该不会是抢劫的吧? 她当时还这么想,但是马上否定了,那时候是下午六点,天还没黑,街上的人也很多,没有劫匪傻到在这个时候出手。

苏溪转过头去,继续走自己的路,安全到家后,随即把这件事忘了。

如果不是妈妈提起来,她也许会永远想不起那个跟在她身后的黑色身影……

雨越下越大,整个世界仿佛除了雨声什么都听不见了。

隐约看到前面走着两个人,是一对小夫妻,两人挤在一把伞下,丈夫拎着大包小包,一手还撑着伞,娇小的妻子挽着丈夫的胳膊,身子几乎吊在他的身上,她又说又笑,声音银铃似的好听。

这样的景象无疑是让人心情愉悦的。苏溪露出了一个微笑。

也许,她也该考虑一下,是不是找个伴儿,来分享一下她的人生……这个人是谁呢? 她的脑子浮现出了一张脸,苏溪脸上的笑容扩大了。

她对着前面的两个人影笑,对着滂沱大雨笑,对着幽深绵长的小巷子笑。

一只戴着黑色薄手套的手,就在苏溪笑得正开心的时候,突然从她的背后伸了出来。

那只手紧紧地捂住了苏溪的嘴。一只手臂横过来,用力地勒住了她的喉咙。

那手臂的力度强劲凌厉,苏溪几乎瞬间就做出了判断:这不是个恶作剧。

苏溪不是手无缚鸡之力的弱女子,她飞快丢掉了手里的雨伞和背包,右手手肘用力向后撞击,同时左手抓住对方的一根手指用力向后掰。

对方马上退后两步,手腕飞快翻转,逃脱了苏溪的钳制。

苏溪迎上挥拳,冲着对方的下巴就是一拳——并没有打中,但在躲避中,对方脸上的口罩滑落了。

苏溪看到了对方的脸,立时大脑一片空白,她震惊地盯着这个人……

"啊,你,你是……"

这怎么可能?

怎么可能?

恐惧就像是一只看不见的手,抓住了她几乎已经感觉不到存在的心脏。

对方不待苏溪再做反应,蹿上来,用一只胳膊箍住她,再次紧紧捂住了苏溪的口鼻,一股刺鼻的古怪的味道传来,苏溪只觉得一阵天旋地转……

只有十几米就可以逃出这条小巷,只有几米,就可以向那对渐行渐远的年轻夫妻求助,可是……

她倒了下去,额头重重地磕在人行道的板砖上,眼前一片模糊。

站在她面前的是一双黑色的鞋子。

黑色的高帮运动鞋。

第一部
──────

如果可以逃出去

7月4日

　　死刑犯卫东和在监狱的休息室拿着早报等着他的律师高程；脸有伤痕的苏溪在茶社 204 包厢看着地上的尸体祈求上帝帮忙；编号为 S5871 的物证光天化日之下不翼而飞；新入职的女刑警被击昏在警局的洗手间……一个人需要隐藏多少秘密，才能安全、巧妙地度过一生？

死刑

卫东和手里拿着的是一份本地早报。

报纸上的内容和昨天的差不多。有三则广告刊登了一个月,分别是新楼盘,珠宝行和高考补习社。有一则寻人启事在连续刊登了一个星期之后今天终于销声匿迹,不确定是人找到了还是寻人者放弃了。有个男人在闹市区被女朋友当街暴打,和前天有人在小区虐狗是同一个版面。

××小区停水一个星期了。

××菜农贩卖的大白萝卜滞销了。

××高速即将通车了。

每一条新闻都像是跟卫东和毫无关系的另一个世界的——隔着高墙的另一个世界。

"多看看报纸,别老想着乱七八糟的事。"

管教们都这么说。

乱七八糟的事,是指卫东和在死前的任何非配合性的动作甚至思想。

每个人都希望他能平静赴死——像电视里的那些英雄人物一样。

这显然是苛求了,卫东和不是英雄,他的罪名是蓄意杀人。

窗外是呐喊声和整齐的脚步声,穿着囚服的嫌犯们正卖力地跑着步。

休息室里只有卫东和外号老砍的中年男人。

老砍姓阚,在杀了他所在的那个小工厂的四个同事之后,别人称呼他就从"老阚"变成了"老砍"。"老砍"对此特别满意。

老砍身材瘦小,相貌丑陋,一条腿还有残疾,畏畏缩缩地过了一辈子,绝对想不到有一天能得到别人的畏惧——不过,与其说他得到了别人的畏惧,不如说他失去了对任何人的畏惧。

"懒蛋！好好跑，你们这些烂人！哈哈，跑得不好不许吃饭！"

老砍趴在窗口，一边看，一边指手画脚地比画。有人对他怒目而视，不管对方体格如何，表情如何，身份如何，他一律毫不畏惧地瞪回去。

"来来来，有本事就砍死我！反正老子也是要死的人了！老子怕什么？那个谁，那个谁！敢不敢给我出来，老子砍死你！"

通常这时候站在门口的管教都会出言制止了。

不过今天没有。

卫东和不动声色地放下报纸。

他抬头看到李管教正在门口和一个陌生的面孔说着什么。

那是个年轻男人，穿着管教的统一制服。

老砍凑过来，站在卫东和的桌子旁边，用不可一世的语气道："哎哟，新来的？还挺年轻，走后门进来的吧？"

"阚力平！你老实点！"

李管教喝了一句，他又低头在新管教的耳边说了些什么。

卫东和隐约听到"死刑、小心"几个字。

"卫东和，阚力平！"李管教叫了一句，"这是新管教，姓王。"

卫东和抬起头，打了声招呼："王管教。"

说完就再次看起了报纸。

至于老砍，他竖起了眉毛："嘿，老李，越看这小子跟你越像，该不会是你私生子吧？"

有他在，卫东和永远不用担心自己成为焦点。

在新管教送老砍去禁闭室的时候，李管教带着卫东和去了会客室。

细细长长的甬道，一边靠墙，一边是安着铁栏的窗户。跑步时间结束，嫌疑人们正在操场上三三两两地自由活动。

走廊上很寂静，两个人并排走路的嗒嗒嗒的脚步声显得格外清晰，间或还有卫东和手上的手铐碰撞的咔咔声。

看守所没有监狱里那么严格，即便是最后宣判即将到来的死刑犯，也没有配备脚铐。

李管教四十多岁，身材粗壮，沉默寡言。

他不爱说话，人却还不错，对卫东和一直很关照。

也许那都是因为高程。

卫东和知道，高程跟看守所里的上上下下，早已经混得很熟了。

高程是他的律师，三十多岁，中等个头，体格健壮，长了一张媲美偶像明星的帅脸。他也知道自己的帅，随时关注着自己的帅，他即便是坐在看守所，也摆出一副帅帅的样子，挺着背，嘴角微扬着，好像旁边正好有个人正在给他拍照似的。

他穿着一件立领短袖衬衫，深色西裤，皮鞋，就像一位衣冠楚楚的律师该有的样子。

不知道为什么，每次看到高程衣冠楚楚的样子，卫东和都忍不住要笑。

即便是现在，死到临头的时候，看到高程的脸，对他来说，还是一件特别快乐的事儿。

生活给他的快乐不多，高程算是一个。

"还有两天就开庭了，准备好了吗？"

高程等卫东和一落座就问。

卫东和咧咧嘴角："准备什么？死吗？"

高程噘了一下嘴："你这样不行，这么大的情绪会引起法官和检察官的反感，王之夏要是揪着这一点，对你会很不利。"

这次卫东和是真的笑了："还能不利到哪里去？注射死改成五马分尸？"

"你少他妈跟我来这套！"高程骂了一句脏话，他顾不上他的帅了，"简妮就是不想看你这样子才走的！老子要不是走不了，早他妈不来了！"

卫东和看了一眼被高程的声音吸引过来的李管教，把头低了下去，在高程以为他心怀愧疚而稍稍消气的时候，卫东和悄声说："老子要不是走不了，早他妈的不见你了！"

"你他妈……"高程一拍桌子，刚要骂人，看到李管教走了过来，他咳嗽一声,"怎么还记不住? 快点记住,上法庭跟法官说你愿意洗心革面重新做人。"

李管教警告似的瞥了高程一眼,再次踱步走远了。

高程抬头,看到卫东和一脸促狭地笑。

高程叹了一口气,换了个话题:"我昨天去医院看过阿姨了。"

他说的是卫东和的母亲。

卫东和慢慢收起了笑容:"她还好吗?"

尸体

7月4日 上午10：17

尸体就躺在液晶电视前面的绿色地毯上。

这是一个茶社的包厢,装修简陋。

尸体的喉咙部位有个大洞,血把她脖颈周围的一大块地毯都染成了黑色。

苏溪看着尸体,一瞬间天旋地转。

这几天来高度紧张的神经还有疲于奔命乏累不堪的身体就在这瞬间,完全地放弃了工作——她腿一软,跌坐在了地上。

想喊,想大声喊,喊救命也好,喊来人也好,甚至只是尖叫也好。

死者的脸就在她的眼前:那双细长的狡黠的双眼圆睁着,涂着鲜艳口红的嘴唇半张着,扭曲的五官,痉挛的双手……

对自己的死,她看起来比苏溪还吃惊。

苏溪紧紧捂着嘴巴不让自己失控叫出来……这是她最后残存的理智。

没时间休息,也没时间崩溃,她必须马上离开。

腿还是软的,她不得不扶着巨大的玻璃茶几站起身。

现在最重要的是冷静。

冷静。

两次深呼吸以后,苏溪已经站在了走廊中。

她不太担心被人看到。这间茶社位于工厂区,人口稠密,四通八达,她观察过了,这里没有摄像头,不会留下证据。现在是早上十点多,茶社刚刚开门,客人不多,服务员也没有那么勤快。

她迅速判断了一下情势,快速离开现场显然是最好的主意。

从窗口可以看到,茶社后面是一个大型住宅区,只要出了这个门,她就会像一尾小丑鱼,迅速混迹于汪洋大海,任何人都不可能在这个城市里找到她了。

呼,呼,呼……

剧烈的喘息声源于紧张和恐惧,她的身子在拐角即将转弯的瞬间,停住了。

她体会到了被电击的感觉。

指纹!

她的指纹留在了犯罪现场!

在失控的尖叫声从喉咙里喷薄而出之前,她再次捂紧了嘴巴。

没关系,没关系,她可以回去,先擦拭掉自己的指纹,然后再离开。这不会浪费多少时间。

在做决定的瞬间,她就开始在走廊里奔跑。

冷静,冷静!

短短的窄裙不利于奔跑,她有几次都趔趄着差点摔倒。

冷静,冷静!

冲回包厢,再关上门的瞬间,苏溪觉得脑门上有丝丝的凉意,那是她的冷汗。

她抓起衬衣衣角,在脸上胡乱擦了一把,这时候看到门把手,于是索性脱下白衬衣,用力地擦拭了一遍,直到确认安全了才又转向茶儿。

她到底是摸在哪里了呢? 摸了几下? 还有别的地方有指纹吗?

会不会在惊恐中,她失去了几秒钟的记忆呢? 失去的记忆中,她曾经碰过什么东西吗?

一连串的问题一股脑儿地迸发出来。

怎么办？怎么办？！

谁能告诉她怎么办？

苏溪跪下，用衬衫拼命地从上到下抹了一遍茶几，在抹茶几底脚的时候，她的眼睛瞥到一个东西……她停下，趴在地上，用手指一勾，勾出一个小纸片来，是一张收条，写了几个字的收条，字迹歪歪扭扭：今收到现金——

收条上被喷溅的血迹把水笔字迹晕染开来……死者临死前最后一件事，是在写收条？写给谁的？

苏溪来不及细想，一阵脚步声突然响起。

"嘎吱"一声，包厢的门被推开了。是茶社的女服务员。

苏溪全身的血液瞬间凝固。

"您好，这是您的茶泡好了……"

女服务员的声音像是从地狱传来的，紧接着：

"啊！！！"

凄厉的尖叫声点燃了地狱的火焰。

苏溪在这火焰的中心焚烧。

"报警！"她一边冲着那个女服务员大喊，一边把那张血迹洇染的纸条小心地掩在手心中。

她站起来，哆嗦着，踉跄着。正如一个撞见命案现场的普通女人该有的表现。

没错，这未尝不是一件好事，不，比好事更好。上帝为她关上了一扇门，而魔鬼为她开了一扇更大的窗。

血收条

7月4日　上午10：40

警察和法医很快就来了。

苏溪和那个女服务员作为现场目击证人被安排到茶社一楼的门厅

等待问讯。

秃了顶的茶社老板魏如海一脸晦气。五个月前,他的茶社卷进了一起贩卖毒品案,涉案的毒贩从后门跑掉了,警察没破案,却让茶社被连累得关门一个月停业整顿。而这次,又是一个不认识的女人,居然死在这里。

"倒霉催的!"魏如海气得一直拍着桌子骂服务员,结果警察一来,他马上变了一张脸,赔笑着跟前跟后。

茶社门口挤了一堆看热闹的人,吵吵嚷嚷的,有两个派出所民警在外面协助维持秩序。

一个年轻的女孩子脚步匆匆地走近,给民警亮了一下证件,民警点头放她进来。

她是刑侦队里的新人,至少苏溪没见过,应该是最近一个月才来刑警队的。她个子高挑,白白净净,眼仁乌黑,脸颊上有青春正好的健康女孩特有的嫣红。

她走进来,第一件事就是拿着手机拍照片,不知道是不是第一次参加凶杀案的调查,眼神里有压抑不住的兴奋。

"千江,别拍了,张队来了。"

一个其貌不扬的中年男人从楼梯上下来,一见这个新人女警就招呼她:"再给小聂打个电话,怎么还不来?"

说话的人是邓铭。五十五岁。姜还是老的辣,别看他整天笑哈哈的,职业的嗅觉比谁都灵敏。

邓铭身后是林强。林强的外号叫光头强,人如其名。

他们俩都是刑警队的富有经验的骨干警探。

苏溪的心咚咚地跳着。

她看到又一个男人从楼梯上走了下来。

中等个头,大方脸,黑脸膛,一双眼睛不怒自威,穿着深灰的POLO衫。他紧绷着脸一出现,所有人都站直了身子。尤其是千江,她挺胸抬头,立正站好,看着他的表情像上学第一天的小学生看着升旗台上的校长大人。

市刑警总队的队长张维则。

这间茶社距离市公安局只有两站路,到场的警察都是从刑侦总队直接过来,反应迅速,这应该是意外的收获,一切都在朝着顺利的方向发展。

希望吧。

苏溪紧抿着嘴唇。她不需要刻意扮演,只是稍微放松一下神经,那失控的一直在哆嗦的手和在镜子中看到的灰白的脸色,就已经在表明她扮演的角色身份了:一个涉世不深,惊慌失措的女人。

"是你们发现的尸体?"

邓铭和林强去找茶社的老板了解情况,张维则则带着新人千江给目击证人——苏溪和那个女服务员——录口供。

千江站在张维则身边,看上去比苏溪和王艳都紧张,她一手拿着本子,一手拿着笔,紧绷着脸,站得笔直。

发现尸体的女服务员叫王艳,她看了黑沉着脸的张维则一眼,突然哭了出来,哭得鼻涕一把,泪一把的。张维则看了一眼千江,千江马上跑开去,找别的服务员要了一包纸巾,递给王艳。

王艳用纸巾抹着眼泪鼻涕,仍然是抽抽搭搭个不停。

张维则不耐烦地清了清喉咙,把目光落在情绪相对稳定的苏溪的身上:"你看到什么了?"

苏溪小心地拿捏着说话的分寸,声调的高低,情绪的缓急。

在身经百战慧眼如炬的张维则面前,连他一个战壕里的手下千江都如此胆战心惊,更何况心里有鬼的她。

就像是掉进陷阱的狐狸,尝试着说服猎人放了自己。

荒诞而又悲怆。

苏溪用颤抖的声音,颠三倒四地说了一遍自己的证词:跟人约好在这个茶社见面,来得早,所以先去了洗手间……

张维则一边听苏溪说,一边间或问女服务员王艳一两句,很快,他就把经过搞清楚了。

"……死者十点过五分来的，你带她去了204包间，进去之后点餐，然后十点一刻，你来了……"他看向苏溪，"你叫什么名字？"

苏溪没有犹豫，"苏溪，苏醒的苏，溪水的溪。"

她不能犹豫，证人要留下身份证号的，她不能撒那种一下子就被拆穿的谎话，尤其是在警察面前。

千江一边听，一边唰唰地做记录，头也不抬。

"你十点十五分来的，你跟人约好，你们约的哪一间？"

"就是这一间，205。"

张维则看向王艳，"你带她们进来的？"

"那个死掉的女人是我带进来的。"王艳抽抽搭搭地望着苏溪，"她说自己约了人，自己走进来的。"

张维则转向苏溪，"你进去以后发现人没来，你想先去洗手间，打开门发现对面204的门开着，所以你就进去了？"

按照她的设想，她应该回答看到了死者躺在地上的脚，就在开口的一瞬间，她下意识抬头看看门外……糟糕！

她实在太慌乱了，到这时候才注意到，和205包间不同，204包间的房门是向左开的，从走廊里根本看不到躺在右边沙发旁边的死者。

"对。"她脑子飞速运转，同时毫不迟疑地点点头。

"洗手间不是在你右边吗？"

张维则回头看了看对面包厢。

"嗯，我听到了动静，觉得奇怪，就探头看了一眼……"

"什么样的动静？"张维则问。

苏溪闭上眼睛，抬手摸了摸鼻梁上的黑色眼镜架，像是在回忆："嗯，是一种模糊的声音，像是在求救……我探头一看，就看到她躺在地上，脖子上都是血，她眼睛睁着……"

苏溪说不下去了，双手抱紧了怀里的白色衬衣，打了一个寒噤。

从苏溪在包厢里脱下衬衣到现在，她没再穿上——衬衣里面，是一件麻灰色的V领T恤。T恤是修身款，紧贴着苏溪的纤细腰身。

张维则又问："模糊的声音？是怎么样的？"

苏溪想了想："呵呵呵的声音……唔，就像空调坏了之后，冷空气出气不通畅的那种声音。"

"割断了喉管的人，还能发出声音来？"

千江在一边小小声地自言自语。

张维则没说话，看着苏溪。

苏溪保持沉默。

她希望这个被割喉的受害人发声求救的说法，不会是一个失误。

张维则沉默了一下，又问："那，她说话了吗？"

苏溪吸了口气，她抖得更厉害了："没有。我当时吓坏了，我想帮她捂住伤口，就脱了衬衣，可是还没碰到她，她就没声音了……然后她就来了。"

苏溪看一眼服务员王艳，然后微微垂下了眼睑。

"你们以前见过死者吗？"

服务员王艳摇摇头："没见过，不是熟客。"

苏溪也摇头："没见过。"

张维则整理了一下他所得到的信息："两个服务员从十点开始在大厅打扫卫生，整理桌椅，十点五分，受害人来了，来了就被一个服务员带去了包厢；十点十五分，苏溪自己从走廊走去包厢；然后，大概是十点二十分，受害人点的茶泡好了，服务员去送茶的时候发现苏溪在受害人的包厢，受害人倒在地板上，浑身是血……"

苏溪和王艳都点点头。

时间线很清晰。

苏溪认为他们肯定也想到了同一点：唯一的入口前门吧台处在受害人来了之后一直有人，如果凶手不是受害人的话，那凶手应该是受害人来之前就已经潜入的，而且是在苏溪来之前就离开了。

来去全都无影踪，再加上割喉的利落手法——这是一个高手。

法医那边有了初步的尸检结果，找张维则汇报。张维则便对着千江点点头："刚刚的证词记录好了？"

"好了，张队。"

"等会儿老邓来了让老邓再看看，小聂怎么还没来？"

千江表情一下子尴尬起来，她唯唯诺诺，没有回答。

张维则不快地冷哼一声。

张维则跟着法医组进了204包厢之后，千江紧绷的身体才放松下来。她用手当扇子，给自己扇着风，嘴里呼呼地吹气。

转眼，她又停下来，眼睛瞪着门外。

苏溪看过去，是聂宇，他正从外面慢吞吞地走进来。

聂宇中等个头，精瘦，这样的大热天里，黑色的衬衫扣子，一直扣到了喉咙口，所有人都在时不时地抹一把汗，就他好像刚从冰柜里出来似的，周身冒着冷气。

上一次苏溪见聂宇是三个多月前，那时候他的手在抓捕行动中受了伤，还打着绷带。也许是光线的原因，苏溪觉得他那张冷冰冰的脸更阴沉了。

她的手不自觉地颤抖起来，她深吸了一口气，竭力维持镇静，一只手藏到挎包后面，一只手斜插进窄裙的口袋。

她的手指在裙子口袋里触到了一张小小的硬纸片。

是那张她在命案现场捡到的写了一半儿的带血的收条。

"哎呀，聂哥你怎么才来啊！"千江快步迎上去，把手里的记录本交给聂宇，小声说，"张队刚才问你了，他都不高兴了。"

聂宇没吭声，接过记录本，一行一行认真地看，那样子就像他不认字似的，千江在旁边又是咳嗽又是跺脚："聂哥，你等下再看，先去给张队打个招呼啊。"

聂宇不为所动。

苏溪有一瞬间觉得时间就这么停住了。

直到聂宇终于抬头，对着苏溪："你约会的那个人，迟到很久了吧？"

苏溪的心一沉。

她马上垂下眼帘，声音细微地说："我想过他不会来。我们分手了，他说分手就没必要再见了。"

这种烂俗的爱情故事，冷静犀利如聂宇，会相信吗？

但站在一边儿的千江显然相信了，她同情地打量着苏溪："你们分手，是因为暴力吗？"

苏溪下意识伸出手，推了推眼镜架。她以为淤青已经不是很明显了，更何况她还化了淡妆掩饰。

果然，女性的眼光，在这个方面，最是敏锐。

聂宇也仔细地看了看苏溪的脸："你要报案吗？"

新的《反家庭暴力法》要求警方在接警后第一时间取证、备案。所有人都才上过培训课。

苏溪咬着牙，用颤抖的声音说："我们分手了。"

与千江的困惑和痛心不同，聂宇没什么反应地又看了一遍记录，然后交给千江："让她们看看记录，签个名，可以走了。"

"哦，好的。"

千江把记录本先递给了服务员王艳。

看着王艳一笔一画写自己的名字，苏溪的呼吸突然紧促了起来。

可以走了？

那怎么行！

她以为命案的目击证人都会被带回公安局……谁知道在这里就要放她们走，这跟她的计划完全不一样……不，她根本没计划。

在看到那具尸体的那一刻，她的计划就已经变成了废纸。

苏溪慌乱地转着头，她急切地想寻找一些东西，一些她也不知道，但是说不定能让她去公安局的东西……

服务员王艳已经签好名了。

千江把本子递给苏溪："对了，留一下你的电话和身份证号码，我们也许还会找你核实一下情况。"

苏溪颤抖着伸出手……不行，不能拿笔，不能签字，至少现在不能……

好像一切都变成了电影的慢镜头，她就像拥有了改变时间的能力，一瞬间看到了聂宇说话时，上下滑动的喉结，看到了千江递过来的本子和笔，看到了服务员王艳鬓角上滴落的汗滴，看到了沙发上的咖啡渍，看到了窗边厚重窗帘上的线头，看到了对面抬着死者尸体出来的法医团队，她甚至隔着裹尸袋，看到了里面依然圆睁着眼睛，一脸惊恐的死者……

上帝，请帮帮我！

黑挎包

7月4日　上午11：00

千江从街对面跑过来，左手拎着一碗打好包的牛肉粥。

牛肉粥是买给刚刚晕倒的目击证人苏溪的。

千江分配到市局工作才一个月，这是她遇到的第一个凶杀案。和其他新人不太一样，千江不害怕尸体，她没有那种新人见到尸体恶心头晕的感觉，相反，她一直沉浸在一种莫名的兴奋中。

连买牛肉粥这种跑腿的活儿都是以百米冲刺的速度来回，生怕自己错过了什么重要的线索。

警方已经封锁了绿雅茶社，街上站满了看热闹的住户、商户，在警戒线之外指指点点。

千江拎着牛肉粥，沿着警戒线一直跑过去。过马路的时候，她忽然看到她的搭档聂宇的身影在前面的巷口一闪而过。

他走的步子又大又快。

有线索！

千江马上跟了上去。从茶社继续往东走，经过一间四川菜馆，一间针灸推拿，一间化妆品店，拐角是条小巷。

巷子对面是一间二十四小时的便利店,负责监控的技术刑警白立伟正带着两个警员和店员说着什么——看样子,这里是这条小街上唯一的监控点了。

这是一条死巷,两栋同样破败的楼房把巷子夹在中间,巷道逼仄,路边乱七八糟地摆放着商家的垃圾桶和煤气炉、自行车、电动车,还有废弃的纸盒子、泡沫塑料,密密匝匝的尽头是一堵高墙,墙上布满了玻璃碴儿。

聂宇并不在巷子里。

她明明看到他拐进来的,怎么这一会儿工夫就不见人影了?

千江想了想,还是拐进了小巷子,一直走到墙下,左右打量一下,动作轻巧地跳上了一个破木箱,探头往上一看,墙上和玻璃上都是灰。

整整一堵墙都是。

她马上放下牛肉粥,拿出手机开始拍起了照片。

拍照片是她的习惯。别的姑娘手机里都是自拍,她的手机全是案发现场——因为这个,老前辈邓铭好几次好心提醒过她了,他叫她不要乱拍照片,案发现场的调查都是机密,万一她手机丢了怎么办?

千江解释了几次自己的手机有指纹锁,而且她拍好照片就上传到云端,手机里的照片直接删除,就算手机丢了也不会有事的。

邓铭摆手,他说他上了年纪,听不懂这些云啊雾啊的,他只知道,她这样乱来,张队看了可不会高兴的。

千江现在只敢在张维则不在的时候拍照了。

她天不怕地不怕,就怕张维则。

刑侦队队长张维则去市警校挑人的时候,千江怎么也不会想到,他会在二百多个毕业生中,单单挑上她。到底是她身上哪一方面的特质,让她在张维则眼里大放异彩呢?

她唯一出色的,是她的体能成绩,她的体能成绩是女生里面最好的,能跑、能跳、能扛,也能打,但再好,也比不过那些又高又壮,专业素质又过硬的男生啊……会不会是哪儿弄错了?

对张维则的这份知遇之恩,千江特别战战兢兢。

千江从箱子上跳下来,抬头看看左手边的建筑,手中的拍照键不停按着,一共四层楼,一楼是个老旧的浴室,一大早没什么生意,窗户都是磨砂的,还装了防护栏,从外面什么都看不见。三四楼都是一个中小学生辅导学校,倒是人满为患,不仅窗户上装防护栏,连三楼楼梯口都装了铁门,不到下课放学时间谁也出不去。

二楼的绿雅茶社没有装防护栏。除了204,所有房间都拉着窗帘,窗户紧闭。服务员说是受害人要求拉开窗帘打开窗户的。

千江看过了,窗口没有踩踏或者撑扶的迹象。

窗户下面是一堆破烂,乱七八糟的矮灌木被破衣服、烂袜子、塑料袋、垃圾纸彻底包围。

听队里的老前辈邓铭说,他们在二月份的时候,在这间茶社抓到过两个毒贩,后来虽然证明和茶社的老板魏如海没什么关系,但是半年之内,这么小的一间茶社接连出事,还一次比一次严重,难道是巧合吗?

千江拍得很认真,忽然她眯缝起眼睛,把手机放下来。

她走到脏兮兮的灌木丛中间,伸手,在杂草间摸索了一番,她摸到了一个东西——一个黑色的皮质提手。

提手上很干净,看起来并不是属于这堆破烂中的东西。

千江用力一提一拉,一个黑色女士挎包出现了。

千江压抑着满心欢喜,退了两步,冲着楼上喊:"我找到一个包!"

也不管楼上的同事们听到没有,她小心地扒开挎包侧边的小暗袋,里面有一张纸,她抽出来看了看,是一张美容院的收据。

在茶社的案发现场,找到了死者的钱包和电话。钱包里有身份证,警察知道,死者名叫谢兰仙,四十六岁,本市人,家住三林路。

美容院收据上的名字,正是"谢兰仙"三个字。

千江的心一阵急跳。

女式黑包很沉,千江掂量了一下,小心翼翼地用指甲尖打开了拉链。

包里放着的都是钱。

一摞一摞的,一共十摞。

她拿出一摞看了看,钱是真的。

巷口传来了脚步声,千江赶快把钱放了回去,又把拉链拉上。

走过来的是聂宇。

在加入市局之前,千江就听到过很多聂宇的传闻。特警,散打高手,帅,酷,曾经在S市刑侦总队做过十年刑警,破获数起重大案件,因为徒手攀上三层楼救下一个被自己父亲劫持的三岁的小女孩,还上过电视新闻……

理想和现实的差距,在千江成为聂宇的搭档以后才明白。

他的性格阴沉,不苟言笑。他作为一个前辈,别说指导千江,就是话都懒得跟她说,没事的时候就会坐在板凳上转手指头玩——他们说因为他的手受伤了,医生的建议是多活动。

他要是舌头受伤了多好,千江不止一次地想,说不定能多说点话。

聂宇看看千江手里的东西,没吭声,眯起眼睛抬头望向窗口,就看到张维则的头从二楼窗户中探出来,他问:"什么东西?"

"死者的包!"千江马上举起包,努力不让自己的得意显得很明显。

张维则从来不表扬人,他只是点了点头:"我让勘查组的人下去看看——你们上来吧,证人醒了,她说她可能看到了嫌疑人。"

攻势

7月4日　上午11:30

"喝点粥吧。"

千江把那碗牛肉粥推向苏溪。

苏溪的气色已经好了很多,但依旧失魂落魄的样子,她勉强挤出个笑容:"谢谢,我喝不下。"

"要不要再帮你买点别的?你喜欢吃的?"

对这个柔弱而悲情的女人，千江抱以满腔的同情和理解。

苏溪还是摇头。

聂宇坐在苏溪对面的沙发上，一边活动着手指头，一边专注地看着她。

苏溪抱紧双臂，坐在沙发上缩成一团："我说的那个男人，没有别人看到吗？"

她昏倒苏醒过来之后，忽然记起，她到了茶社上楼梯的时候，曾经和一个男人擦肩而过。因为当时以为下楼梯的人是她的前男友，她曾经特别地看过他一眼，她说，她能记起他的样子。

她对千江说，她刚刚是因为看到受害人尸体的刺激，完全把遇到这个男人的事儿忘了。

千江非常理解。

张维则对这个信息特别重视，从时间上判断，苏溪遇到的那个男人，很有可能是凶手。

"这地方没有监控，早上刚营业，服务员都在整理桌椅，除了你没有人看到。"聂宇的人是冷的，声音也冷。

千江忍不住看了一下空调的温度，空调的温度没变，聂宇一开口，氛围却陡然变冷。

苏溪也像是怕冷似的瑟缩了一下，她已经把她的白色衬衣穿了回去，好像还是很冷，她抱了抱肩膀，微微歪了歪头。

她脸上的伤痕在千江的角度看起来更清楚了。她的五官很精致，是个漂亮的女人，只是笔挺鼻子和薄薄的嘴唇让人产生一种"这个女人不好惹"的感觉。

给人这样的感觉的女人，肯定很吃亏。她明明是个遭受男人家暴不敢吭声的弱女子，这个不通情理的聂宇，却对她虎视眈眈，似乎她不是现场目击证人，而是个嫌疑犯似的。

对苏溪遭受的这种待遇，千江心里很不平。

聂宇看着苏溪："我们刚才找到了受害人的挎包。挎包里有十万块钱。"

千江看到,苏溪听到十万块这几个字,眼睛明显亮了亮——然后转瞬即逝。

"刚才包厢里有十万块钱?"

"不是在包厢,是在楼下找到的。"

"唔,也许是凶手丢下去的。"

苏溪若有所思,她半垂着头,露出白皙的脖颈还有耳朵。她的耳后很红,不像是害羞,更像是受伤。

千江的心揪了一下:她那次肯定被打得很厉害!那个混账前男友!分手了还要打人!千江忍不住义愤填膺,她为什么不报警?这种暴力男还有什么值得留恋的!这种事,如果一味迁就,对方就会得寸进尺!那些被家暴致死的女人,当初都是跟她一样糊涂!

千江决定找机会和苏溪好好谈谈,她得明白,容忍暴力才是对自己最大的伤害,一个新时代的女性怎么还能这么软弱呢?

聂宇和苏溪都不知道千江已经离题千里,两人各怀心事地对视了良久,聂宇半弯着身子,转动着手指头:"服务员说,受害人进来的时候,说了一句:搞什么啊?居然是这么破烂的地方。"

苏溪抬起头,眼睛直视着聂宇,她并不慌乱,轻轻眨了眨眼睛,认真地想了想,说:"听上去,是别人约她在这里见面,她以前没来过。"

"不对。她的手机显示,最后一个通话记录和短信记录都是昨天晚上和一个叫李克梅的人……"

他说到李克梅的时候,刻意停顿了一下。

但苏溪还是不慌不乱地看着他。

"短信是受害人发给李克梅的,内容是绿雅茶社 204 包间,早上十点。这是受害人发起的约会,她约别人见面的……她为什么要约别人在陌生的地方见面呢?"

苏溪皱起了眉头,依旧很认真地思考:"唔,也许她听说过这儿。"

"有可能。不过,这里的环境好像达不到口口相传的地步吧?会不会有其他的理由?"聂宇看着苏溪,"就像你选择这里的理由一样。"

苏溪的眼睑垂下:"我和我的前男友,是在这间茶社相遇的,只不过是三年前。"

聂宇等了一会儿,像在思考她是不是撒谎,然后他说:"你不好奇李克梅是谁吗?"

"是谁?"

"李克梅是一中的数学老师——你今天不上班吗?"就像是故意的,聂宇把这两句话连在一起。

苏溪对此的回应是摇摇头。

"我没有工作——我是网络小说家。"

千江瞪大了眼睛。

"网络小说家?"

她还以为她是公务员呢,这年头还有什么人约会的时候穿成这样啊?白色小领子衬衫和灰色窄裙,卡其色的通勤包,加上鼻梁上的黑框眼镜——她的问题可能不止软弱,还有审美观崩坏?

"你写过什么故事?我有的时候也读网络小说。"聂宇说。

千江眼睛瞪得更大了:聂宇会读网络小说,可能吗?

苏溪说了一本书的名字。

聂宇想了想,表示他没听过。

"我不红。"

苏溪轻描淡写地说着,整个人再次缩进了沙发。

中午的阳光透过窗户照进来,茶几上的玻璃杯闪烁着亮晶晶的光芒。杯子里的茶水已经凉了,水面上浮着一层细密的小水泡。

聂宇的攻势密集而精准,苏溪觉得自己就像这些小水泡,随时都有破裂的可能。

她必须想想办法。

她把目光落到朝气蓬勃的千江身上——她需要帮手。

斗殴

7月4日　下午4：00

每天下午四点,是为数不多的自由活动时间。自由是如此珍贵,已经西斜的太阳,掠过天空的灰白的云朵,还有从高墙外面吹进来的微风,都令人无限渴望。

操场上,有的人在走来走去,有的人坐在原地,有说话的,有发呆的,有踢球的,也有嬉皮笑脸跟着管教蹭烟的,还有坐在地上用石子下棋的。

卫东和和老砍坐在一起,他们周围方圆五米,一个人都没有,连蚊子都没有。

老砍很享受这样的时光,他斜靠着墙,眯着眼睛,一副睥睨众生的模样。

有人来捡足球,挡住了他面前那点儿难得的阳光,老砍马上破口大骂:

"靠,一边儿去!老子砍死你!"

捡球的人抱起球赶紧跑开了。

还有一个星期,老砍就要二审了,他自己也知道,除非奇迹出现,他肯定会被维持原判——死刑,立即执行。

"敢挡着老子晒太阳,小兔崽子不想活了!老子可是砍死人的!四口的人命背着,老子都不怕!不就是掉脑袋的事吗?把老子逼急了,我临死再拖几个垫背的!"

老砍叉着腰指着操场开始训话了。

最近几天他格外亢奋,卫东和觉得那是因为老砍害怕了——就算再勇敢的人,在死神面前,也只能低头。

"认命吧。"有人也曾经跟他这么说过。

可什么是命呢?

命就是陈廷该死?

命就是卫东和得替杀死陈廷的真凶背黑锅？

但这不是神仙安排的,上帝也好,菩萨也好,鬼什么的都好,他们不会下凡把陈廷杀了,杀陈廷的是人,这点毋庸置疑。

从他认罪的那天起,他只绞尽脑汁地想一件事——他要越狱。

足足等待了112天,在还有两天二审开庭的时候,他等到了这个机会。

对他来说,这才是命。

卫东和黑亮的眼睛在阳光下闪耀着坚毅的光芒——如果有人凑近看,就会发现,这绝不是一个绝望阴郁的死刑犯应该有的神色。

操场的另一边传来了若有似无的一阵蜂鸣声,那是看守所大门开启的信号。

每天下午四点半,厨房的采购都会准时送来新鲜的蔬菜水果,第二天早上十点半,又会和垃圾车一起回市区。

大部分嫌疑人甚至不知道这蜂鸣声是做什么的,他们一点儿也不关心这个将近五百人的看守所是如何运转的。

卫东和把目光转向了操场。

新来的王管教正在屋檐下站着,他并没有跟周围的管教聊天,表情严肃地用双眼巡视着操场中的人……尽职,但缺乏经验,有些紧张。

这是卫东和对他的判断。

有一个男人正低着头踢地上的小石子,他的个子不高,又瘦又小,还有些驼背,其貌不扬的五官配合还不到四十就已经秃顶的脑袋,是走在街上,任何人都不会看第二眼的类型。

卫东和认识他,他叫"泥鳅"。

"泥鳅"特别专注地踢着小石子,一边踢一边走。

一下,两下,三下……

小石子在空中飞起来,最后掉在了前面一个正在和人聊天的男人的头上。

这是个高大健壮的男人,身上文了一整条龙,所以他外号叫"独龙"。

每个人都认识他,他是这个看守所的"老大"——他是为什么进来的呢? 有时候是偷窃,有时候是抢劫,有时候是斗殴——看守所好像就是他二大爷家,他隔三岔五地就会来走走亲戚。

"独龙"身体好,练过散打,可以快速有效地制伏闹事的嫌疑犯,在管教不方便或者不能及时出现的时候,他帮助维持监狱里的秩序——对管教来说,只要不太过火,他们很愿意"独龙"出面处理一些鸡毛蒜皮的纠纷。

很多人根本不知道几个大老爷们为了谁先刷牙谁先上厕所的破事都能吵上三天。

事实上,去"二大爷"家,就是"独龙"的工作。这份工作的目标就是满足嫌疑人的各种需求,其中包括香烟、酒、一次手机通话、一副扑克牌或者几块麻辣牛肉……只要价钱合适,你想要的,他基本都能拿到。当然,规矩是如果你被发现,也不能供出他——供出他也没用,他根本不会承认,而你也没有证据,事后只会在睡觉吃饭洗澡的时候,遭遇"快闪"的袭击。

"独龙"从来不是一个人,卫东和很佩服他能把进看守所做成产业链。

一般情况下,"独龙"的脾气都很好,他秉持着大佬的气魄和商人的圆滑,大多数时候,甚至是个和蔼可亲的人。

不过今天他的心情不太好。"泥鳅"踢的石头砸到了他的头,他腾腾两步走到了"泥鳅"的面前,抬起脚来用力一踹,"泥鳅"踉跄着摔倒,"独龙"还是不依不饶,他大力地踹着,"泥鳅"就一声不吭地挨着,很快就打到了卫东和的面前。

"干什么?!"站在角落的管教这时候也发现了,对着他们俩喊。

"泥鳅"迅速地爬起来,擦擦嘴角的血:"没事,没事,我不小心摔了一跤。"

他话音未落,"独龙"又是一脚,"泥鳅"再次扑倒,他趴在了卫东和的脚前面。

"不好意思,没看见。""独龙"对着管教耸耸肩膀。

在管教走过来之前,他再次抬起了脚,不过这一次,他没有踢到。

卫东和把"泥鳅"拖到了另一边。

"独龙"看看身高比他还高的卫东和,冷笑了一声,什么也没说,转身走了。看起来好像死刑犯的标签还是挺有威慑力的。

而"泥鳅"从地上爬起来,就蹒跚着跟在"独龙"身后离开了,管教甚至还没来得及走过来,一场斗殴就这么结束了。

谁都没有多看一眼,和昨天、前天、每一天一样,这样的场景在看守所里日复一日地上演。

唯一的不同是……

卫东和又缩回墙角坐着。

他可以感受到左脚脚下有一枚硬东西——那是"泥鳅"扑过来的时候塞到他鞋里的。

"泥鳅"之所以叫"泥鳅"是因为他滑不溜秋,他是个惯偷。

"泥鳅"是"独龙"的手下。

S5871

7月4日　下午4:45

物证室门口一个人都没有。

苏溪深吸了一口气,她左右望望,拿出一张磁卡刷开了感应门。

那是千江的磁卡。

趁着她不注意,她从她的办公桌上顺手偷了这张磁卡——普通人根本没机会进入公安局的物证室,所以她完全不知道需要磁卡的事。万幸的是,她保持了一贯的精准的第六感和敏锐的身手。

从重案组的办公室到物证室,一共三道门,每一道都用上了千江的磁卡。

她在路上碰到了不少人,不过没有一个人怀疑她。白色衬衣,灰色窄裙,黑框眼镜,这样的装扮在公安局里行走,每个人都以为她是律师。

她想到在茶社的包厢里,聂宇说的话。

"你穿成这样,还以为你要上班呢。"

"这是我跟我前男友第一次见面的时候,我穿的衣服。"

她垂下了眼睛。

她相当明白,一个谎言的代价,就是无数个谎言。

她不能停下,不能迟疑,一旦开始,就再也回不了头。

现在,她唯一能做的,就是让自己看起来像个律师。每一条路她都不知道通向哪里,但是她脸上的表情,好像每一条路都是她的目的地。

物证室的看管有两个人。

特别爱吃的钱胖子和总是收快递的老高。为了调开他们方便她行事,她也分别设计了几套方案。不过现在都用不上了,今天她全部的计划都作废了,她只能寄希望于自己的好运气。

她的运气的确够好。

值班的是老高,而且老高刚下楼取快递去了。

从这儿到大门口来回有十分钟。

足够她做完想做的事。

关上门之后,她快速地打量了一下房间,首先打开电脑,趁电脑启动的时候,她跑到一排排的证物柜上寻找她需要的——2016 年 3 月 13 日,案件编号 S5871。

一、二、三、四……

第三排第四列。

苏溪飞快地把物证箱搬了下来,她屏息凝神地打开箱子。

里面的东西她在照片上见过,嫌疑人的头发、凶器,现场的监控,还有大量的证词和照片。

每一样都能让凶手死得其所!

苏溪深吸一口气,一边飞快地翻找,一边打开自己的皮包,把大部分的物证都塞了进去——一个文件夹掉在了地上,她捡起来,随手翻了两页。

等等! 她的视线停下,她的眼睛针刺一样的,她看到了一个名单,一个她从来没见到过的名单！这个名单中有一个名字，她从来没想到过会出现在这里！

是他！

名字、身份、住址，甚至电话都一清二楚，绝不会错。

苏溪倒吸一口气，顾不上细看，把文件夹扔掉，文件塞进了皮包。

好了，现在的任务就是把电脑的资料也删除掉。

苏溪看看手腕上闪动的手表，还有两分钟，还来得及，她飞速跑向电脑前，按照时间顺序搜索，很快就找到了她要的文件夹。

点击文件，右键，删除。

"哎，说好了，下次说什么也得让老钱请客，这老滑头，脸皮真厚，一到结账的时候就开溜，可不是嘛！呵呵呵……"

一个大着嗓门说话的声音由远及近。

真要命！

苏溪赶快按了电脑关机键。

"好了，好了，那就周六晚上见了啊，先挂了。"

脚步声越来越近了。

四、三、二……

苏溪一个转身，闪到了证物架的后面。

进来的是个四十多岁的警察，他把手机丢到电脑桌上，看到显示器的灯亮着，也只是自言自语了一句："我记得关了啊……"

他随手又关上了显示器。

苏溪暗松一口气。

趁这个警察走到里屋的时候，她飞速蹿出来打开房门溜了出去。走廊上一个人都没有。

到目前为止，一切顺利。

比她原先设想的那个计划还顺利！

太顺利了……早知道——苏溪摸摸自己的脸、眼眶、鼻梁，下巴的伤口时不时还会隐隐作痛。

她的代价有多大，只有她自己才知道！

但是，这是值得的，只要能成功，她做任何事都是值得的。

苏溪越走越快，步履越来越轻松。

刑警队的办公室里人来人往——绿雅茶社的凶杀案看样子会让他们忙一阵了。

"啊，苏溪在这里！"

千江的声音忽然从身后传来。

谎言

7月4日　下午5：00

苏溪回过头，看到聂宇和千江一起走过来。

千江走在前面，聂宇落后了几步。千江走得大步流星，聂宇却不紧不慢。

在带苏溪做罪犯人像素描的时候，千江跟苏溪聊了一会儿。她不厌其烦苦口婆心地劝告苏溪报警。

"你在害怕？不用害怕啊，警方会保护你的！万一有什么事，你跟我说，我帮你！你别看我瘦，我的体能训练成绩是我们年级女生第一，就是因为能打、能跑，张队才把我挑到刑侦队！你放心，我一定会替你做主的，那男的要再敢乱来，我不打他满地找牙才怪！对付渣男，一个字，'揍'！你放心，我揍人有经验，只让他疼，揍不死他！"

做素描的男画师一直在抽气，也不知道是不是牙疼，千江像是没听见，继续谆谆教诲："你啊，这样是姑息纵容，对这种暴力男绝不能手软，你今天松手了，明天他就该对别的妹子下手了。远离暴力，人人有责！你忍心让别的女人重蹈你的覆辙吗？来，跟我说吧，他叫什么，是做什么的？在什么时候，什么地方打你的？一共打了你几次？"

苏溪望着她澄澈的大眼睛，愣了愣神，才挤出个笑容："你没有爱过什么人吧？"

千江一时语塞,对着"呵呵"偷笑的男画师瞪起眼:"笑什么笑!"

苏溪叹了口气:"爱一个人,只要他能幸福,你还有什么不能忍呢?"

"那也不能打人啊!这是病,得治!用这个!"千江举起拳头。

"事情不是你想的那样……"

"还能是什么样?打完人就分手,算什么男人?!"千江看着苏溪,一副恨铁不成钢的表情。

画师把画像画好了,递给苏溪,问她有几成像。

苏溪仔细看了看,很认真地告诉他:"九成像。"

素描画师很高兴。

画纸上是个三十多岁的男人,颧骨突出,眼睛细长,亚麻色短发。在这个头像下面,记录着其他信息:身高一米七五左右,身材健壮,身穿黑色短裤,深灰色 V 领 T 恤衫。

标准的汉族南方人长相,在这个城市随处可见。

千江带着苏溪回到自己的办公室。

两个人坐下来,千江又开始劝苏溪不要放过渣男:"你啊,一定得自己争口气!别让他就这样逃之夭夭了!"

苏溪怔住。

好一会儿,她才眼神空无地问:"你知道逃之夭夭是什么意思吗?"

"什么?"

"桃之夭夭,灼灼其华,之子于归,宜其室家——桃之夭夭,本来是一个浪漫美好的词,是一个女性的词,结果,到了现在,逃之夭夭就变得这么狼狈了。这个世界,很多事情没有表面上那么简单。"

"什么?你是说他逃之夭夭还是浪漫美好的?他是不是跟你说动手也是有苦衷的?哎呀这种话你也信……"

千江恨铁不成钢。

苏溪打断千江:"能不能借你的指甲油用一下?"

千江呼呼喘着气,把指甲油从自己抽屉里翻出来,递给苏溪:"你到底在怕什么?"

"哇,这颜色好漂亮。"

"是啊,女警不能化妆,也只能涂涂指甲油了。我有好几个颜色呢,你随便挑……"

千江的语气里,不无得意。

和苏溪想的一样,她的经验不够,尚且单纯天真,很容易被一个陌生人引导,也很容易把心交给别人。

苏溪很羡慕她。

"你不用化妆,素颜就已经很漂亮了。"苏溪说。

"你也是啊。"千江看着苏溪,认真地,"你的前男友,真是瞎了眼了。"

现在,那瓶指甲油还在苏溪的包里。不过已经没剩多少了——她全涂在了指肚上——她本来是准备从公安局偷走万能胶来遮住指纹的,但万能胶的效果肯定不如指甲油,也不容易干透。

"你去哪儿了? 我找你半天了。"千江说。

聂宇看看苏溪,再看看她身后的过道,不言声地看着她。

"我去洗手间,回来的时候走迷路了——我左右有点分不清。"

苏溪面不改色。

聂宇刚想开口,他的手机响了,他拿起来看了看,走到一边儿去接听。

千江把手里的文件递给苏溪:"好了,这是你的证词,你再看看有什么问题吗? 没有的话,你签个名就可以走了。"

苏溪拿起签字笔。

纸上的东西,苏溪不用看,也知道是什么。

除了谎言,就是假象。

她一辈子说过的谎话不计其数,但肯定都没有今天多。对于这起谋杀案,唯一的真相是,她不是凶手。然而这个问题,所有人都没有问过她——法医判断凶手身高至少一米七五,才能在那样的角度对死者给予致命一击。

苏溪还不到一米六五。

苏溪微笑着把本子还给千江,在千江的视线被本子遮挡住的时候,她用另一只手贴近千江的衣服口袋,快而轻巧地把她的工作磁卡塞了进去。

"那我先走了。"

"好,谢谢你对我们工作的配合。"她压低声音,"如果有需要,你随时来找我,不要怕,我一定会保护你的。"

苏溪笑得温暖可亲:"嗯,谢谢你。"

苏溪挎起背包,向走廊另一头走去。

一切顺利,一切顺利……

她的心脏怦怦直跳。

"哎,苏溪,你还不能走。"

一个声音突兀地从背后响起,是聂宇。

苏溪慢慢地转回了身子,她距离出口,只有十多米……

"受害人的丈夫再有一个多小时就到了,他想见一见你。"

"见我?"

她的心跳在急剧加快,脸上却还是平静如常:"为什么要见我?"

聂宇说:"我们调查了一中的李克梅,她已经五十岁了,今天一直在忙工作,有充分的不在场证明。可以肯定和受害人接触的那个'李克梅'是假冒的。受害人的丈夫和受害人一起见过一次'李克梅',他认为跟你很像……"

千江吃惊地望着苏溪。

苏溪一副莫名其妙的表情:"怎么可能? 那好吧,我等等他。他肯定认错人了。"

她露出不快的样子,慢慢地走回来,走回到聂宇的身边来。

她一定不能表现得心虚,虽然她真的心虚。

真见鬼! 董进山见过她? 什么时候? 谢兰仙不是一直说,她丈夫常年在外地跑车,几个月也回不来一次吗? 他什么时候能见过她呢? 是在一中门口? 他远远跟在谢兰仙后面,打量过她?

这个自作聪明的谢兰仙,这对鬼鬼祟祟的夫妻!

"欸?"千江终于回过神来,她问聂宇,"谢兰仙的丈夫还在外地呢,他都没见过苏溪,他怎么知道和苏溪像?"

聂宇的目光还是停留在苏溪脸上:"我拍了张苏溪的照片发给他了。"

苏溪的笑容慢慢遁去了。

没有必要在这个时候还维持虚假的笑容了,在身经百战的猎人面前,狐狸的任何举动都像是个笑话。

她早就知道他危险,第一次见他的时候就知道了。

她甚至还利用了他的危险。她希望聂宇怀疑她,她利用他的怀疑,才有机会出入公安局的证物室。

但怀疑和有证据,是完全不同的两件事。

聂宇和董进山联系的时候,就知道她是李克梅了!

那之后她做的一切,是不是都在他的掌控范围中?他知道她去了证物室吗?他把自己的发现告诉张维则了吗?

这是一个精心设计的陷阱吗?

苏溪仿佛坠入了冰窟。

她望着聂宇那张不带任何表情的脸,心一点点沉入湖底。

新生

7月4日　晚上6:00

又到了晚饭时间。

卫东和端着餐盘,跟着长龙一般的队伍慢慢向前走。

死刑犯的马甲是红色的,在一片橙色马甲中特别显眼,但除此之外,并没有什么特别的防护措施。

卫东和和老砍甚至住的都是普通监房,只不过没有别的狱友——管教倒是安排过其他人跟他们一起吃住,但一般过不了半天,那些人就会找一些理由搬出去。

所有人都受不了老砍。但卫东和也听过别的更直接的理由：犯忌讳，不吉利。

比起进了看守所，更不吉利的是和死刑犯一起住……大概也没说错。

卫东和对于跟谁住一点也不介意，他没有老砍那么麻烦，总是为褥子薄了，床板硬了，枕头低了的问题抱怨。老砍倒是很希望来个狱友，因为卫东和实在太无聊了。

大多数的时候，卫东和一句话都不说。

老砍在对面床上说得口沫横飞，卫东和也只是充耳不闻。

当狱友快一个月了，老砍甚至要从别人口中辗转才能知道卫东和到底犯了什么事。

卫东和和同事起口角，一时激愤杀死了人——一般情况下是不会被判死刑的，但卫东和是二进宫，他有前科，前科也是杀人，防卫过当。

第一次坐牢的时候卫东和十八岁，是体院的学生；第二次坐牢，卫东和三十三岁，是健身俱乐部的教练。

"哎，兄弟，这就是命啊。"老砍听说了卫东和的事儿之后，嘴里总是念叨着这句话。

他这么说的时候，卫东和不是躺在床上做仰卧起坐就是趴在地上做俯卧撑，健壮的身材一上一下，带着汗珠的发达肌肉仿佛闪着光，肌肉凸出隆起，看起来比老砍的骨头还硬。

老砍的话往往就此打住。

他觉得这是卫东和在警告他——即便是将死之人的他，也不想自己死于拳头下，据说卫东和就是这么打死人的。

"红烧肉啊！"

随着队伍的行进，看到饭菜的人群骚动了起来。

卫东和有一瞬间的失神。

他清楚地记得，十五年前第一次坐牢，也是在这间看守所，也是晚饭时间，也是一顿红烧肉。

有人抢了他饭碗里的肉,他跳起来和那人大打出手。

他那时候还很瘦,愣头愣脑,跟个大孩子似的,那天是他生日,他特别想妈妈做的红烧肉。

谁都没想到他会那么有力气,也没有想到有人会为了一块红烧肉拼命。那人是个盗窃团伙的一员,他们一伙七八个人一起进来的,卫东和打倒一个,又来一个,再打倒一个……到看守来的时候,他已经浑身是血了。

当然,他也不能怪看守太慢。因为他们引发的骚乱,有三个嫌疑人趁机从厨房逃跑了。

这三个人后来都没再回来,不知道是逃掉了还是被毙了,没人说得清。反正这件事让卫东和的刑期从三年变成了五年。

"哎,到你了。"老砍在身后推了卫东和一把。

卫东和回过神来,拿起了饭勺——十年前的越狱事件之后,看守所加大了安全的力度,食堂变成全自助式的。再也不会有人给你的饭盒里多放半勺子肉了,也没有人可以从餐厅一跃而过就到了厨房,更不可能从厨房后门直接跑到外面的野地里去。

现在的市看守所,是现代化、规模化、机械化管理的楷模。

除了嫌疑犯和管教,你几乎见不到任何人,有时候卫东和都怀疑他们吃的食物,其实是霍格沃茨的家养小精灵变出来的。

卫东和打好饭,端着餐盘走到角落的位置坐下——也许这点一直没变,他没有朋友,永远是一个人。

但今天有点不同,老砍坐在了卫东和身边。

卫东和斜了老砍一眼,以往这时候,老砍会自动离开,但今天他还是没动,他像看不到卫东和似的,低着头开始扒拉饭盘。

卫东和没有说话。

他低着头也开始吃饭。

一直到吃完饭,老砍都没有走。吃饭是有时间规定的,二十分钟,吃完统一回监房。

管教已经开始催促:"快点吃,快点吃。"

卫东和瞥一眼老砍,他歪着头拿指甲盖剔牙,眼睛看着门外面,像是看什么看得出了神。

呼!来不及了!没时间了!

卫东和不露声色地把手放在了桌子下面,他快速地摸索了一下,就在桌子背面摸到了一个软软的布包。

非常好!

卫东和松了口气。

管教马上就要走过来了,卫东和稍微侧过一点,用自己的身体挡住管教的视线,另一只手开始慢慢抠掉粘住布包的胶带。

忽然,老砍的脸伸到了他面前!

卫东和来不及反应,老砍的手在桌子下面摸到了卫东和的手。

"干吗呢?"他皮笑肉不笑地拍拍卫东和的手。

多年的监狱生涯早已经让那个热血冲动焦躁骚动的男孩变成了成熟稳重冷静自持的男人。卫东和迅速地在心里盘算了一下,马上做了决定。

"松手。"他低声说。

"我要不松呢?"老砍像变了个人,眼睛贼亮,"我要检举了你,没准能换个无期,兄弟,别怪我……"根本不等卫东和回应,他对着管教喊,"警官!警官!"

卫东和压低了身子,在管教走来之前,沉声道:"我带你出去。"

老砍怔了一下,他直愣愣地看着卫东和。

自由的诱惑是无与伦比的。

卫东和又道:"明天早上。"

新来的王管教已经走了过来:"什么事?"他的手扶着腰间的警棍,一脸戒备。

卫东和低着头,身体向前贴近桌子,一只手伸在下面捂住胶带后面的布包,另一只手拿着吃剩的那块馒头,一口一口吃得镇定自若。

"干什么?"王管教在饭桌前面一米处停下脚步,眉头像要打成死结似的,望着老砍,"什么事?"

卫东和咬着馒头,专心看着自己餐盘里剩下的那几根豆芽菜——到目前为止,他还没有跟王管教正面相对过。

在一阵令人窒息的沉默之后,卫东和终于听到了老砍的声音。

"哦,没事,我就问问晚上有活动吗?"

老砍的手终于也离开了桌子,他挠着乱蓬蓬的头发嬉皮笑脸地对着王管教。

"今天晚上没有,明天有。明天话剧团来给你们演出。"王管教不耐烦地说,"快吃!吃完就赶快出去!"

"好的,好的,警官。"

老砍看了一眼弯着腰提鞋的卫东和,一边扶着桌子站起来,一边说:"对,我都忘了,明天来话剧团,话剧团演什么来着?"

他的手没扶稳,胳膊一拐差点扑在桌子上,王管教本能地伸手扶了他一把,电光石火的工夫,卫东和抽出那个软布包塞进了怀里。

"《新生》。"王管教看一眼老砍,再看一眼老砍背后的卫东和。

老砍打个哈哈:"对对,新生,新生啊,我死了之后,再投胎,也就新生了啊,哈哈哈……"

他一边笑着,一边意味深长地望着卫东和。

卫东和只是面无表情地经过他身边。

苏溪的逃

7月4日　晚上6：00

墙上的挂钟嘀嗒嘀嗒地走着。

刑警队的每个人都在忙碌着,他们大着嗓门说话,急匆匆地走来走去,有打电话的,有敲电脑的……他们那么忙,谁也听不见那墙上的挂钟声。

苏溪坐在角落里,望着她面前的一盒干炒牛河发呆。

她不知道在别人看起来她是不是正常,她没时间思考这个问题了。

她觉得自己深陷一场游戏中,游戏的规则就是不停地做任务,你以为完成了任务一,其实只是开启了任务二的隐藏属性。

董进山还有多久来呢?

好像聂宇刚才说过,一两个小时吗?

不,不对,现在已经过去……过去多久了?

苏溪麻木地抬起头,她望着不停奔走的分针秒针,好久都没能让自己的眼睛聚焦起来。

一阵油腻的带着酱油味道的热气扑到她鼻子里。

"你凑合吃点吧,还不知道要多久呢。"

坐在她身边的千江一边吃着东西,一边说。千江的胃口很好,她吃的是娃娃菜肉丝炒年糕,吃得津津有味。除了炒年糕,她还叫了两杯柚子茶,一杯给苏溪,一杯自己喝。

刑侦队的警察们都在吃晚餐,一边吃饭,一边互相开着玩笑。张维则不在,大家的气氛都很轻松。

邓铭是最爱说笑话的一个,他的笑话一个接着一个。他现在正在讲的是他的毛脚女婿第一次上门的趣事:他的女婿给他抱了一箱好酒,却傻乎乎地认错了门,送到他邻居家,还对着他家邻居老王,一边鞠躬,一边冒冒失失地喊"爸爸"。

——惹得邻居两口子打了起来,老王老婆揪住老王的头发,问他跟外面什么野女人什么时候生的这么大一个私生子。

大家哄堂大笑。千江也"扑哧"一声笑出声。

全屋子里,不笑的人只有苏溪和聂宇。

苏溪是笑不出来,聂宇则是充耳不闻,他坐在自己的位子上,转着手指头出神,不知道在想什么。

千江笑过了,看看脸色惨白的苏溪,劝她:"你吃不下东西,至少喝点柚子茶,也补充一点糖分和能量啊。"

"不,不用,我不渴。"

千江把自己的饭盒放下来:"你这都一天不吃不喝了。也是,一般人第一次看到死人,是受不了……我们班的男生第一次上技侦解剖课,不是哭就是吐的，别提多丢人了……我不怕这个，我妈说我天生就是干这行的。”

“天生干哪一行的？千江？上次是谁啊，给张队骂了两句，就淌眼抹泪，说自己干不了刑警的？”

邓铭端着饭盒走到这边，打趣千江。

“邓叔，您别老哪壶不开提哪壶。那回是我刚来，没信心，张队那么凶，我以为他要撵我走呢。”

千江噘嘴。

“哈哈，这小姑娘！张队对你算最好的了，咱们队里这么多人，年轻的有几个没挨过他的拳头？领导都这样，别当真！”

千江小声地嘀咕：“我哪儿敢跟领导当真啊，我就怕领导跟我当真——我实习期还没过呢。”

千江跟邓铭说笑的时候，苏溪就怔怔地看着眼前的那份干炒牛河发呆。

时间在时钟的嘀嘀嗒嗒声中，一分一秒地流逝。

难道，这个房间里，只有她一个人听得到时钟嘀嗒声吗？

这嘀嘀嗒嗒的声音让苏溪头晕目眩，心口憋闷。

也许，下一秒钟，她又会晕过去。

不，她没有晕倒的权利，没有放弃的资格，她不能坐以待毙。

时间不多了，在她的世界天崩地陷之前，她一定得做点什么……做点什么，才能在这么多警察的眼皮底下，从市公安局这铜墙铁壁一般的大楼里逃走。

对，逃走！

苏溪猛地掐了一下自己的大腿，让自己打起点儿精神。

“我想去一下洗手间。”她对千江说。

“哦，你去吧，这次不会走错路了吧？”

“不会。”

苏溪站起身，几乎是瞬间，本来正对着墙壁出神的聂宇转过脸，犀利的目光对准了苏溪。

他在盯着她，他也不介意她知道这一点。

没关系，总有从猎人手下逃走的狐狸。

只要不让董进山看到，那一切都有转机！

等到聂宇查出真相，最起码要几天之后了，而她只需要两天，两天就够了。

苏溪奇迹般地冷静了下来。

"我想去一下洗手间。"她对聂宇说。

"千江。"聂宇叫了一声，"你陪苏溪去。"

千江看看聂宇，又看看苏溪，不太情愿地站起来："好。"

苏溪在等千江的时候，跟聂宇目光对视了一下。她不确定他的眼睛里有什么，但是那个灯光，那个角度，那个温度，演变成了苏溪完全不熟悉的一种眼神。

那眼神告诉她：

来吧，把你知道的都告诉我！

来吧，不要一错再错，告诉我一切，是你救赎自己的唯一路径！

救赎？

苏溪快速地让自己清醒过来，她转身向外走去。

她不需要任何救赎。

而且，她绝不会相信他。

她不相信任何警察。

走廊上没有人，千江站在走廊上，掏出手机："我在这儿等你。"

苏溪走进去，小心地一个个推开隔间门，她得先确定洗手间里没有其他人。

她选择了最里面的一个隔间。

马桶后面的墙上，高处有一扇小小的推窗，苏溪脱掉高跟鞋，轻轻地踩上马桶，双手搭上了窗沿的窄边儿，探头瞄了一眼，她看到了她所能想到的最好的一个境遇：窗外是公安局的后院，傍晚的昏沉光线中空无一人。

苏溪从马桶上下来，悄没声儿地走到门口，从门缝看看千江。她正靠在走廊的墙壁上，专心看着手机。

走廊里什么人也没有。

苏溪回到洗手间的隔间，手扶木门，深吸了一口气。

"啊！！"她短促地尖叫了一声，声音不太大，足够千江听到。

"怎么了？"千江马上跑进了洗手间。

苏溪在隔间里喘息不止，千江敲起了隔间的木门："你怎么了？苏溪？你没事吧？"

苏溪没吭声。

千江试探着，轻轻推开隔间的木门："怎么了？"

就是现在！

在千江探头进来的一刹那，苏溪双手紧握门边儿，"砰"的一声，用力地把门磕在千江的额头上，千江一个趔趄，就要向后跌倒，苏溪双手一捞，捞住了她的衣服领子。

"你——"

千江瞪大了眼睛，就要迸发出一声惊呼。

苏溪反转手臂，夹住千江的脖颈，两只手紧紧地捂住她的嘴巴，把她的那声惊呼堵回喉咙里。

"唔，唔。"千江拼命挣扎着。

苏溪拼尽了全力。千江的体能素质果然很不错，她的力气很大，她踢腿可以踢很高，差点儿够到了苏溪的头，踢腾了几下之后，她又用力打挺儿，试着用她的后脑勺去撞苏溪的额头，苏溪差点儿按不住她。千江更年轻，更强壮，如果再僵持久一点，苏溪觉得自己没一点儿胜算。

苏溪一咬牙，腾出一只手抓住千江的头发，"咚"的一声，把千江的脑袋往一边儿的墙壁上重重地一撞，千江立时瘫软不动了。苏溪把她轻轻放倒，让她躺平在洗手间的地板上。

而后，她把洗手间的门锁从里面"咔"地反锁上。

她允许自己背靠在门上，喘息了几秒钟，平复一下疯狂乱跳的心脏。

接着,她从手腕上解下根皮筋,将自己的散乱的头发绾了绾,两三下,扎成一个利落的马尾辫。她弯腰脱掉了千江的长裤和运动鞋,把自己的裙子换给她。裙子口袋里的那张带血迹的收条,此前已经被她小心转移到挎包内袋里了。

千江比苏溪高,苏溪穿上千江的长裤,必须把裤脚挽起来一大截儿。那也比她的短裙方便逃跑。

苏溪穿上千江的运动鞋,拎着自己的高跟鞋,又进了隔间,她跳上马桶,用一只高跟鞋细长坚硬的鞋跟儿对准那扇推窗玻璃,手起鞋落,"咣当"一声巨响后,"哗啦"一声,玻璃应声碎落一地。

门外很快就传来一阵脚步响,有人向这边跑过来,一边跑,一边嚷:"怎么了?哪儿的动静?出什么事了?"

苏溪把自己的挎包先从窗口扔了出去。她双手搭上窗沿,一提气,双臂用力,攀上了窗台。她爬上去,她才发现这扇窗户有多么小,多么窄……她紧紧抠住上面的窗框,先试着把头探出去,有个玻璃碴蹭破了她的头皮,她能感觉到有黏稠的液体从她额头滑落下来……还好,头出去了!接着是半个肩膀……整个肩膀……好了!

苏溪身子吊在了窗户外面。

"嘭嘭,嘭嘭!"

她听到洗手间门外传来很响的砸门声,"谁在里面?怎么了?"

"苏溪!千江!开开门!"是聂宇的声音!

苏溪眼睛一闭,松开手,身子直直地坠落下去……

"砰"的一声,剧烈的疼痛从后背传来,她仰面撞在了一个塑料垃圾桶的硬盖上!

垃圾桶"咚"地歪倒在地上,"哗啦"一下,倾倒了半个路面的垃圾。

苏溪爬起身,发现自己的左脚脚踝崴了,火辣辣地疼,她从滑溜溜、臭烘烘的垃圾堆中走出去的时候,好几次差点儿栽倒……

她捡起皮包,跌跌撞撞地,向着巷子的最黑最暗处跑去。

身后,她跳下来的那扇窗户那儿,传来一个又惊又怒的声音:"她在那儿！她跑了！那个女人逃走了！"

那是张维则！

这是办公楼的后院，穿过一小片草坪，就是栅栏，翻过栅栏，她就可以消失在小巷子中了。苏溪深吸了一口气，咬紧牙根，加快了脚步。

罪行

7月4日　晚上8：00

晚饭之后有半小时的自由活动时间——确切地说，应该是不自由活动时间。除了你自己的胳膊腿脚，你不能活动任何东西。

卫东和在操场的一角做着俯卧撑。

他的动作非常标准，每一次俯低和每一次抬头，肩背上的肌肉块都随之起伏、凸显。

一、二、三……四十五……四十六……

卫东和的嘴里喃喃地念着没有意义的数字，脑子里却是在飞速运转。

关于明天的计划，是不是还有什么疏漏？

如果不成功会怎么办？毕竟距离他上次进看守所，已经过去了十几年。他最大的赌注是公共食堂靠近西北角的那扇门——十几年之前，这是厨房和食堂的连接口。这条路宽一米八，长五米，因为距离太短，所以没有安装监控。不仅如此，在靠近食堂的连接处还有一处凹形的回廊，这是因为以前的大锅饭都是用大桶装在木板车上运输的，因为路宽不够，在拐角处总是容易撞到，所以特别改造而成的。越狱事件之后，那扇门被封锁，小路就变成了心照不宣的"休息场所"，那些偷懒的工人们会来这里抽根烟或者小憩一会儿。

对卫东和来说，这个拐角也是他计划中的重要一部分——他需要在这里完成换装。换装之后他就会不露痕迹地融入到厨房。

但这仅仅是开始,厨房、垃圾场、停车场、大门口、看守所外面——每一步都可能有无数的意外在等着他。至于逃出去之后,不用说,整个城市都会拉响警报。他作为一个危险性极大的死刑犯,有着误伤人致死的前科……狱方、警方,甚至特警武警都会出动,全市的监控都会牢牢地锁定他的身影,他的照片会贴满城市的大街小巷,郊区的老式小区里一个不经常出门的老太太都能准确地认出他。

在这个城市里,没有任何角落可以让他停留半个小时以上。

真正的丧家之犬。

卫东和长嘘了一口气,他做了个深呼吸,起身,坐在原地。他喘得并不厉害,这样的运动量对他来说连热身都算不上。

他特别迫切地想做一些激烈的运动。长跑,跑五千米,跑一万米;想带着拳套疯狂地击打沙袋,什么都不说,只是打;也想以凌厉逼人的气势用前蹬腿一路杀向根本看不到的敌人……他需要发泄,剧烈的发泄。

他记得小时候物理课上好像学过,是什么定律来着?好像是说积蓄得越久,爆发得越厉害。是不是物理的常识?他现在有点儿记不起来了,他的数理化一直都不是很好。能考上体院完全依仗的是他自由搏击的特长。后来他想这也不能算特长,只是因为其他更短而已。他从小顽劣不堪,在外面打人然后回家挨打是家常便饭,后来能进体校全家都庆幸,他妈以前老是说,就他那个混样儿,迟早得走上犯罪的道路!

一语成谶。

大一刚开学他就坐牢了,罪名是过失杀人。

坐牢五年,出来的时候他的同学早都毕业了,他根本没去学校询问自己学籍的事。本科的刑满释放犯和高中学历的刑满释放犯,好像没什么区别。

出狱的时候,他爸爸已经去世两年了,心梗,很难说是不是因为郁结难纾,这件事是卫东和的死穴,他从来不碰,也不许别人碰,连想都不敢想。

从那个时候开始，他再也不像个冲动的孩子了。他难过、伤心、委屈、愤怒，甚至绝望，都只会用运动来发泄。

跑、跳、踢、打、踹……任何激烈的动作他都热爱，只有流汗能让他心绪平静。

这些年，他一直是这样的。

然后，就出了这件人命案。

他的同事，健身俱乐部的瑜伽教练陈廷，被刺死在教练员休息室里，现场有一把水果刀，水果刀上鉴定的唯一的指纹就是卫东和的指纹。

陈廷死了以后，卫东和被当作嫌疑人逮捕，那天晚上他在看守所做了一夜的深蹲——地方太小，他只能选择最简单的运动。

他入狱后第一天，他的母亲从楼梯上摔下来，扭伤了腿。

隔了一天之后，她又从自己家的三楼窗口掉下来，正好掉在楼下刚松过土的绿化带里。她没死，却颅内出血，昏迷了很久。即使她醒了过来，也一直没恢复神智，她从来说不清楚，当时她从窗口跌落，到底是意外，还是有人蓄意谋害。

一个把脸隐没在阴影里的嫌疑犯在厕所门口告诉他，不想让母亲死的话就早点认罪。

他躺在床上，一晚上都在做仰卧起坐。

早上，高程带来母亲病危的消息。

连运动都变成了奢侈，卫东和马上叫来管教，承认了"罪行"。

有几个嫌疑犯在动手动脚地斗嘴。

你简直不能指望这里的人会安静下来，几乎每时每刻，都有人在吵架打架。这是全社会的不安定因素集中地，打架、斗殴、抢劫、伤人、诈骗、强奸、杀人……负能量爆棚。

每个人都是一颗炸弹，连他们自己都不知道什么时候会爆炸。

卫东和冷眼瞧着。

打架的两个他都不认识，也许是新来的，谁知道呢？这里面的人长得其实也差不多，歪瓜裂枣，满脸戾气，清一色露出头皮的光头，清一色的蓝色狱服橙色马甲。

他们打架的方式也很相似,动作粗鲁下作,毫无美感,动不动打出一脸鼻血。

卫东和转过头,和不知道什么时候蹲在他身边的老砍打了个照面。这是一个不好的预兆,意味着他的思绪过于烦琐,以至于感觉越来越不敏锐。

"你——"

"回去再说。"卫东和干脆地掐断了老砍的话头。

晚饭之后,老砍就一直在想办法和卫东和"碰头"。

他想说什么,卫东和再清楚不过。

"不行!"老砍很坚决,他一屁股坐在卫东和身边,拽住卫东和的衣服,"你给我讲清楚,你真的能出去?"

对了,在无数个可能失败的因素里,现在还要加上老砍——只要老砍有一点觉得不对,卫东和所有的准备前功尽弃。

卫东和强忍着翻腾的怒火,点点头。

"怎么出去?"老砍的小眼睛眨啊眨,明显不相信卫东和说的话,可另一方面,他又充满期待地面向他。

卫东和当然知道怎么出去,他的计划简单直接又大胆,甚至不用一句话就能说明,可是他能告诉老砍吗?

谁能保证老砍知道了详细的计划以后,不会马上去告诉看守?

举报一个越狱的死刑犯,能不能帮助老砍把死刑变成无期?这件事谁能说得准呢?又或者可以说,老砍在餐厅里为他打掩护,只是想接近他套取第一手的计划,毕竟蓄谋越狱和实施越狱,是两个概念。

"我能相信你吗?"卫东和把眼睛又转向那两个打架的人。

他们已经打完了。要说这场架的赢家,嗯,可能是管教,因为管教的警棍招呼过之后,两个人如同两条死狗躺在地上,实在看不出谁有赢家风范。

"当然能了!"老砍信誓旦旦地恨不得拍着胸脯,他对打架的事一点儿都不关心。"我跟你一样都是死刑!嘿嘿,本来我也想开了,大不了二十年后又是一条好汉!可现在有机会出去,老天爷要是不让我死、不收我,那我不能不给老天爷面子啊!"

"是吗？"卫东和淡淡地，"那你相信我吗？"

老砍有点犹豫了，他审视着卫东和许久，终于用力地点点头："我知道你想越狱，可是你不想带我……但是你不带我，我就告诉管教，到时候你也出不去。"

"你不怕我卖了你？也许我不想出狱呢……"卫东和冷哼了一声，"我设个局给你，到你越狱的时候我再告诉管教，举报有功，我想我的死刑说不定可以免了吧？"

出乎卫东和的预料，老砍一点都没有紧张，他甚至咧嘴笑了，露出一口参差不齐的黄牙。

"你不会。"他说，"我知道你要出去，你不想死得不明不白。"

卫东和心念一动，脸上还是不动声色。

他一开始并不认罪，后来认罪，这中间的曲折应该只有管教知道，他也从未对任何人讲过他的冤屈。

老砍得意地笑了："我见过你的律师，高律师对不对？小白脸一个，你知道我在哪儿见的吗？就在会客室的走廊里，他抱着一个女人，啧啧，别提多亲密了……哦，那女人你也认识，你女朋友。"

看来老砍对卫东和的畏惧让他把这件事一直深藏在了心里。

卫东和面无表情地看着老砍。

"这还不清楚？这律师看上你女朋友了！我可跟你说，那天你女朋友哭得可伤心了，你想想啊，你现在人还在呢，这孙子都敢动手，那不是明摆着吗？他能给你好好辩护？他就等着你死了他接手呢！"

语气里有明显的幸灾乐祸。

卫东和没有介意他的语气，他只是平静地望着他，等待他继续说下去。

但老砍没有再说下去，他只知道这些。

"别跟我说你不知道啊？你女朋友多久没来看你了？她跟高程抱在一起以后就没来过吧？你在这儿受苦受累，说不定现在她正在家和高程卿卿我我，给你戴绿帽子呢！"

卫东和把脸转开了。

老砍绕到他面前："哎，我说你呢，绿帽子啊！你这都能忍？"

"这不是好事吗？"卫东和平静地开口。

"啥？这还是好事？你傻了啊？"

卫东和摇摇头，把目光移开，从铁栅栏围成的小小窗望向远处的夜空："如果我死了，有个人能照顾她，难道不是好事？"

"可是，可是她……那你不是还没死吗？"

卫东和没有再解释。

卫东和和高程十五年前就认识了。

那时候他们都是体校大一的学生，当年让卫东和坐牢的那件案子，高程是目击证人之一，但不管他怎么强调卫东和是自卫，法庭依旧以关键证据不足为由判定卫东和误杀罪名成立。愤怒的高程把卫东和当时的律师打了一顿以后，重新回学校参加高考。第二年他考上了法学院。

当然，他们谁都没想到，十五年之后他竟然真的有机会亲自帮卫东和辩护了。

高程和简妮也早就认识，在卫东和确定和简妮的关系之后，第一个向她介绍的朋友就是高程。

当然他也确实没有什么朋友。

高程喜欢简妮吗？不知道，现在回想一下或许偶尔几次他见到过高程对着简妮流露出若有所思的目光——那是不是爱情呢？

猜不出来。

简妮是这么多年来上天给予卫东和最好的恩赐，活在幸福中的他没时间做任何多余的事。在监狱的时候他想过，如果越狱失败，他会在临死之前把简妮托付给高程，朋友的那种托付，他相信高程能够照顾好她，哪怕是以一种男人对女人的方式。不过简妮没等到那时候，她向他提出了分手。

她最后一次来，就是和他分手的。

她说再也承受不了了，她不想亲眼看他死。

她流了很多眼泪。

他却笑了。

他说他很支持她。

不管是她已经和高程在一起了，还是远走高飞去了另一个城市。

他都希望她能快乐。

现在，他已经能做到，每次想起简妮来的时候，心口不再撕心裂肺得疼了。

不疼，不代表伤口愈合了……它是更深了。

现在的卫东和很想知道：简妮，你在哪里？会开心吗？

开心，好开心

很久很久以前

"我有点紧张。"

简妮一边说，一边偎紧了卫东和。

"紧张什么？"

"我第一次见你朋友，你朋友会不会不喜欢我？"

"他敢不喜欢你，我揍他！"卫东和搂了一下简妮。

这个世界上，还有人会不喜欢简妮吗？

她那么美，那么温柔，那么……那么好！

卫东和从来没有觉得自己的形容词如此贫乏过，他觉得，什么样的形容词，用在简妮身上，都有点不准确，不，是都有点配不上她！

还竟然会有人不喜欢简妮吗？

如果真有，那个人一定该被狠狠揍一顿！

高程见了简妮，眼睛都快瞪得脱窗了。

简妮笑，脸颊绯红。

"我、我们，是不是在哪里见过面？"风流倜傥的高程，鲜少会对陌生女孩用这么烂的搭讪话。

一定是被简妮的魅力震到了。

卫东和有点骄傲，又有点不安。

他知道，自己这个穷健身教练跟高大上的律师精英高程一比，一定会黯然失色。

他的不安很快消失了。他的简妮面对高程得体、客气，落落大方，而她的目光，永远着落在他的身上。

那目光一如既往的忠诚、深切。

"你说，你是电影学院播音专业毕业的？"高程问简妮。

"嗯。"

"哇，厉害！那你是女主播？"

"不是，我在电影厂工作，只是个小小的配音演员。"

"以你的外形条件，做幕后工作太可惜了。"

"没有啊，我自己很喜欢。"简妮笑着说。

她的笑容美而纯净，带着一点点天真。

卫东和觉得，世上所有美好的珍贵的事物加起来，都没法儿跟他面前的这张笑脸比。

结束的时候，高程喝多了，他狠狠地拍着卫东和：

"臭小子！你行啊你！傻人有傻福！还是艳福！"

卫东和只会嘿嘿地笑。

简妮挽着他的胳膊，也笑得乐不可支。

他们笑得高程都有点生气了："行了，行了，别给我这个单身狗撒狗粮了！瞧你们笑的那个样儿，得意什么？！不就是交了个女朋友、男朋友嘛！我也会！我明天就找个女朋友给你们瞧瞧！我们俩也吊着膀子，笑给你们看！"

简妮挽着卫东和的胳膊，在月光下走回家。

两个人好久都没说话。

"今天晚上真开心，你开心吗？简妮？"卫东和轻轻地吻着简妮的头发。

"开心,好开心。"

简妮笑了,她挽着他的手臂,看看天上的月亮,轻轻地唱起一首甜美的歌来,歌声婉转动听。

她啊,就像只月光下的小夜莺。

不属于这个凡间的精灵。

身份

7月4日　晚上9:00

刑警队的办公室里灯火通明。

几乎所有人都站成一排,接受着队长张维则狂风暴雨似的愤怒。

已经找了两个多小时了,出动了整个刑警队,也没能找到苏溪。

"丢了?!这么多人找不到一个女人?就这么点时间她能跑到哪里去?!她是孙悟空,会七十二变?会一个跟头十万八千里?你说,你们这一个一个的,有什么脸说自己是警队精英?有什么脸说自己是警察?丢人!"

所有人都噤若寒蝉。

千江站在队伍的最后,身上已经换上了一条警服裤——苏溪那条短裙作为证物给收走了。千江额头上一片红肿,脑后也有个血包,醒过来之后,聂宇让她去休息,她不肯,立即加入了寻找苏溪的队伍,她跑在所有人的前面,比谁都卖力,比谁都用心,摆出一副决心立功赎罪的样子。

聂宇的脸依旧冷峻,但他看着自己的这个搭档,眼睛里还是有了一丝同情。

不仅是他,所有人都同情千江。

千江的模样很可怜,她的眼里一直噙着泪花,这泪花一直在她眼睛里打转儿,就是不敢落下来。

"你,去医务室休息去,队里的任务别参加了。"张维则指着千江说。

"张队,我没事儿,我想帮忙——"

"你没事儿,我们有事儿! 你别在我眼前晃悠,就是帮我忙了! 你真是警校毕业的? 你这个警校毕业生,能被一个手无寸铁的女人,几下就打晕了,你这警校怎么上的啊!"

"我——对不起,张队。"

千江低下了头,吸了吸鼻子。

她真想给自己两个耳光! 让她难受的不是张维则狂风暴雨般的怒骂,而是他对她的失望。

自从进入警队,她一门心思要做个最专业最干练的警探,不辜负张维则对她的知遇之恩。

现在捅了这么大的娄子,张维则一定觉得她是个废物,他对她的印象还能改变吗?

千江强忍着热泪。

邓铭是个女儿奴,自从跟他女儿年纪差不多的千江来到刑侦队,他就自动把自己当成了千江的保护人。这个时候,看千江落难,邓铭又出头了:"张队,这也不能都怪千江,这事儿谁也料不到啊,别说她是警校刚毕业的学生,就是换个有几十年经验的女警,也得措手不及,谁知道这女人隐藏得这么深啊……换谁都是一样。张队,您看,您就别捧她了,就让她戴罪立功吧。"

邓铭是刑侦队的老前辈了,只有对他,张维则还给几分面子。

聂宇也说:"也是我考虑不周,我不应该让千江单独跟苏溪在一起……"

张维则挥挥手打断:"行了,别说了! 都什么时候了,现在叽叽歪歪地认错有用吗? 从现在开始! 所有人不准休息,不准请假! 就算是挖地三尺,也要把这个苏溪给我找出来!"

张维则的声音振聋发聩。

这时候法医科的小陈送来了检验报告。

"讲!"张维则喝了一声。

小陈赶快摊开检验报告:"死者谢兰仙是被利器割中颈动脉,失血过多而亡。根据伤口判断,凶器很可能是一枚美工刀片,很锋利,在伤口上还发现了一些机油,刀片应该是全新的。"

所有人都板着脸认真听着。这些消息在初步验尸的时候就差不多都知道了。

小陈接着讲:"现场没有找到凶器,在房门口的位置发现了半个带血的脚印,初步判断脚印的主人身高一米七五,七十五公斤左右。还有,死者的右手手掌沾到了血迹,血迹有涂抹过的痕迹,法医认为她可能接触到了凶手,但是没有发现指纹和 DNA……另外,尸体附近也没有发现指纹。"

张维则皱紧了眉头:"一枚指纹都没有?"

这有点反常了,凶案现场毕竟是个人流量比较大的公共场所。

"电视机、窗台上都有大量指纹,没办法一一确定身份,但是死者身边的茶几、桌子角、门把手,这些地方都没有指纹。"

在一阵窃窃私语的讨论声中,聂宇发言:"苏溪在报警前清理了现场——服务员说她进来的时候苏溪手里正拿着自己的衬衣,她应该是在那个时候擦掉了指纹。"

张维则沉了脸:"这个苏溪到底是什么人? 她的身份是假的吗?"

千江小声地回答:"我查了她的身份证,不是假的。"

张维则马上转身,转向千江。

千江额头上那片红肿,在灯光下闪闪发亮。

张维则眼看又要发作,邓铭赶紧站出来打了圆场:"她的身份是真的,身份证上的户籍资料也是真的,没有案底……已经让派出所的人去她家了。"

"那她清理指纹就是在帮凶手掩饰了? 她认识凶手……"张维则的语气陡然肃穆起来。

"不是。"聂宇摇头,"她是掩饰自己。她在公安局也没有留下指纹。"

"什么?"

聂宇看一眼千江:"她应该是用指甲油涂抹了指肚。最后让她签字的那支笔是今天才领的,她签字之后并没有留下新的指纹。"

张维则的眉头都要立起来了。"你觉得她为什么要这么做?"他深吸了一口气,问聂宇。

"她在掩饰。"

"掩饰身份?"

聂宇迟疑了一下:"掩饰她的指纹。"

人群中有人扑哧笑出了声,张维则一个余光扫过去,那边马上安静下来。

张维则转向邓铭,又继续说:"死者谢兰仙和苏溪是什么关系?"

"还不知道,但是谢兰仙的丈夫董进山看了照片,他基本可以证实这一个月以来,苏溪用李克梅的身份一直在和谢兰仙联系。还有,我们调查了谢兰仙的财务状况,发现从三月份开始,她每个月都有一笔五万块的现金存入,董进山说他一直在外面跑车,对家里的财务状况从来不过问,这一个月多五万块的事儿,他很吃惊,说自己一点儿也不知道。"

"继续查!两口子的事儿,他真能一点儿也不知道?继续问,问不清楚,别让他走!还有,那笔钱是什么时候开始存的,哪间银行,当时存款的时候有谁在?都仔细查一遍。"张维则沉吟了片刻,转向林强,"魏如海呢?他怎么说?"张维则问林强。

林强摸摸自己的光头,用特有的有气无力的音调说:"魏如海有不在场证明,他昨天通宵打牌,也没有发现他和谢兰仙有关系。看起来和上次的事没关系,那些人后来也一直没出现过——我已经告诉他有问题随时跟我们联系。"

张维则吐出一口浊气,他快速走到黑板前,拿起记号笔在上面指指画画:"谢兰仙,四十六岁,职业是赛特电脑城的清洁工。今天早上十点,她在绿雅茶社被割喉而亡,现场发现了十万块现金,死者家属不清楚这笔钱的来源。报案人苏溪声称看到了凶手,并且回公安局做了人像素描,之后下午六点一刻,在公安局洗手间袭击了千江,接着逃跑……"

张维则越看越气,扔掉了记号笔:"血呢?!她不是受伤了吗?指纹查不到,DNA 有匹配吗?"

小陈摇摇头:"在资料库里查了,没有发现匹配。"

突然就陷入了一片死寂。

"还有什么!受害人那边呢?调查了她的社会关系了吗?她包里带

着的那十万块，查到来源了吗？"

"呃……"面对张维则，小陈怯怯地举起手来，"那个队长……那十万块钱没了。"

"什么？什么叫没了？"

"那个钱我检查了指纹，之后就送到了物证室，刚才老高过来说钱没了——老高查了刷卡记录，那段时间只有……只有千江去过物证室。"

所有人的目光都集中在千江身上。

千江的眼睛瞪得溜圆，像要马上掉下来了，看起来比大家更吃惊。

"我没有啊，我今天没去过物证室……"

张维则怒火中烧地打断她："你的工作磁卡呢！"

千江拍了拍身上，把手塞进衣服口袋里，半天才拿出来一张磁卡："在这儿，可是……我没有，真不是我……"

聂宇很快就明白了："是苏溪。她自己去过一次洗手间，可能在那之前，趁乱拿走了千江的磁卡。"

张维则气得直踢桌子，踢得桌子一歪一歪的，桌上的东西，稀里哗啦掉了一地。

他似乎是把那桌子，当成千江了。

但眼下，就是真踢千江也没用。张维则交代大家，先不要声张——在一公安局的警察眼皮底下，丢了做证物的十万块钱，还有比这更丢人的吗？

务必尽一切力量，尽快抓到这个作死的女人！

张维则粗着喉咙分配着任务："老邓一组，你们去查谢兰仙的社会关系，一定要找出这十万块的来源；小白一组去查监控，除了巷口那个超市，看看还有没有别的地方遗漏了，还有凶器，刀片是新的，很可能是在附近的小超市或者文具店买的，看看有没有什么线索；强子一组去查苏溪逃跑的路线，和附近派出所联系一下，多派些人手去查监控。"

张维则看都不愿意看一眼千江，只瞥了一眼聂宇："小聂，你去证物室查查，看看那个苏溪到底在搞什么鬼！"

千江从办公室出来，梗着脖子走得飞快，脚步声大得像是要把楼板踏穿。她觉得自己像是个不断充着气的气球,如果再不采取点什么措施,很有可能当场原地爆炸。

白痴,白痴!

明明是她发现的那个装了十万块的包,她为什么不继续查下去了?是因为眼睛瞎了觉得苏溪可怜还是耳朵聋了听不见聂宇对苏溪的怀疑?

她是被那个苏溪下了什么迷药?!

亏她还想替她主持公道!现在想起来千江都觉得脸上火辣辣的疼——体能强,能打,放心吧,我帮你……

胡扯!

这个看似弱不禁风的女人有本事把千江打晕!

她觉得自己是天底下最大的蠢蛋!

别说张维则了,她自己都嫌弃自己!

千江的眼圈越来越红,不小心滑落一滴眼泪,她赶快擦掉,结果眼泪却是越擦越多。

走到一道门禁前面,她手都捏白了才拿出那张门禁卡,结果泪眼婆娑,碰了几次门都纹丝不动。

聂宇从她身后伸出手用自己的卡开了门。

"嫌犯凶狠,你要更凶狠,嫌犯狡猾,你要更狡猾。"聂宇冷冷地说着,越过千江,径自往前面走去,"要想抓住她,把眼泪擦干净!"

千江攥着拳头,擦脸的劲头像是要把脸皮擦掉。

没错,她要抓住苏溪!她一定要亲手抓住她!她要亲手把她交给张维则,张维则会原谅她的!

她要做到这一点,一定要比那个苏溪更凶狠、更狡猾才能做得到!

冷静,冷静!

当务之急是冷静。

千江深呼吸着,她在一吸一吐之间,脑子奇迹般的慢慢清明起来。

苏溪不是凶手,但是她认识凶手吗?

董进山说,谢兰仙是无意中捡到李克梅的名片的,她试探着和李克梅联系,询问儿子上一中借读的事,李克梅一开始比较冷淡,谢兰仙求了好久,她才同意帮忙运作一下。

谢兰仙认为李克梅是在拿腔作势,想要更多的好处费,她多了个心眼,派丈夫去询问了一下,证实确有其人,才安排了今天的这次见面。第一次见面是在一中门口,董进山那次正好回家,谢兰仙就叫上他一起去了一趟,就是在那次,他看到了苏溪……也就是他以为的李克梅。

苏溪为什么要费尽心思接触一个清洁工? 这个清洁工为什么那么有钱?

苏溪是骗子吗?

她不敢留下指纹难道是因为有案底……

不对,她对 DNA 根本不介意,还有别的原因……

聂宇的门禁卡打开了最后一扇门,他侧身走进去的时候,千江忽然心念一动。

苏溪的挎包并不大,根本不可能装下十万块,再说她逃走前,千江跟她一起去洗手间,她亲眼见到她挎着包的样子,那包挎在她的肩膀上,随着她的步子有韵律地摇摆,很轻巧,肯定不是有一堆沉甸甸钞票的样子……如果钱真的是她拿的,肯定在公安局里有同伙!

千江被自己的想法吓了一跳。

她赶快摇摇头,跟上聂宇的脚步,把自己的荒唐念头扔在了身后。

苏溪之前不是骗千江说去厕所了吗? 也许她就是在那时候提前把钱藏在了厕所里,然后在第二次袭击千江以后,带着钱大摇大摆逃之夭夭!

证物S5871

7月4日　晚上9：30

证物室值班的是老高,高则宽。工作三十年的老警察了,做了一辈子的内勤,从没出过差错,大家对他的评价还是不错的。

他一见到聂宇,表情有点僵硬。

全公安局的人都不喜欢聂宇，他实在太不好相处了，永远一张冷冰冰的脸，说什么话都又直又硬，身手又特别好，总感觉不像个警察，倒像是杀人如麻的杀手。

他是几年前从 S 市调过来的，据说他在 S 市侦破过好几桩大案要案，年纪轻轻就当上了分局的刑侦队长，是个有着赫赫战功的警界精英。公安局的同事们每次想向他打听打听他之前的那些光辉经历，他都冷着一张脸，不咸不淡地说，那些案子的侦破，大都是他搭档的功劳，跟他关系不大。

不知道是他生性谦卑，还是故意装模作样。

他那个搭档老高见过，叫乔安南，来 A 市找过聂宇叙旧，见人就笑，见谁都聊，东家长西家短，见了老高，还饶有兴致地聊了一会儿他饭盒里的醋熘鱼片，婆婆妈妈的，一点儿也没有警探的干练样子。

老高才不信这样的一个软塌塌的人，有什么侦破大案要案的本事。

老高觉得，那个面团似的乔安南，就水平来说，说不定还不如聂宇现在的这个小搭档千江呢。

这小姑娘有股精气神儿，就是太年轻……

刚想到千江，千江就出现了。额头老大一个包，眼睛又红又肿。

老高说："啧啧，千江，你运气真不好，这来局里才几天呢，摊上事儿了吧？"

千江瞪眼："她跑不了，我会抓住她的。"

老高一边打开电脑，一边笑了："好姑娘，有志气。"

聂宇俯下身子，盯着电脑屏幕。

老高说："磁卡的记录都在这儿。我一直在这儿，就取快递出去过十分钟，那段时间正好千江的卡被刷过……"

从三点十分钱放在证物室，到七点半发现钱没了，这段时间进出的人倒是不少，法医科的人几乎都来过，刑警队的人有邓铭、白立伟和张维则。

"其他人来的时候你都在？"聂宇问。

老高像闻到了什么臭东西，鼻子皱着，很不高兴："我都在，不相信的话你找他们去挨个儿问。"

听出他语气里的不满，千江想说点什么，可聂宇根本不介意，他又接着问："苏溪是趁你取快递的时候进来的？"

"这不明摆着嘛！我要在这儿，她进来我还能看不见？"老高越说越气。

"她怎么知道你去取快递了？"

"那我怎么知道，可能她躲在路上，正好看到我走出去……"

"也就是说她来过公安局，她认识你，也知道这里的布局。"

老高听到这儿愣了一下，挠挠头，"难道她是同行？"

语气倒是好了些。

聂宇又不说下去了，他转过身开始对着一排排的陈列架出神。

"钱放在哪儿了？"

老高一指电脑桌下面的抽屉："就这儿。我早就说过，咱们这个楼是个几十年的老楼，物证室就这么大点儿两间房，赃款也没专门柜子放，就这么三个抽屉，就这么一个破锁，能锁住什么啊，还不如火车站寄存处……"

和他说的一样，锁子锈迹斑斑，千江觉得根本不需要铁丝，用力一拽就能打开。在见识了苏溪的惊人实力之后，她相信这个锁也难不倒她。

"我们这儿不是有保险箱吗？"千江看看靠墙的一排铁柜子。

"那里面的东西可不能乱动。"老高说，"都是枪啊、毒品、化学药剂、毒药，全是危险品，稍微泄露一点儿都得出大事……"

"那小陈还要把钱放在这儿？"千江不满意地问。

要不是小陈把钱随随便便放到这个地方，她也不至于背上这么大的黑锅。

"咳，那有什么办法？这是警队的规定啊，咱们物证室就这条件。今天小陈他们法医那边特别忙，好几个案子，还有些死者家属什么的，人来人往的，他也是丢下这袋钱就走了。钱这个物证最麻烦，还得记编号——"他转向聂宇，"上次你们刑警队破的那个地下赌场的案子，光是把现场发现的那些钱的编号记下来，就用了整整两天啊。"

千江知道那个案子，刑警队今年破获的一起特大赌博案，查获的现金上百万，捣毁了一个背着几条人命的涉黑团伙儿。

这案子是张维则带人破的，当时还在警校的千江从电视上看到了他的专访，大家都为他一身浩然正气的硬汉风采所倾倒，千江还一个劲儿地叹气,叹息自己要能去市刑警队给张维则当手下就好了,哪怕一开始让她扫地发报纸都行啊……没想到两个月后她真的梦想成真。

更没想到的是,如果她抓不到苏溪,再要不了两个月,张维则肯定会让她滚蛋!

千江烦躁地挠挠头,忽然灯一暗,房间瞬间一片漆黑。

为了更好地保存证据,这个房间并没有窗户。

千江轻轻地"啊"了一声。

"干吗啊你?"老高问。

聂宇没吭声,他从兜里拿出手电筒,在货架中间快速穿行起来。顺着陈列证物柜走过去,在每个证物箱前都停留一下。

房间里很安静,能听到千江和老高此起彼伏的呼吸声。

"有了!"很快聂宇就有了发现,有一个证物箱子在手电筒的光照下,灰扑扑的箱子上显露出椭圆形的痕迹。

那是一枚遮住了指纹的拇指印。

千江赶快开了灯,聂宇对着证物箱上的编号念了起来:"S5871……"他的话咽住了。

老高一拍脑袋:"这案子我知道,是个死刑的案子,哎,好像这两天就该二审了……对,没错,一审就是个死刑,凶手叫——卫东和。哎?我记得,这凶手还是你亲手抓的……"

他看向聂宇。

确切地说,是看向聂宇右手。

女律师

7月4日　晚上10:00

聂宇和千江刚刚从刑警队办公室出来,就接到了派出所的电话。

苏溪是土生土长的本市人,二十六岁,父母都是公务员,已经退休,居住地是安庆路的一套新建高层公寓。民警根据聂宇说的,第一时间派人去了苏溪家里,却扑了个空。根据邻居介绍,苏溪还有个哥哥在国外定居,苏溪父母为了帮忙带孙子这几年一直在国外。至于苏溪,邻居的口中她是个热情开朗性格活泼的姑娘,她的学习成绩一直很好,二十岁就大学毕业了,学的是法律专业,听说在一间律师事务所上班。

"律师事务所?"聂宇皱起了眉头。

一边儿的千江不明所以地看着他,聂宇按下了免提键,派出所民警的声音从手机中传出来:"对,苏溪是个女律师,不过,具体是哪一间律师事务所还没查到。"

"继续查,再查一下她的同学、朋友。"

"好的。哦,还有,苏溪不跟父母一起住,她在外面租了一套房子,因为要邻居帮忙寄过东西,所以人家知道地址,是在国安路一百三十号。不过已经是三年前的地址了,不知道现在还在不在……"

千江从她斜挎包里掏出一支笔,飞快地在手心里把这个地址记下来。

"我们马上过去。"聂宇对着手机说,"还有,能不能查一下卫东和这个名字是不是和苏溪有交集?"

"卫东和?"

对方详细问了名字,并且承诺一有消息就给聂宇打电话。

"苏溪是个女律师……"千江跟在聂宇后面,步子跨得又大又急,"律师要进入公安局不是挺容易的吗? 干吗要冒这么大的风险?"

聂宇没说话。

千江已经习惯了他的沉默。

千江觉得不可思议,真的是女律师吗?

从网络小说家到数学老师再到女律师——除了骗子,她实在想不到有谁需要这么多伪装的身份。

也许女律师也是假的?

千江想起苏溪那隐藏在白色衬衣下纤瘦的身体,觉得她好像一颗闪着光芒的子弹——那样的力度和劲道,那样的决绝和坚毅,还有足以欺骗人的演技、狡猾，并且沉稳。

是为了卫东和吗？

千江一边走，一边盯着聂宇的右手。

是那个案子吗？

因为抓捕嫌犯所以伤了右手，到现在都没恢复，是那个竟然能伤到聂宇的卫东和的案子。

偷走卫东和案件的证物，让法庭的判决延后甚至取消？

为什么不肯用律师的身份进入公安局呢？

除非她根本不是律师。

秘密

7月4日　晚上10：30

苏溪的住处是个老式楼房，一共五层，她住在四楼。

苏溪穿着黑色运动背心站在洗手间里，她的黑框眼镜已经拿掉，脸上的表情近似狰狞。

两只手腕被她用绷带缠好了，现在她正戴着乳胶手套对着镜子努力地寻找头上的玻璃碴，从镜子里可以看到她右后腰淤青了一大片。

疼痛并不让她难忍，她只是没办法忍受客厅里那个不停嘀嗒嘀嗒的时钟，这样的安静和紧迫感让她不住地流汗。

"啪"的一声，苏溪扔掉了镊子，她拿起棉球蘸了酒精，在头皮的位置擦了几下——她已经没有办法更好地处理伤口了，现在只能希望扎在头皮上的玻璃碴已经全部被她清理掉了。

苏溪望着镜子里满头汗水，脸颊上带着血渍的自己，深深地吸了口气……旧伤未好，又添新伤，她这副样子还能去上班吗？

哦，不，不用担心这点，警察应该已经知道了她的身份，工作地点被发现只是早晚的事。

真要命！

在后腰上贴了一块膏药之后，苏溪拿出专用绷带，她深吸了一口气，踩到马桶盖上，拿绷带用力地缠绕着，她用的力气很大，几乎每次缠绕都能让自己出一头汗。

最后缠好绷带的时候，苏溪感觉自己已经虚脱了，她跌坐在马桶盖上，弯腰趴了一会儿。

洗手间的光线很暗，她抬头看到镜子里的自己，藏在阴影里五官突出的脸。

很像黑帮电影——那些女打手、女杀手、女毒贩，那些总是和警察打交道的人……

哦，事实上，她这辈子好像真的总是在和警察打交道。

一个人需要隐藏多少秘密，才能安全地、巧妙地度过一生？

只要秘密还是秘密。

她擦擦脸上的汗，站起身来，把带血的棉球和玻璃碴、镊子、双氧水全部一股脑地扔到垃圾桶里。

她走出洗手间。

客厅的沙发上放着她已经准备好的衣服：一件黑色连帽夹克衫，一条黑色长裤，一顶黑色运动帽，一个黑色背包——逃犯总有这样的心理，恨不得自己随时随地都能融入黑夜。

逃犯，想到这个词儿，苏溪不由得自嘲地一笑。

苏溪在穿长裤的时候，她听到了楼梯上传来一阵窸窸窣窣的动静。这种老式筒子楼根本没有隔音这一说，苏溪屏住呼吸，她侧耳细听——那是脚步声，故意放轻了的，上楼的脚步声！

苏溪下意识地冲到了灯旁边，手按在开关上，犹豫了一下，又放开了。

现在是晚上十点，这个时间没有谁会以这样诡异轻巧的脚步上楼——那种脚步，只有可能属于那一种人！

脚步声已经越来越近了……

警察比她想象中来得更快！

她来不及思考，疾步走进卧室，再出来的时候，身上已经裹了一件天鹅绒的绣花睡袍,她系好睡衣带子,再把马尾辫的橡皮筋扯下来,揉乱了头发。

脚步声停了一下,又继续向上……

苏溪把黑背包甩到肩膀上,把餐桌上的花格桌布一掀而起,快步走向厨房。

苏溪推开厨房窗户,桌布在手里拧了两三拧,一头系在窗框上,一头紧紧挽在手腕上,她踢掉了拖鞋,爬上窗户,搂紧了桌布,一探身,从窗口翻下去。

桌布的长度,刚好让她赤脚踩到三楼厨房窗户的窄边儿,她放稳了脚,弯下身,悄没声儿地用手指紧紧抠住了三楼的铝合金窗框。松开另一只手里的桌布之后,她推推窗——窗户一推就开了,这家住的是一对刚结婚不久的小夫妻,她相信他们跟这幢楼的几乎所有人家一样,都没有厨房窗户上锁的习惯。

苏溪跳了进去。

这套房子的结构跟苏溪家的一模一样,苏溪熟门熟路地从厨房走到客厅中。

卧室里传来的笑声让苏溪的动作变得更加轻巧。

客厅靠墙的一边,有一只垃圾篓,苏溪把背包扔到里面,再拎起垃圾袋,把背包兜在里面。

玄关鞋柜上有一双女式运动鞋,苏溪随手把它拎起装到垃圾袋里。

她把头发再揉揉乱,踩上门后放着的一双带长耳朵的长毛绒拖鞋,打开门,拎着垃圾袋走出去。

门口正对着楼梯,一个男人的身影正好消失在了三楼到四楼的楼梯口,苏溪看到了他黑色的跑步鞋。

是聂宇。

苏溪心跳如鼓,她拎着垃圾袋,加快脚步,从楼梯上下去。

脚踝缠了绷带之后,虽然疼痛减轻,动作却难免僵硬,她竭力维持着步态的协调。

千江站在楼门口阴影处,正仰脸看着楼上,苏溪拎着垃圾袋走出去,她立即收回目光,盯着她看。

苏溪半低着头,让乱糟糟的头发遮着脸,故意把步子迈得懒懒散散地,朝着不远处的居民垃圾站走去。

千江还是盯着她看。

苏溪淡定地走到楼前,再有十多米就是垃圾站,而转过垃圾站,就是一条蜿蜒曲折的小弄堂,小弄堂里至少有七八个岔路口,每条岔路口,都能让苏溪这条搁浅的小鱼儿回归大江大浪。

"你,等等!"

千江突然发声,她向着她大步流星地走了过来,一边走,一边说:"我是警察,有件事情想向你调查一下。"

苏溪停下。

她知道,千江已经认出她来了。

她走向她的步子,越走越快,越走越急。

苏溪不再犹豫,她把垃圾袋一扔,踢掉拖鞋,光着脚,发足狂奔了起来。

如果她没弄错,实习生千江还没有配枪的资格,她不怕她在背后突然开枪。

"站住!苏溪!不许动!"

千江也跑起来,跑得比苏溪更快,更迅猛。

对,她说过,她很能跑,很能打,她就是凭着这一点儿,进的市刑侦总队……

照苏溪现在负伤累累的状态,肯定跑不过她。

苏溪奔过了垃圾站之后,刹住脚步,就地蹲伏在阴影中。

千江也转过了垃圾站,她很快地觉察出了危险气息,放慢了脚步。

但,已经晚了。

苏溪蹿出来,起身一跳,腾空一脚,踢在了千江的下巴上。

千江闷哼一声,直接飞了出去。

苏溪这一脚,拼尽了全力。

她的腿,因为这一踢,震得生疼。

千江,希望你没事儿。

千江,希望你以后吉人天相,再也不要遇到我这样的人了。

苏溪在心里说。

"千江,千江!"

一阵脚步急响,聂宇追过来了。

苏溪发足飞奔。

她一边跑,一边把睡袍脱下来,随手塞到一个垃圾箱里。

一身黑衣的苏溪被黑暗吞没了。

苏溪的房间

7月4日　晚上11:00

聂宇从厨房走出来,他找到了冰箱,从冰箱里拿了几块冰,他把冰包在手帕里,递给千江,让她冰一下差点儿被苏溪踢错位的下巴。

他现在是真的同情她了。

但这次,千江没有哭,她接过冰包,捂在下巴上,完全顾不上疼,就开始在房间里走来走去搜寻线索。

她一定要在被踢出刑侦总队之前抓住苏溪!

知己知彼才能百战百胜,现在才刚刚开始呢!

这是一个普通的二居室,房间的整体布置温馨而舒适。

房间的色调是粉蓝色,墙上挂着密集的相框和随处可见的毛绒玩具显示女主人童趣天真的一面——如果她也有那一面的话。

千江把冰包放下,拿出手机,把房间的每个角落都细致地拍了下来。

她的目光停留在了电脑桌上的一个相框上。

照片里每个人都笑得很开心。苏溪和母亲长得很像,五官突出,轮廓分明,一旁的父亲和哥哥都是普通长相,一脸憨厚。

千江小心地把照片从相框里取出来。照片的背面写着日期，2010年7月2日。差不多是六年前的这个时候，拍摄地是在湿地公园，他们身后的那片红杉林千江也见过。她拿着照片走到光线明亮的地方，透着光认真看了半天。

千江盯着照片。

六年前的苏溪才刚刚二十岁吧，她看上去真年轻，比现在胖，脸色也好得多——现在的她，脸色苍白，瘦骨伶仃，她这几年是减肥了吗？她今天一天都没吃东西……啊，难道，她得了什么绝症，所以，这临死前，想做点儿不一样的事儿？

跟韩剧里演的似的。

两个人在这房子里待了已经半个小时了。

房间里没有发现钱，也没有卫东和案件的资料。随处可见的法律书籍和探案小说倒显得苏溪律师的身份很真实。

千江和聂宇都在四处翻找，虽然他们根本并不知道自己在找什么。

"找的什么，找到了才知道。"

这是聂宇今天对千江说的第二句话。

千江不再问，她走到书架旁，一本接一本地翻起了书架上的书来。

聂宇在洗手间的下水道口里找到了一小块带着血的玻璃碴，联系到洗手间里还没散去的酒精味道，他们猜测苏溪刚刚为自己进行了简单的伤口清理工作——即便是在这样慌乱紧张的情况下，她依旧没忘记打扫了房间，清理了垃圾。

不过，根据派出所的警官所说，苏溪可能都忘了邻居知道她现在住所的事儿了，毕竟已经三年了，所以她来不及带走或者清理的东西应该不少，希望能留下些有用的东西。

"找到了！"

千江忽然大叫了一声。

第二部

他们能往哪里逃

7月5日

　　一心求死的自由搏击冠军，失踪的未婚妻简妮，说谎的律师，女亡命徒苏溪的出击，被劫持的检察官……蜘蛛在暗处结网，飞虫在搏命逃亡。这个名叫顾秋的护士，她的身体很热，很年轻。卫东和看着她的脸隐没在了黑暗中，他只是感觉她一直在看着他，用她那双像潭水一样深，一样黑的眼睛一眼不眨地看着他。

检察官

电梯门叮的一声打开，检察官王之夏提着公文包走出电梯。

地下停车场长长的甬道里，传来了他不紧不慢的脚步声。

他脸庞轮廓立体，五官俊朗，身材匀称。即便是在凌晨一点这个时间段，他的头发也一丝不乱，合体的黑色西装搭配同色的亮色皮鞋，从手腕上戴着的名牌手表，到精美华贵的袖扣，每一个细节都彰显出他沉稳干练以及追求完美的个性。

是不是每个检察官都是这样又帅又酷？

千江被王之夏的气场所感染，也努力让表情变得严肃认真，同时挺直了一下身子。

聂宇本来就是个冷面人，面对王之夏的时候，神色更是冷峻到冰点以下，他跟王之夏两个人，好像在比赛，谁比谁的冷气冒得更多似的。

王之夏冷着脸走近，聂宇则冷着脸转过身，接着，两人一前一后开门上车。

一个坐后座，一个坐副驾驶座，两个人都是不发一言。

千江眼睛圆鼓鼓地看着这一切，只好坐进驾驶座，发动了汽车。

车子从阴沉的地下车道开出来，很快驶入灯火阑珊的主干道。

千江从后视镜里看向王之夏，后者面无表情地看着车上的一个小摆设，那是一个心脏造型的有机玻璃摆设。

玻璃剔透晶莹，心脏栩栩如生。

不知道哪一点能吸引到王之夏，也许他那刚从沉睡中被吵醒的脑袋需要时间来整理信息？

苏溪？

什么苏溪？

哦，对，是我的助理检察官，什么事？

谢兰仙？不认识。

卫东和？卫东和的案子？是，还有两天就二审的案子……我的主张？我主张维持原判，是，死刑。

苏溪和卫东和？什么关系？不知道，没听说。

什么？！

她为什么要这么做？

短暂的通话不能帮助他们了解更多的信息，只是听起来王之夏对苏溪完全不了解。王之夏说那是因为昨天才是苏溪第一天上班。

对于一个职场新丁来说，苏溪至少做到了让上司印象深刻。

不仅让上司印象深刻，她让整个公安局的人也印象深刻。

在把苏溪的情况汇报给张维则的时候，千江听到了公安局那边此起彼伏的吸气声。

女子苏溪，一桩杀人凶案的目击证人，一个冒名顶替女教师的骗子，一个携款潜逃者，一个曾经的女律师，一个刚刚上任的助理检察官！

她还能更让人惊异一点儿吗？

车里沉默得让千江难受。

她在琢磨说点什么的时候，聂宇打破了沉默，他转身面对车后座的王之夏："你最近见过卫东和吗？"

"上个星期三见过，为了庭审的事。他的律师也在场。"

两人都是公事公办的口吻。

聂宇问："你知道卫东和提出上诉的理由吗？"

王之夏把脸从窗户上转过来："什么意思？"

"他一心求死，为什么还要上诉？"

车里的气氛一下子降到冰点。

王之夏看着聂宇,过了半天才说:"卫东和上诉以后我才接手这案子,他的律师给我的理由是一审量刑过重。在我经手案件的过程中,卫东和非常配合,我不知道你说他一心求死的想法是怎么来的,至少我没看出来……"

聂宇却没有解释,他转过头,眼睛注视着前方,陷入沉默。

千江从后视镜里看看王之夏,又瞥瞥聂宇,她实在忍不住了:"这个卫东和,犯了什么事?"

聂宇像是没听见,眼睛望着窗外,他的两只手搁在膝盖上,一直在转着手指头。

提到卫东和之后,他的手动得更厉害了。

过了几秒钟,王之夏冷洌的声音在后座响起:"卫东和,三十三岁,十五年前因为过失杀人被判处三年有期徒刑,在服刑期间因为打架斗殴加了两次刑期,一共坐了五年牢。他曾经是本市自由搏击青年组的冠军选手,出狱以后先在少年体校教课,两年后辞职去了美亚特健身中心工作,直到3·13案件发生——美亚特健身中心的瑜伽教练陈廷被杀害,卫东和是第一嫌疑人。他被捕之后对自己的罪行供认不讳,一审判处死刑,随后他提出上诉……"

千江问:"那他和苏溪是什么关系?"

"不知道。卫东和是独子,第一次坐牢期间他父亲去世了。母亲在他这次被捕之后从楼上摔下来伤到了头部,一直住在医院。卫东和有一个未婚妻,简妮,是电影厂的一个配音演员,一审之后简妮和卫东和分手,据说辞了工作去了外地。卫东和的律师叫高程,是天平律师事务所的刑事律师,他也是卫东和的老朋友……"

"律师?"千江捕捉到了有用的信息,"苏溪认识高程吗?会不会是那个高程授意苏溪这么做的?"

王之夏沉吟了片刻:"苏溪的履历并没显示出和高程的交集,不仅是高程,卫东和也一样,但这说明不了什么问题,如果他们存心隐瞒,肯定不是那么简单能查出来的。"

千江看看聂宇，他还是望着窗外，嘴角紧绷着，不知道在想什么。

千江也不知道再问什么了。

她觉得他们就像是在做拼图游戏，以为把自己知道的拿出来，最后就能还原一个真相，结果到现在，才知道大家拿到的，都是相隔万里的几根线而已。

王之夏也并不知道得更多——至少看起来是这样。

聂宇忽然转身对着王之夏："苏溪昨天是第一次上班？"

王之夏呼出一口气："没错。她在一个多月前通过了我的面试，因为交接上的问题她昨天才正式上班，八点上班，九点她说要去厕所，之后就再也没有出现。"

"她昨天出现的时候穿的什么衣服？"

王之夏揉了揉眼角："白衬衣，灰裙子……我记不清了，很普通的装扮。"

"戴眼镜了吗？"

"没有。"

"你注意到她的脸了吗？"

王之夏长吸了口气："是的，我注意到了。"

"她怎么说的？"

"她说是不小心摔了一跤弄伤的。"

聂宇面无表情地回过身来。

车在检察院门口停下，王之夏出示了证件，一个腰板挺得笔直的年轻保安打开了感应门。

千江把车停在空地上，三个人一起下了车。

聂宇走在最前面，王之夏停了一下，跟了千江的旁边。

"这车是你的？"他忽然问千江。

千江愣了一下："不是，是聂哥的，他的手不舒服，所以我开车。"

王之夏没有再说什么，他加快脚步，第一个推开了楼下的玻璃门。

乘电梯到五楼，通过长长的甬道，在一扇黑色的木门前停住，门上有个金色的铭牌：王之夏检察官。铭牌庄重，尊严，像佩戴了勋章的英雄。

王之夏一瞬间喉头发紧,他有预感,今天之后这几个金光闪闪的名字一定会蒙上一层灰。

不,也许更糟——王之夏拿出钥匙打开房门——他将会被厚重的灰泥彻底埋没。

办公室的灯一打开,王之夏就扑向电脑,趁电脑启动的时候,他拿出钥匙打开文件柜,在一排排的文件中熟练地找到自己需要的。

第一行第二排,案件编号S5871。

原本放着牛皮纸袋的地方空空如也。

王之夏的心沉了下去,他快速走到电脑前,输入密码进入,鼠标点了几下之后,他向后退了两步,"电脑的密码她应该不知道,我还没来得及跟她说。"

电脑里的文件不是原始资料,但内容同样翔实。

在征得王之夏的同意之后,聂宇让千江开始打印资料。这个工夫,聂宇一直盯着窗外。

"那辆是检察院的车吗?"

他忽然向外探了探身子。

王之夏顺着他手指的方向看过去,一辆黑色的私家车正驶离检察院的自动感应门,透过半开的副驾驶窗,可以看到一只手,手腕纤细,裹着绷带。

王之夏马上转身拿起桌上的电话听筒,拨了几个号码。

"小陈,刚才离开的人,是不是苏溪?"

对方清楚地回答:"是的,她出示了证件。"

"她和谁?"

"开车的是个男人,不认识。那个男人一直在停车场等她,她一个人进去的。"

"车牌号记下了吗?"

"监控应该拍下来了,我马上看看。"

"找到马上发给我。"

王之夏挂断电话。

在他打电话的这个当口,那辆车已经滑进了黑暗,消失不见了。

有一瞬间,房间里一点声音都没有,但很快,打印机特有的刺啦声、电脑的风扇嗡嗡声、窗户带来的风声、聂宇的脚步声,甚至千江的手撩动头发的声音……一股脑地向王之夏的脑子里冲。

为什么?!

聂宇也问了同样的问题。

"为什么?"

他刚已经给公安局打电话了,把王之夏收到的那辆车的车牌号码报给张维则,张维则立即安排沿路的布控,拦截那辆车。

"她已经拿走了公安局的原始案件资料,为什么还要冒险回检察院再拿一份?"

聂宇说这句话的时候,眼睛直勾勾地望着王之夏。

第四页纸的第七行

7月5日　凌晨2:00

复兴路夜市。

各色食物的香气混合着食客们大声的嘈杂,和所有的夜市一样,在凌晨一点的时候迎来了又一个高峰。

苏溪轻车熟路地走在路上,她对吆喝揽客的店家视而不见,低着头七拐八扭,几个转弯之后,她直接走向了一间四川小火锅的后门。

后门大开着,几个厨房的伙计正在里面热火朝天地忙着。

苏溪穿过厨房,从逼仄的楼梯拾级而上,推开布满油渍的黑亮门板,她已经出现在了一间小旅店的走廊。

走廊的光线昏暗,远处楼梯口的接待处一个马尾辫的女人趴在桌子上睡着了。

苏溪拿出钥匙,打开了305号的房门。

关上房门的瞬间,她靠在门上重重呼了一口气。

房间是普通的两张床的标准间。

苏溪去洗手间简单洗了洗脸,她迫不及待地扔下背包,从书包里拿出手机。

打开手机,按了几下之后,屏幕晃晃悠悠地出现了黑影,接着渐渐清晰。

那是个黑暗的小房间,在红外线的监控镜头下,可以看到的画面很有限,只能看到一张床,还有床下放着两箱矿泉水,两箱书。

床上有了些动静。

一个人躺在床上,此时正翻了个身,被子滑落,露出了后背,这个人穿着一件无袖的宽松背心。

这个人睡得很熟。

苏溪又看了一会儿,才退出程序,把手机扔在了一边。

看起来一切正常。

当然,从她踏上这条不归路开始,正常的定义就异于他人了。

苏溪从背包里拿出一瓶水和一个面包——都是刚刚在楼下便利店买的。

她一边急匆匆地吃着,一边掏出了背包里的其他东西——比她的生命更重要的东西。

一份是从公安局拿到的卫东和案件的大部分物证。

还有一份档案袋,上面标记着市检察院。

这就是她这次的行动计划:在二审前拿到公安局的原始案件资料和检察院的完整资料。拿到这些原始资料的目的当然是为了寻找真相,顺带着,她希望,因为这些原始资料的丢失,二审日期会延后。

现在,最最重要的,就是时间。

她看着面前的两个厚厚的档案袋,长舒了一口气,现在,她已经提前完成了任务。

苏溪快速地翻查了一下公安局的文件,终于找到了。

这是她之前从没见到的一份资料。

上面是美亚特健身中心文汇路店去年的所有会员资料。

一共一百八十八人。

警方并没有把这份资料交给检方,也没有出现在一审的法庭上。任何一个国家都没有警力充分到调查每一个曾经出入过案发现场的人,这并不奇怪。

这份资料的全部意义就在于让苏溪看到。

在第四页纸的第七行。

王之夏,男,三十四岁,通惠路 34 号福安小区 1 栋 1708,135×××××××××。

苏溪只认识一个王之夏,住在福安小区的三十三岁的检察官王之夏。

卫东和案件二审的检察官王之夏。

清洁工

7月5日　凌晨3:00

高程在市公安局走廊上遇到了千江。他一见千江眼睛就亮了,随后灿烂一笑,"警队什么时候来了个大美女啊?"

千江瞪他一眼。

她知道自己现在的模样,额头红肿的大包还没下去,下巴又青又紫。他不是在讽刺她,就是别有所图,在奉承献媚她。

高程笑嘻嘻地自我介绍,说他是应张队长的邀请,来局里开案情分析会的。

听到他就是高程,千江认真地打量了一番。

眼前这个男人手臂粗壮,体格健美,五官也很俊朗。只是脸上挂着的不正经的笑容,贱兮兮的神气,和千江了解到的为了好友怒揍律师,再从体校运动生直接转型成律师的仗义聪明的好男人形象大相径庭。

"怎么样,看够了吧?"

高程笑嘻嘻地问她。

千江不搭理他,板着脸,给他指了指会议室的方向。

"你怎么不一起去开会?哦,我知道了,是不是那个黑脸的张队长让你不开心了?你不想见他?"

千江转身走了,走得很快。

她下巴受伤之后,还没敢让张维则看到她。

这个高程,人虽然嘻嘻哈哈,对别人心理和情绪的洞察力却是一流。

高程的声音从身后传来:"等一会儿开完会,我请你一起去吃个早餐吧?第一次见面就一起吃早餐,多浪漫的事儿啊。"

如果不是在公安局,如果不是知道会议室门后有张队长和一群同事在,千江真想给高程一个过肩摔。

难怪人家说,物以类聚,作为准死刑犯卫东和的好朋友,他肯定也不是什么好东西。

高程推开了会议室的门。

门开处,是一股浓重的香烟味,这味道裹挟着一种令人心焦的紧张压抑的气氛。高程晃晃悠悠地走进会议室,满满的一房间的人,全都转过头,目光紧盯着他。

高程淡定地抖抖肩膀,似乎要抖落掉那些目光似的。

房间里的大多数人高程都认识——都是他认识之后,又不那么想认识的人,所以鼻子哼了哼气,跟谁都没打招呼,坐在了聂宇和王之夏之间的空位置。

负责此次案件的是张维则——刑警队的队长。随着下属们的讨论汇报,他的额头的青筋暴起,鼻翼一起一落,显然在极力地按捺着火气。

他就像个点了引线的炸弹,不知道什么时候会爆。

"……那是辆黑车,司机只在晚上出来赚点外快,苏溪在中山路上车,十里湖下车,其间在检察院停留了大概十分钟。已经调查过司机了,没什么可疑。"

"十里湖附近没有监控,司机说她好像往名航路走了——"查监控的小白白立伟推着眼镜说。

沉默了一会儿,张维则黑着脸问:"联系到苏溪的家人了吗?"

"联系到了她在德国的父母,他们住在郊区,最快也要三天以后才能赶回来。她父母说前天下午还和苏溪通过话,一切正常,她们聊到了第二天去检察院上班的事,她还说自己准备好了,苏妈妈说从来没听说过卫东和这个名字,她还问我是不是苏溪找的男朋友。"邓铭无奈地一摊手。

高程用只有聂宇和王之夏能听到的声音哧笑了一声,但聂宇和王之夏都像没听到,看都没看高程一眼。

张维则点点头:"好,你们保持联系,老邓,再找找苏溪的朋友问问。"

"好的。"

"唔……刚才王检提到的苏溪脸部受伤的问题,小聂,今天你跟她接触最多,你觉得她的样子像不像被人胁迫?"

聂宇端坐在椅子上,思索了一下:"从现有的情况分析,很可能是被胁迫了,不然没办法解释她的所有行为——"

张维则等了一会儿:"你怎么想?"

聂宇长呼了一口气:"我不知道。我的感觉是她目的明确,机动性很强,应该是受过专门的训练。"

"训练什么?"底下有人说。

"拳脚功夫,反追踪能力,伤口包扎,攀岩,说谎……很多。"

张维则的脸色更难看了:"这是针对市局的行动吗?"

"不知道。"聂宇环顾了一下四周,"我认为这是针对卫东和案件的行动——"

"会不会是为了钱?不是还偷了十万块钱吗?"邓铭说。

"有这个可能,可是苏溪,一个助理检察官,能用钱收买得了吗?"反驳他的是光头强,林强。

"那也不一定,那得看有多少钱啊。"

高程忍不住插话:"呃,据我所知,卫东和家最值钱的就是他的婚房了,这婚房三个月前刚卖了,给卫东和的母亲交治疗费。"

聂宇把目光转向了高程。

"高律师。"

高程也看着他:"聂警官。"

"情况你都了解了吗?"

"这么复杂的情况……"高程牙疼似的,"不是很了解。"

"没关系。你认识苏溪吗?"

张维则身后的幻灯片变成了苏溪的大头照。照片里的女人穿着检察官的制服,素颜,表情略带拘谨,眼睛睁得很大,眼神中有压抑不住的喜气洋洋,这份喜气,让她整张脸都在放光——这张脸和今天大家接触到的化着淡妆,戴着眼镜,鼻青脸肿的苏溪就像是两个人,照片旁边是她的基本资料,苏溪,女,二十六岁。

高程认真地看,认真地想,然后摇摇头:"不认识。"

"从来没见过?"

"从来没有。"

"卫东和认识她吗?"

高程十指交叉,"我觉得不认识。"

"你确定?"

"我不能确定。我又不是他肚子里的蛔虫……再说,这女人万一是暗恋,连卫东和自己都不知道,我到哪儿去确定?"

房间里嘘声一片。张维则拍拍桌子维持纪律:"高律师,如果你现在说谎,恐怕对卫东和更加不利。"

高程一摊手:"真的? 我怎么觉得如果找不到这个女人,卫东和好像更安全。后天……"他看看手表,"哦,不对,明天,明天开庭,王检的主张没变吧?"

王之夏斜了他一眼,没有说话。

"你是律师,当然有权为当事人沉默。"聂宇看着他,还是淡淡的口气,"这个女人是你的当事人吗? 这个问题你最好不要撒谎。"

高程不屑地冷笑一声:"我懂法律,聂警官。"

他看一眼坐在正中间的张维则，一板一眼，一本正经地说："我不认识这个女人，我不是她的律师，她也不是我的当事人，我从来没有见过她。"

"那我换个说法，你对苏溪做过的事，早有耳闻吗？"

"如果我早有耳闻，我现在就不会坐在这里了——依照你们对我的了解，我像那种半夜爬起来，跑公安局协助你们破案的热心好市民吗？"

他这种更接近于挑衅的话语让房间里的气氛僵到了极点。

聂宇开口："你的意思是你一无所知？到这儿来是为了打听情况。"

"没错。"

他挪着屁股站起来："看来我也该走了，各位辛苦，继续，继续……"

聂宇像没听见，继续问："谢兰仙，你认识这个人吗？"

投影仪的幕布上再次出现了谢兰仙的脸。

"有点眼熟。"高程皱起了眉头，他的样子像是在仔细回忆。

"她是个清洁工——"聂宇忽然开口提醒他。

高程的目光投向了聂宇身侧的王之夏，他清楚地看到王之夏对着他转动了一下眼球。

"想不起来了。"高程咧咧嘴。

"是吗？"聂宇看着高程，"谢兰仙的前一份工作是在美亚特健身中心文汇路店做清洁工，也就是卫东和涉嫌杀人的那间店，高律师也是会员，不会一点儿印象都没有了吧？"

会议室里起了一阵嗡嗡的议论声。

卫东和的逃

7月5日　凌晨5：00

卫东和一夜没睡。

他双手枕在脑后，望着上铺的床板发呆。

夏天天亮得早，隐约有一束光线进来，可以看到监房里两张心事重重的脸。

"你确定计划没问题?"老砍趴在床边,眼巴巴地望着卫东和,又重复了一次。

他几乎一晚上都在重复这句话。

"没有计划是完美的。"卫东和的眼睛还是望着床板,"我不能确定,我只能赌一把。"

老砍嘿嘿一声,"赌就赌,我也赌!"他来了精神,撑着胳膊肘,"出去以后呢?你有落脚的地方吗?警察肯定会查得很严,我们要逃到哪里去?"

老砍的问题一个接一个。

"出去以后就各奔东西,看个人的造化了。"卫东和看了一眼老砍,"两个人在一起目标太大。"

那倒也是。

老砍狐疑地望着卫东和,最后还是接受了这个说法。

毕竟卫东和把全盘计划已经告诉他了,而且事实也是,出去以后的变故可不是卫东和能控制的,他说的也没错,两个人目标太大。

不管怎么说,能出去就好。

一想到卫东和的计划,老砍就忍不住热血沸腾。

他从来没想过,还有这样的方法,不,不,他甚至从未想过还能出去。

"我还是觉得不对。"老砍腾地坐起来。卫东和一直在说的,都是他自己的越狱计划,而这计划里,本来并没有老砍。

"你跟话剧团的人说好了?他们知道要带我走?你这一晚上都跟我在一起,你什么时候跟他们说?你不是在忽悠我吧!"

他的声音尖锐起来。

卫东和看了他一眼。

太阳慢慢探出了头,监房里慢慢有了声音,起床、说话、下地、走路……很快管教就会出现,催促他们洗漱,接着是晨练和早操时间。

"我说了,《新生》是欧洲宫廷的故事,演员穿的都是那种宽袍大袖,女演员穿的裙子都跟大伞似的……"

"你让我也去演戏？我不会啊！"

卫东和站起身，开始穿衣服，慢条斯理地说："你不用，他们多带两套衣服，我们换了衣服，戴了假发，演出结束后，跟他们一起穿着演出服走出去。"

老砍激动极了："能行吗？管教不查？"

"不会查女演员。"卫东和平静地穿好衣服，"我们都穿上女装，管教不会去翻女演员的衣服。"

"他们已经知道你要带我走了？"

卫东和神色不变："现在不知道，但到时候就会知道。也不是多麻烦的事。"

老砍嘿嘿一笑："那倒是，我矮、瘦，装女人好装。"

"哎对了，那你去餐厅里拿的是什么啊？给我看看？"

他还是有些不放心。

卫东和摊开手，露出一把钥匙。

"哪儿的？"

在老砍想要伸手的时候，卫东和手一扣，等他的手再翻上来的时候，钥匙已经不见了。

"一楼那个会客室，会改成临时的演员休息室。"

"呵！厉害啊！"老砍叹为观止，"深藏不露啊，厉害！"

厉害吗？

卫东和扯一下嘴角："坐牢久了，能学的东西还挺多的。"

管教已经出现在了走廊，随着一声哨响，新的一天正式拉开了序幕。

卫东和不是个话多的人，但越这样，就越让人觉得放心。

稳重的人都不爱说话。

有了他的承诺，老砍忐忑不安的心终于安定了下来。他倒不怕计划失败，失败的后果也不会更糟，人总不可能死两次。

因为这样，他跑操的时候也难得地活跃起来。

也许是最后一次跑操了呢……

出去以后去哪儿？他没想过，卫东和肯定想过，不过没关系，他可以出去再看，是跟着卫东和呢，还是自己一个人跑？他还没拿定主意。他不担心卫东和骗他，都是死刑犯，还能再加刑不成？

他们都一样，有本钱赌一把总好过坐着等死。

现在的问题是，赌完以后呢？如果不跟着卫东和，他出去以后往哪儿跑呢？嗯，不用说，得先逃出这个城市，要不然等警察把警戒线布控好，他插翅也难飞了……

老砍这么乱七八糟地想着的时候，卫东和已经跑到了他身边。

"掩护我，我去办一件事。"他丢下一句话，对着老砍使了个眼色，就继续往前跑远了。

老砍抬头看了看。

早操时间结束了，正在排队准备去吃早餐，从操场到餐厅要走过一条长长的走廊。

他去办什么事，老砍不知道，但既然卫东和要带他一起出去，他们好歹是一条船上的人，他也得为这条船做点什么……

可是掩护，掩护什么？

他有点迷茫，但随着卫东和忽然回头给他的一个眼神，他福至心灵地叫了起来，"哎哟！哎哟！"

老砍的声音特别大，大家都回过头来看。

管教走了过来："什么事？"

是昨天新来的那个姓王的管教。

"我，我肚子、肚子疼……"老砍抱着肚子蹲在地上，他抬眼皮发现走在队伍前列的卫东和忽然不见了。

"怎么回事？"管教越走越近。

是变魔术吗？怎么可能？

老砍吃惊地张开了嘴，而一眨眼的工夫，他看到卫东和又出现在了队伍里，还是那个位置。

老砍松了口气，他赶快站直了："现在好点了，可能是饿的。"

队伍里传来一阵哄笑，大家继续往前走。

老砍的脸涨红了。

不是因为羞愧，而是因为兴奋。

他开始觉得，这件事是有希望的，卫东和一定能带他奔向自由。

就在刚才那个眨眼的工夫，卫东和身上的死刑犯的红色马甲已经换成普通犯人的橘色马甲了。

橘色马甲是哪里来的？原来的红色马甲又放到哪里了？

老砍这才开始真心佩服起卫东和来。

他咧开嘴，等话剧团的人来了之后，他一定抽空问问卫东和。

卫东和走在最前面，径直走到了餐厅。

远处的管教在他身后注视了两秒，目光再次移开了——他才来这里一天，你不能指望他认清所有的嫌疑人的背影。

卫东和换成橘色马甲之前，就已经用铁丝打开了手铐。

铁丝是花钱从"独龙"手里买的。

橘色马甲是他从洗衣房里偷出来的，为了找到这个机会，他等了两个星期才碰到一次几个犯人在洗衣房附近闹事。

至于那枚钥匙，当然不是会议室的钥匙。

话剧团倒是真的，但那出戏演的是什么？鬼知道！卫东和不认识话剧团的人。

他从头到尾，都没打算带老砍一起走。

这是一场关系到他生死的计划。他设计了三个月，从他认罪的那天起，他就决定要越狱。

他决不能为没有犯过的错误付出生命的代价。

也绝不能带着个不相干的人阻碍自己的计划。

老砍真是个杀人犯，杀人偿命，是他的天经地义。

他没杀人，他该当出去。

计划比他想象中困难，他要找人，找工具，配钥匙，研究线路，寻找突破……这期间还得面临无数次的提审，还有律师的会谈……而最大的困难当然是迟迟没有上任的新管教，那个不熟悉环境的新管教，是最关键的一步。

托老砍的福，新管教恐怕都没认清卫东和的脸——毕竟他一直安静而又听话来着。

在人群拥向饭桌的时候，卫东和神色如常地走到餐厅靠墙的一扇铁门前。

他穿着橘色马甲，这一群密密麻麻的橘色人中间，他没有丝毫的存在感。

一个犯人把饭盒掉到地上，饭菜溅了另一个犯人一身，这个犯人立刻给了对方一个耳刮子，两个人立刻嚷嚷起来。新来的管教举着警棍奔过去。所有人的视线都被牵引住了。

卫东和背靠着墙，也在看热闹。看热闹的只有他的眼睛，他的那双背在身后的手正忙着别的事情——他正用钥匙打开那扇铁门上的弹簧锁。

门"啪"的一声，弹开了一条缝儿，卫东和就像一条泥鳅，从那条缝儿里，闪身滑了出去。

铁门在他身后碰上，又自动上了锁。

卫东和一出铁门，便开始飞奔。

市看守所并没有改变监狱的布局，卫东和清楚地知道，这扇门通向哪里。

走廊里迎面过来一个男人，看到卫东和，马上喊叫起来，可没等他出声，卫东和已经跑到了他跟前，一个抬手劈在那人脖颈，那人就软绵绵地躺在了地上。

卫东和另一只手接过那人手里已经松开的菜篮，麻利地拖着那人和菜篮走到了拐角。

片刻之后，卫东和穿着那人的衣服走了出来。

衣服稍微有点小，不过没关系。

制服永远都是不合身的。

还有十八分钟。

为了等待新管教的出现,越狱的计划一直拖到了今天,也只能是今天。

还有十八分钟,大家吃完饭之后要集体回监房,到时候分管牢房的管教一定会发现卫东和不见了。

时间还很充裕。

卫东和走进厨房的时候,谁都没有发现异常。

他低着头飞快地贯穿厨房,就在碰到通向外面那扇门的把手时,身后传来了声音。

"喂,你,怎么没见过你?老王呢?"

"拉肚子了!"卫东和冷静地说。

"懒驴上磨屎尿多!每次装垃圾的时候都跑去偷懒!"那人骂骂咧咧的。

卫东和没再理他,直接拉开了厨房门,门口是一排排的垃圾桶。

远处则停着几辆大垃圾车,正在自动搬运着垃圾桶倒垃圾。

而更远的地方,高高的岗哨亭里有警卫端着枪在值班。

卫东和低着头,整整身上的灰色制服,径直走向了中间的一辆车,驾驶座已经有人了,司机正在抽烟,卫东和没有任何犹豫,拉开车门直接跳上了副驾驶。

"欸?"司机一愣,"你……"

卫东和歪头看了一眼。大铁门前,几个管教正在说话,这是他越狱的最后一道防线了。

那几个管教心情都很不错,又说又笑的,门口的两个警卫在跟他们一起聊,一起笑。

"哦,他们让我跟你说一下……"卫东和手一指,在司机转头的时候,他对着司机的脖颈来了一下。

司机头一歪,晕了过去。

前方的卡车慢慢开始开动了,卫东和摘下司机胸前的出入卡,飞快地把司机拖到了仪表盘下面,然后坐在了驾驶座上。这一切结束的时候，正好轮到了他的车要开动了。

大铁门前，是自动升降柱，卫东和把车开过去，拿出出入的门卡，还没递过去，一个正跟伙伴聊得哈哈大笑的警卫便摆摆手，示意可以通过了。

一切都非常顺利。

蜘蛛网与飞虫

7月5日上午7：15

卫东和的眼睛专注地盯着前方的路面。

现在是早上七点十五分，距离他越狱不到一刻钟。自由的味道就是夏日早晨沁凉舒爽的空气和风驰电掣的奔驰，可惜卫东和一点儿也感受不到。

因为紧张，他的额头甚至渗出了薄薄的汗珠。

在他的预计中，最好的情况是早上九点，当演员们进场，老砍发现《新生》这出戏其实和中世纪的欧洲一毛钱关系都没有，察觉到上当受骗的他一定会举报卫东和；稍次一点的情况是管教八点换班，今天白班的尹龙是个心细如发的老警察，他肯定会发现异常；再差的情况是七点二十分，如果老砍不想办法掩护他，分管牢房的管教就会发现异常了；最差的情况，就是现在那个被他打晕的人，已经被人发现……

每一种情况，他都做出了适当的心理预期和简短计划。

但那都只是假设，真正坐在车里，加足马力一路狂奔的时候，他感受到的，是比车速更快的时间的流逝。

不管是九点还是现在，只要狱方发现他不见了，瞬间整个城市都会高度戒备，看守所、警察局、特警队甚至武警，还有那无孔不入的城市监控，他们会形成一个纵横交叉密不透风的蜘蛛网，他唯一安全的行动路线就是停留在某一个网格，蜷缩不动，像一个莽撞无知的飞虫，在瑟瑟发抖中等待着凶恶的蜘蛛拖着沉重的脚步慢慢靠近……

卫东和吐出一口浊气。

他必须让自己冷静下来。任何一点点冲动都可能前功尽弃。

这是辆老式卡车,拉着几吨重的垃圾,就算他把油门踩到底,也快不到哪里去……不过这在他预料之中,只要在警方找到他之前他能到达纺织城就可以,晚一点也没有关系。

深呼吸,深呼吸。

他慢慢冷静下来。

路两边是一片荒地,长满了青青的野草和凌乱的小花,远处老式工厂的巨大烟囱和依稀传来的汽笛声显示他已经接近市区。他很清楚自己现在最需要的就是换下这身难看的灰色制服然后停车,不动声色地融入到附近的居民区,一边吃着刚出锅的油饼一边跳上去市区的大巴车,像个普通上班族一样。几站之后下车再换车,然后循环这个步骤,很快警方就会失去他的踪迹——虽然只是暂时的。

副驾驶的椅背上挂着一个满是油渍的黄色皮革包,卫东和单手打开翻了翻,里面有一件T恤和牛仔裤,灰亮亮的,脏得看不出本来的颜色。

即便是新的,卫东和也不能穿,这司机比卫东和矮一头。

被他塞在脚底下的驾驶员忽然动了动胳膊。

卫东和心里一紧,左手扶着方向盘,右手把皮革包倒出来,这次他找到了点儿零钱,大概几十块,他顾不上数,赶快塞到了裤子口袋。

他抬起头,想把车停到路边,谁知道忽然从倒车镜里看到他后面跟着一辆警车。

而这辆交警巡逻车还在打灯,示意他停车。

血一下子都冲到了脑门上,他的后背一阵阵发凉。

这辆车是什么时候跟在他后面的?

是违章了还是越狱被发现了?

本能让他果断弃车逃跑,绝不能和警察碰面,他这副样子瞒不过警察,更不要说他的脚底下还藏着一个人。他的手摸到了车门,可是马上他就清醒了过来。

不,不行,周围都是荒地,一马平川,他绝对跑不过汽车,再说警车里有几个人，有没有枪？这些情况都不知道，他不能轻举妄动。

脚下的司机发出了嗯嗯的呻吟，眼看着也要醒了。

没时间犹豫了，卫东和一转方向盘，把车停在了路边。

后面的警车也停了下来，趁交警下车的工夫，卫东和迅速地跳到副驾驶，弯腰手一勾，把哼哼唧唧的司机拉了上来。

司机还没完全清醒，身子软绵绵的，眼睛眯缝着。卫东和把他扶到驾驶座上，让他坐好头歪向窗户。他的手碰到司机的裤兜，硬邦邦的，掏出来一看是个手机，卫东和也收到口袋里。

从后视镜看到一个年轻高大的交警下了车，正围着垃圾车车尾检查什么。卫东和稍微放下心，看样子不是找他的。

在交警走到驾驶座一侧的时候，卫东和手摸向副驾驶的门，打开车门，从另一边飞速地跳了下去。

"嘭嘭！"

他听到交警拍车门的声音，"车牌脏了，知道不！开窗，驾照。"

卫东和虚掩着车门，蹲在车下。

司机还是迷迷糊糊的，头歪着，嘟嘟囔囔不知道在说什么，看到这个情况，交警大吃一惊："怎么回事？你喝酒了？你等着！不许动！"

交警急急忙忙地跑回警车，很快又回来，这次他手里多了一个酒精测试仪。

卫东和心绪大定，看来交警是一个人。

他蹑手蹑脚地开始往车尾移动。

"大早上就喝酒！你胆子可以啊！"交警催促道，"打开车门！"

司机迷迷糊糊地睁开了眼，看到眼前的情景，小眼睛眨巴了半天，一时还是不明白发生了什么事。

"是不是喝酒了？喝了多少？"交警更来气了，"赶快开门！"

司机迷迷糊糊地开了门。

"吹气！"交警把酒精测试仪递上去，可司机根本没接，他脖子一歪，忽然向交警倒了过去。

交警手忙脚乱地扶住他。

"搞什么？怎么回事……哎，你……"

卫东和很清楚这个情况。

他打到的是司机的颈动脉，这是最容易造成人体昏厥的部位，短暂的脑部缺氧会让人在清醒之后持续头晕，方向感的丧失需要一段时间才能恢复。

就在他们手忙脚乱的时候，卫东和在车后绕了一圈，快速地走到了警车旁。

那位交警太着急了，不仅没拔钥匙，连车门都没关。

卫东和顺利上了车，他根本没做任何犹豫，一踩油门开动了汽车。

交警下意识地回头，看到警车忽然发动，更加吃惊，可是他怀里还抱着垃圾车司机，根本没办法反应，眼睁睁看着警车在他眼前疾驰而过。

"哎呀！"

看到警车越开越远，交警终于反应过来："起来，起来！"

他气急败坏地把司机往副驾驶的位置推："你进去，进去！"

交警手忙脚乱地爬上了车，他的手摸向方向盘，眼睛一瞥，"钥匙呢？！"

交警怒吼着看向司机。

司机摸着脖子，慢慢恢复了神志。

当然，对于刚刚警车被盗的事，他还处于云里雾里，但是他想到了更加久远，也更加重要的事。

"那个人！那个打昏了我的人！他是逃犯！逃犯！"他失控地尖叫了起来，"有犯人越狱了！"

交警和司机纠缠的时候，卫东和已经开着警车在前方的路口转弯了。

这个插曲只是他已经开始的逃亡生涯中最普通的一幕，等待他的一定是更艰难更紧张更凶险的道路，而他只能头也不回地走下去。

他的车速开到了最大，风驰电掣一般。

现在才是真正的和时间赛跑。

几分钟之后，他终于看到了密集的建筑物和逐渐增多的人群。

根据路标显示，纺织城就在前面。

就在这个时候,警车的电台传来了声音。

"紧急通报,紧急通报! 7月5日7时许,市看守所一名嫌犯打伤一名垃圾车司机之后驾车逃跑。该车在童家村常付线公路被交警发现,随后该犯抢走了牌号为SA5671的警车,驾车逃逸。嫌疑人卫东和,三十三岁,身高一米八一,案发时身着灰色短袖、灰色长裤、黑色球鞋、光头,身材魁梧,该犯是今年3·13杀人案的疑凶,曾在全省自由搏击比赛中得过冠军……请各相关单位及人员及时协助抓捕……"

卫东和面无表情地听完,好像和自己全无关系。他的眼睛还是死死盯着前方的路。

再过一个路口就是红旗路,市车管所就在这条路上,而车管所旁边是全市最大的二手车交易市场,在这里,任何一辆车都不会引起别人的注意,包括警车。

和卫东和想的一样,车管所门口依旧是人满为患,路边停满了车。他一路直行,一直开到二手车交易市场才在门口找到一个空车位。

停车之后,卫东和把车里的东西都拿出来翻拣了一遍。

警棍、记事本、钥匙、口香糖、纸巾……卫东和迅速地分类,在后车座找到一套交警制服之后,他马上脱掉了身上的衣服。

好在交警的个子不算矮,衣服穿在身上也不是太别扭。

穿好衣服之后,他把车上找到的钱和从垃圾车司机那里抢来的钱合在一起,数了一下,一共一百一十五块,全是零钱。

卫东和把钱叠好,塞了在裤子口袋里。接着从储物格里拿出藏在杂物中间的一副手铐挂在了皮带上,然后打开车门下了车。

太阳已经升起,耀眼的光芒披洒在卫东和身上,他看起来自信稳健,就像是一个真正的警察。

他环视了一圈周围,很快把目光锁定在了一个三十来岁的高个儿男人身上。

男人正独自站在墙边角落里打电话,讲得口沫横飞,他身上穿了一件灰白相间的格子短袖衬衫,衬衫里面是件灰色的圆领T恤。

"你要我怎么说你才相信啊! 姑奶奶,我真没有……"打电话的男人猛然转身,看到站在他身后的卫东和。

"警官好。来办事啊?"全世界的司机都不会想得罪交警,所以男人马上露出个献媚的笑脸。

卫东和微微颔首,眼睛瞥向男子的手机。男子马上心领神会,干脆利索地挂断手机。

"您看,有什么我能帮上手的?"

"把衣服脱了。"

"啊?"男人以为听错了,一脸茫然。

"衣服脱了。"卫东和又重复一遍。

对飞虫来说,在蜘蛛网里唯一的逃生方案,就是不断地抛撒出假饵,只有让蜘蛛上蹿下跳疲于奔命,它才有机会找到生机。

内鬼

7月5日　上午7:30

聂宇洗了一把脸,从洗手间走出来。

他发现自己那受苦受难的小搭档千江正在走廊上等着他,他瞥了她一眼,转身往刑警队办公室走去。

千江一个健步挡在他前面。

"你跟卫东和是什么关系?你怎么会知道他是一心求死?你去看守所里见过他?"

"没。我知道他是无辜的。无辜的人明明无罪还认罪,不是一心求死是什么?"

"那你怎么知道他是无辜的?我查了检察院的电脑资料,那上面说卫东和是自己认罪的。"

她没去开会,一晚上都在看卫东和的案件资料,越看就越觉得有问题——她没看出苏溪和卫东和的联系,倒是高程、王之夏还有聂宇这几个人个个心怀鬼胎，十分可疑。

怀疑自己的搭档，让千江心里很难受。

聂宇面无表情地往前走，一边走一边说："卫东和是被捕第三天才认罪的，在我抓捕他的过程中他一直声称自己无辜。"

"嫌疑人不都是这样？"千江不依不饶，"我们老师说他们都是不见棺材不掉泪，有的见了棺材都不掉泪！证据显示他就是凶手。"

千江的说法是有理论依据的。

根据检察院的案件资料记载：3·13案是美亚特的经理打电话报警的，那是下午三点十五分，因为离得近，市局刑警队接警后十分钟就赶到了现场。现场在五楼和六楼的楼梯拐角，死者陈廷胸中一刀，腹部中一刀，已经不治身亡，凶器就扔在死者身边，经判断是员工休息室的，凶器上只有卫东和一个人的指纹。

根据其他证人和卫东和自己的证词：两点四十分的时候卫东和和另外两个教练在休息室，卫东和当时把刀擦干净之后削了个苹果，接着两点五十分，陈廷来到休息室，和卫东和打骂起来，后来被人劝开。三点整，有至少三个目击者看到卫东和去了楼梯间，然后是三点过十分，有两个爬楼梯的会员发现了陈廷的尸体，叫声惊动了健身中心的人，经理马上打电话报了警。

聂宇停下脚步，手推开一间会客室的门，走了进去，他坐在沙发上，稍微揉动了一下眼角，才冷冰冰地说："卫东和被捕当天，她母亲下楼的时候摔断了腿，第三天，她从楼上阳台摔了下来，昏迷了半个月，到现在意识也没有恢复清醒，还不认识任何人。"

千江怔了一下："你是说有人用他母亲的安全来威胁卫东和？会不会太牵强？有证据吗？"

"没。"聂宇爽快地说。

"因为他说自己是无辜的，你就相信他？"千江一脸不可思议，她不太能接受聂宇跟她一样被嫌疑人给蒙骗了。

聂宇盯着自己的手，手不停地动着。

"他没有跑，我们抓捕的时候，他正在洗澡。"

"他是想先把血迹洗掉！"

聂宇看了她一眼，沉默了一会儿才对千江说："你知道为什么苏溪在咱们这儿偷了资料，还要去检察院再偷一遍吗？"

千江眨眨眼："啊，你知道？那你为什么还要问王检？"

"我们比检察院的案件资料多一份美亚特的会员记录——就是卫东和凶案发生现场的那个健身俱乐部的会员记录。"

千江眨眨眼。

"为什么？"

"这是调查的原始资料，但是审讯的时候没用，其实我们调查的时候都没用到，因为卫东和很快就认罪了。但那份资料很重要，现在看起来尤其重要，高程、王之夏，还有公安局的很多同事，包括张队，都是那个健身俱乐部的会员。"

千江倒吸一口气："你的意思是，他们在凶案发生的时候，不，在凶案发生前，都有可能接触到受害人，接触到凶手，那就是说，那就是说……"

千江说不下去了，这件事，细思，极恐。

她隐约觉得自己在证物室门口想到的，公安局有内奸这件事，并不是天马行空的妄想。

"我知道二审的检察官是王之夏，就向法院提出了回避申请，不过法庭拒绝，王之夏也不肯主动回避。"

千江一时语塞，怪不得他和王之夏的关系那么僵。

她犹豫了半天："那你觉得他们是不是撒谎了？"

聂宇的眼睛眯起来，过了好半天才慢吞吞地说："隐瞒认识谢兰仙这件事，就是要隐瞒自己和谢兰仙的关系——十万块钱，苏溪、李克梅、卫东和、谢兰仙……这些连成一条线，有些人肯定在撒谎，这些撒谎的人中，有一个，就是杀死谢兰仙的人，也很可能就是杀死陈廷的真凶。"

聂宇低下头，盯着自己的右手。

那天的事历历在目。

卫东和对警察很抵触，不愿意回公安局协助调查，聂宇认定他心虚，于是两人起了争斗,在争斗的过程中,聂宇的右手扭伤。因为这个,一个月后的追捕毒贩行动中,他因为旧伤未愈再次受伤,是一次更严重的伤……

聂宇深吸了一口气,把右手插进了裤子口袋。

聂宇这番肺腑之言,让千江心里对他的疑虑消散了大半儿。

但是,他告诉她的话,比她自己所想象的还要可怕……他们的队伍里有内奸,这个内奸,就是杀人真凶,杀人后又天衣无缝地嫁祸给卫东和……

太可怕了!

那个躲在暗处的内奸是谁?他接下来会有什么行动?

那个不顾一切从公安局逃走的苏溪跟这个内奸有关系吗?是什么关系?

千江的脸渐渐失去了血色。

聂宇的手机响了。

他接听电话:"什么?"

电话里的声音又快又急,聂宇以为自己听错了:"你再说一遍!"

对方重复了一遍。

聂宇脸色登时变了,他没等电话说完,就跳起来,以惊人的速度向外面跑去,千江一看,也忙跟着他,一起向外跑:"怎么了?找到苏溪了?"

"是卫东和!卫东和越狱了!"

亡命徒

7月5日　上午7:35

安静的停车场里响起了"嘟"的开车门声,王之夏收好车钥匙,走向自己黑色的SUV。他打开车门刚刚坐进去,副驾驶的门突然地被打开,一个黑影钻了进来。

王之夏没来得及反应,一个硬邦邦的东西,用力地顶在了他身侧的肋骨上。

"别动,开车。"

是个清冽的女声,王之夏马上知道是谁了,他侧了一下脸,看到了一张戴着黑色运动帽的侧脸,果然是她,苏溪!

王之夏的心突突地跳着,但他还是尽量不动声色地发动了汽车。

他没有做徒劳的挣扎,不管枪是真是假,他都不想激怒一个亡命之徒。一个疯子似的女亡命之徒。

车子很快驶离停车场,顺着主干道疾驰。

王之夏用余光看了一眼苏溪。

苏溪有着一张年轻,甚至可以说漂亮的脸蛋。王之夏清楚地记得在助理检察官招聘的最后阶段,她在分组辩论会上,那意气风发,激情澎湃的模样,那样的自信、坚定,充满了一个理想主义者的天真或者说专注。

王之夏最后选择她,就是因为这份专注。

他相信她一定会成为一个好检察官。

和他一样的检察官。

然而就在昨天,她用事实给了他狠狠一巴掌。

上班的第一天,她鼻青脸肿地出现了,对此她的解释是摔了一跤——王之夏是刑事案件的检察官,他成天接触的不是打人的就是被打的,什么样的伤口没见过?他一下子就看出她在说谎。

但是他没有揭穿,他一向不喜欢打听别人的私事。对他来说,只要别人不求救,他就不会贸然伸手。

可她还是让自己的私事变成了他不得不管的公事。

一件足以惊动全市的公事。

她的伤势好像更严重了。

鼻梁和额头上都有些细碎的小伤口,听说她打破公安局洗手间的换气窗逃走了。

简直不可思议。

"去哪儿?"在下一个路口之前,王之夏打破了沉默。

"直走。"她冷冰冰地说。

就连声音都像是变了个人。

大多数警察的意见认为苏溪被胁迫了。

这应该是唯一合理的解释。

但是现在他不这么想了。

一个被胁迫的女人不会那么果断,更不会主动出击。

"在警方留存的卫东和案件的原始资料里有一份美亚特健身中心的会员记录,为什么在检方资料里没有出现?"

她气势汹汹地问,眼睛瞪得老大。

王之夏淡定地望着前方:"因为我觉得没有必要。卫东和的案件事实清楚,证据确凿,他自己也认了罪。那份会员记录只是警方调查时的一个辅助工具,事实证明并没有什么用,也没有影响案件的侦破,在法庭上并不会为检方增加胜算。"

"你撒谎!"苏溪凶相毕露,"那份会员记录很重要!上面至少有五个刑侦队的警察,一个辩方律师高程,还有你,王检察官!跟这个案子有关的人差不多都在那上面了!"

"所以你认为我们中有一个人是真凶,杀了健身中心的一个教练,然后嫁祸给了另一个教练卫东和?"

王之夏嘲讽地冷笑一声。

"没错!就是你们,你们中间的一个或者一群!"

"健身中心离公安局不到一站路,刑侦队的几个警察去健身也没什么稀奇,高程是卫东和的好朋友,听说他办会员卡能打折……"王之夏望着前方,"至于我,我的会员卡是别人送的,我已经好几个月没去过了。"

"在卫东和被捕之后!那之前你可是每个星期都去……"苏溪冷冷地,"那里的员工可都记得你。"

"是吗?他们记性倒好。那他们应该记得,案发那天我没有去。"

"需要吗？案发地点是在楼梯间，不用从正门前台刷卡就可以进去，那里还是监控死角……只要了解那里的地形格局，你们每个人都有可能是凶手。"

"我们可没跟卫东和似的，有一把沾有死者血液和自己指纹的凶器。"

"那是伪造的！卫东和之前并没有认罪，但是那时候他妈妈突然从楼上摔下来重伤，这件事发生后，卫东和才认了罪！"

"你觉得他被迫认罪了？"

"对！"

"他告诉你的？"

苏溪没回答这个问题："这个案子没有那么简单。你知道谢兰仙吗？卫东和案案发的时候，谢兰仙是那个健身中心的清洁工，案发后她马上辞职了，辞职后一改往常，天天美容购物，大手大脚……她死了，昨天早上，她被杀了！"

这些王之夏已经从聂宇口中知道了，苏溪就是因为这个案子被带到公安局的。他还知道谢兰仙包里发现的十万块钱也被苏溪拿走了。

王之夏的手紧紧握着方向盘，指尖都开始泛白。

"你调查过她？两个月以前？"

他的声音像是从北极来的，带着彻骨的寒意。

两个月前，正好是卫东和提出上诉，法庭依例把案子递交给上级检察院，也就是王之夏手里的时候。

苏溪没有承认也没有否认："总之这个案子有疑点，还有一天就要开庭二审……"

"你还认为会开庭吗？"王之夏喝道，"你偷走了所有证据！原始证据被毁，还有什么二审？你把法律当成什么了？你把检察官当成什么了？"

"那你把法律当成什么了？！你们这群公检法的人把人命当成什么了？！就因为他坐过牢吗？就因为他坐过牢他就会杀人？就因为他坐过牢他就被判死刑？！去年黑马街那个斗殴的案子，凶手众目睽睽之下杀了两个人才是死缓！你们凭什么判他死刑？！"

她的嗓子都破音了，顶着他腰侧那个硬邦邦的东西，因为她的用力，硌得他很疼。

她的叫嚷声里充满了绝望和愤怒。

王之夏彻底迷茫了。

那个他知道的苏溪到底发生什么事？在她等待入职的这一个多月，到底什么事可以彻头彻尾地改变一个人呢？她现在的样子哪有一丝法律人的专业素养？她说这番话的样子就像被打了鸡血，王之夏根本控制不住地汗毛直立。

正义的美国队长也不会比她更勇敢更热血了！

她是不是去好莱坞改造了？

初升的太阳透过车窗照在她的脸上，那一瞬间她闪烁的光芒炫耀夺目。

只是这光芒不是热的，而是冰冷的，光源来自苏溪的双眼。

苏溪的眼神像刀子一般，她整个人都像一把刀子。

王之夏的手机突然响起来，是个陌生号码。王之夏看了一眼苏溪，她用枪管更紧地顶住了他的腰侧。

一刹那她又恢复了那个冷静坚定的模样。

王之夏接通了电话，手机那头传来了一个急切的男声："王检，你在哪儿？卫东和越狱了！"

王之夏感觉到腰侧的枪管离开了他的身体，他看到苏溪惊呆到失魂的脸。

"什么时候？"王之夏沉着地开口。

"今天早上，就在半个小时前。我们做了调查，他最可能会去的地方——"

对方的话没有说完，苏溪一把抢过王之夏的手机，她倏地打开车窗，一扬手，把手机扔出了窗外。

王之夏最后只看到一道漂亮的黑色抛物线。

"去纺织城。"她像什么事都没发生，只是放在他腰侧的枪管可以感受到剧烈的抖动。

王之夏表情复杂地看了她一眼，他只有一个问题。

"你跟卫东和到底是什么关系？"

"我不认识他。"

 ## 小护士

7月5日　上午7：40

卫东和头戴着一顶棒球帽，穿着黑色短袖T恤，灰色运动长裤，手里拎着个果篮，不显山不露水地走到了医院门口。

门口站岗的那个警卫好像刚睡醒，一个劲儿地打着哈欠。在他的身后，一扇大铁门紧紧关闭。

从外表上看，这家私立疗养院跟监狱长得还挺像。

卫东和走上前来。

"身份证。"那个警卫说。

卫东和在门口递上了身份证——这也是他穿着交警那身衣服得到的热心市民的帮助，这样的招数他在不同的路段，又使用了两次。

他把三套衣服搭配着穿了一下，剩下的放在了一个隐蔽的地方，在逃跑的时候，也许能用得上。

第二个"帮助"他的人，是跟他乍一看有几分相似的男人，他在脱衣服的时候，卫东和顺走了他的身份证。

警卫仔细看看卫东和的身份证，确认之后递给卫东和。

"在那边登记。"

在门口登记处的本子上，卫东和写下探访时间和探访人姓名：何亚丽。

"进去吧。"警卫打开铁门。

和大门外的戒备森严不同，大门里面有白色的建筑，有修剪整齐的草坪，还有一个小小的水池，水池里种了睡莲，水面上有几个含苞欲放的花苞。安宁舒适的环境让就算是焦虑紧张的卫东和，也略略松了一

口气。

这间疗养院是以前纺织城工厂医院改建的,地方大,重新改建后,拥有完备的医疗系统,也有设施齐全的舒适的酒店式疗养公寓。

卫东和直接去了疗养公寓楼。

他一边走,一边从口袋里掏出一个口罩戴上。

这是他花了三分钟,在一家便利店买的,跟这个口罩一起,他还买了一顶棒球帽。

一路上,他遇到的在庭院里早起散步的疗养病人,五个人中,有三个都戴着口罩。

公寓楼一共五层,卫东和没坐电梯,从楼梯走了上去。

在四楼的楼梯口,他遇到一个要下楼的男人,男人的眼神停留在卫东和的棒球帽和口罩上。

卫东和咳嗽了两声,动作剧烈,他摆一下手做出个抱歉的动作。

那男人马上用看结核病人的眼光看着卫东和,他马上贴着墙,等到卫东和走过去之后才快速下楼。

卫东和一边走着一边观察着周围的环境,楼梯口没有监控,电梯里应该有,走廊里……好像也有。

楼层不算高,有一个楼梯,楼梯的另一边还有个显示安全通道的标牌,但不知道是否通畅,楼梯和楼道里都有防火设施。

公寓的环境相当不错,每个人都是独立的房间,好像酒店的标准间,有独立的卫生间。当然,这里很贵,不过,简妮卖了房子,她把卖房子的钱,都留给医院了,有这个钱在,治疗费和住宿费应该能撑上一段时间了。

每个房门上都有一个小窗口,卫东和隔着门上的窗户往里看看,走到第三个房门的时候,看到了熟悉的身影。

他的妈妈背对着门口,站在窗口。瘦了,头发长了也白了,背驼了,腿弯了……可他还是单靠一个背影就能认出她。

卫东和深吸了一口气,推门走了进去。

妈妈还是对着窗口,听到声音也没有回头。

卫东和把果篮放在茶几上,他张张嘴,想说话,可嗓子里却像有什么东西,声音卡在了喉咙里。

就在这个时候,妈妈突然回过头来。

没有想象中的喜悦欢欣,没有恐惧惊慌,甚至没有任何表情,她的目光停留在卫东和的脸上不到两秒,就转向了茶几上的果篮。

"苹果,好吃。"她喃喃地说着,慢慢地伸出手走了过来。

卫东和拿起个苹果递到她手里,她很自然地拿过来,转身坐在床沿,放在嘴边开始大口咬。

咯吱咯吱的,吃得很认真。

她没有抬头看卫东和。

"妈……"他摘掉口罩,轻轻叫了一声。

她还是没有动。

她已经不认识他了,她不认识任何人。

像被一只铁锤猛地砸中了心脏,他一下子呼吸困难,头晕目眩,心痛如绞。

他想到了她的情况不会很好,可是没有想到会这么不好!看着眼前这个羸弱的妇人,你很难想象就在半年前,她活跃的场合是体育馆和广场。

她是个游泳教练,擅长广场舞。

活力充沛,性格开朗,总是大声地说,大声地笑。

"下午煤气公司要来检查,你早点回家。我晚上有活动,你跟简妮凑合去外面吃吧。"这是她上次跟他见面说的最后一句话。

他的眼睛一眨不眨地望着她,贪婪得好像看到糖果的小孩子。

她吃东西很快,除了性格的原因还有工作的关系。他和爸爸吃饭也都很快,亲戚们都不爱跟他们一起吃饭,觉得跟打仗一样——他坐牢以后,也没有亲戚跟他们一起吃饭了。

现在真的没有人说她吃饭太快,可她却吃不快了。

她每吃一口,都要左边嚼完右边嚼,最后还要张开嘴,"啊"一下,好像在等着谁来检查,接着才去咬第二口。

她还好吗?她这么吃东西会不会吃不饱就被收走了?她在这里是不是吃不到水果?

他的心脏部位好像有把疯狂的刀子在乱搅,痛得他都喘不过气来,他伸出手,刚刚碰到她的衣服,门外传来了脚步声。

走进来的是个穿粉色衣服的护士,三十多岁,梳着齐耳短发,看起来很利落。

"阿姨,换床单了。"

她一边走进来,一边说着。

也许是高程经常来看卫妈妈的缘故,对这个一大早来探访的年轻人,护士并没有对蓦然出现的卫东和有什么特别反应。

"阿姨,我们去沙发上坐会儿。"她这么一说,卫妈妈马上就把手伸出给她,看样子很听她的话。

她刚扶着卫妈妈站起来,腰间的蜂鸣器突然响了。

她看了一眼,按掉了。

蜂鸣器再次响了起来。

"哎呀,真是的。不好意思,阿姨,您等会儿啊,我先去看看是怎么回事。"护士说了声抱歉,急匆匆地跑了出去。

卫东和望着她离去的背影,深吸了一口气。

比他想象中还要来得快。

卫东和上前两步,伸出手,用力地抱了抱依旧保持站姿一动不动的母亲。

这也许是他最后一次看到她了——他早就想好了,要么被警察抓住或者直接击毙,反正都是死;要么他从此亡命天涯,销声匿迹。

不管是哪种结局,他都一定要来看她最后一次。

更何况,他的心里有个微弱的声音在说:万一,万一凶手就在他身边呢?

只有熟悉他生活的人才能拿到有他指纹的水果刀,只有了解他和陈

108

廷关系的人才能以此为契机杀人陷害,只有清楚他作息的人才能精准地找到最好的杀人时间。

只有强有力地掌控一切的人才能以他母亲的生命来要挟他。

从他越狱的瞬间开始,这种一边倒的压迫可以结束了。没有人能想到他会越狱,现在,所有的警察都会紧紧盯着逃犯的母亲,只要他出现过,他们就会一直守着她,期盼他再次出现。

她会前所未有的安全。

楼梯间方向有脚步声急促地响起。

没有时间了。

卫东和松开母亲,他退后两步,冲着她跪下,重重地磕了一个头。

他看到自己的母亲歪着头,眨巴着眼睛看着他,像是想起了什么……

但他已经来不及弄清楚她的意思了,楼梯间的脚步声已经奔上来了。

卫东和霍地站起,奔出门去。

卫东和一边跑,一边用力压下帽子,忍住内心的波澜。

他看到刚才那个穿粉红色制服的护士在走廊的那头大声喊:"就是他,就是他……"

护士的身后是几个警察。

卫东和加快脚步向走廊另一头奔去。

"站住!站住!"

一声声怒喝传来。

走廊的拐角是个紧急通道,卫东和走过去把活页门推开,摘下头上的帽子,用力地扔到三楼楼梯上。

然后,他转过身,走进了旁边一个标记"闲人莫入"的房间。

活页门大力地来回摇摆着,随后跟来的警察没做判断,就直接向楼下追去。

卫东和稍稍松了口气,他发现自己躲进了一间杂物房。

清洁剂和拖把可不能帮他完成换装。

时间不多了,他要在更多的警察包围这里之前离开。

卫东和透过门上的小窗左右看看,希望对面那间房子有医生穿的衣服。这时候他忽然看到一个戴着口罩的大眼睛护士急匆匆地走过来,不合体的宽大护士服和四处乱转的眼神让卫东和判断她是个新手。

卫东和马上躲在了门后。

这个小护士急匆匆地在走廊里走着,走到杂物房门口,她停了一下,左右看看,然后快速推开了房门。

糟糕!

卫东和心里叫。

在她只露出半个脑袋的时候,他快速伸出手把她拽进来,另一只手从后面捂住她的嘴巴。

他捂她嘴巴的时候,小护士的口罩掉落了下来。

"别叫。"

她在他怀里抖动了一下。

"别叫,我不会伤害你的。"

他再次强调:"如果你不叫,我就松开手,行吗?"

就像过了一个世纪,她才慢慢地点点头。

卫东和手松开了一点,确定她真的不叫以后,才完全放开。

"我不想伤害你,我现在只想走,你知道哪儿有医生的衣服吗?"

小护士只是睁大了眼睛望着卫东和。

她那双眼睛那么黑,那么深,像是不见底儿的潭水。

她看着他,很慢很慢地眨眨眼,再眨眨眼。

有一瞬间他觉得她要哭了,但她突然地转过了脸,垂下了眼睛,不再看他了。

她这张脸,尤其是这双眼睛……有种似曾相识的感觉。

他认识她吗?

在做健身教练的时候,请他做私教的女学员特别多。年轻的,中年的,还有大妈级别的,她们都喜欢绕着他,问这问那,叽叽喳喳……他不算个特别耐心细致的教练,记忆力也不太好,总爱把这些女学员记混了。每次叫错了名字,她们就好像猫被踩了尾巴似的,对他亮出小爪子,拍打他两下,故意拍打在他肩膀或者是胳膊的隆起的肌肉块上。

他总是笑笑就过去了。他知道,她们也只是跟他开玩笑,对他这个满身肌肉块的"猛男",女孩子们特别喜欢逗他,似乎看他失措,是件多么大的乐趣似的。

简妮为卫东和如此的受欢迎,总是半真半假跟他撒娇生气。

他不讨厌这些叽叽喳喳的女学员,也没特别喜欢她们。

但他爱惜着她们,像爱惜自己得来不易的工作。

也许,眼前的这个似曾相识的小护士,做他的女学员?

如果她认识他就好了,他想,或许她能相信他不是个坏人。

"我不是杀人犯。"卫东和不知道自己的解释有没有用,"总之你当从没见过我就行了。"

他从窗口看看走廊里没人,正要拉门走出去——她伸手拉住了他的衣服。

卫东和回过头,在黑蒙蒙的房间里,看到她伸手指了指右手边的一个铁架子。

架子上放着个鼓鼓囊囊的黑色背包。

卫东和把背包拿下来,拉开拉链。

一套女式黑色运动服,一套男式黑色西服,衣服胡乱塞成一团,西服里裹着衬衣领带,甚至还有袖扣。

卫东和望了一眼小护士。

她胸口挂着个铭牌:实习护士,顾秋。

她的脸隐没在黑暗中,他只是感觉她一直在看着他。

用她那双像潭水一样深、一样黑的眼睛一眨不眨地看着他。

西服稍微有点小。

卫东和局促地抬抬手。这是他第二次穿西服,上一次是陈廷死前半个月,他刚刚和简妮拍了婚纱照。

关于那天的记忆,很长一段时间留下的都是飘着小雨的阴天,奔走的人群,一天没吃饭,抬不起手的西服,他自己僵硬如木偶一般的表情。

简妮和他提出分手之后,他想起来那天,记忆却变成了简妮弯眼的微笑,替他擦雨的小手,他在试衣间吻她的脸颊惹得她大叫妆花了,拍照结束她累得要他背她上楼……

心痛。刀搅一般的痛。

他穿好西服回过身,发现那个叫顾秋的小护士藏在黑暗中。

她不肯和他目光对视,还没迎上他的眼睛就掉转了头。

但他看得出来,她在发抖,全身都在哆嗦。

她是被吓的吗?

可是,刚刚,她明明胆子很大……

他咕哝了一声:"我……谢谢啊。"

走廊里一阵喧嚣,又一群人呼喊着跑了过来。

他紧靠着墙,眼睛瞄向玻璃窗外。

身后忽然有些动静,卫东和本能地举起手向后做出自卫的动作,但是下一秒,他整个人都定住了。

就像是武林高手被人点了穴。

这个叫顾秋的女孩子并不是想袭击他,她从背后伸手抱住了他。

抱得很紧,很用力。却只有一下,快得像是幻觉。

在他反应过来之前,她又松开了他,退后两步,再次把自己藏匿在了铁架间的阴影里。

她喉咙里发出了一个声音,像是呻吟,又像是叹气。

她为什么会抱他?

她这么做……是因为他在她面前脱了衣服?

还是,她在向他示好,求他别伤害她?

女人的心思,他永远弄不懂。

顾秋的身体,很热,很年轻。

上一次,这么热,这么年轻的身体抱着他的时候,是很久很久以前的
事儿了。

卫东和心里又是一痛。

也许,这次,是最后一次,有人能这么紧,这么热地抱着他了。

卫东和用力地咬了一下舌头,一股血腥气充满了他的口腔,他靠着
舌头上传来的锐疼,多少转移一下心脏部位的剧痛。

卫东和再一次地对这个小护士说"谢谢"。

他拉开房门,走了出去。

第一次亲密接触

很久很久以前

简妮缩在卫东和的怀里。

她赤裸着身体,像个初生的婴儿。

卫东和也是。

想起刚刚的欢愉,卫东和觉得,此时此刻,他真愿意为她去死,去上
刀山下火海,去做任何能证明他对她的感恩,对她的深情的一切事。

这个世上的男人,一定只有他,只有他,才会有幸福,体会到如此深
刻,如此痛快淋漓的欢愉。

简妮,他的小小的简妮。

给他一个世界那么大的快乐!

简妮一条一条数着他身上的疤痕。

听他讲他那五年的牢狱生活。一边听,她一边流下了眼泪。

"我不原谅她! 我绝不原谅她!"

卫东和笑了:"她就是一个小孩儿! 一个屁也不懂的小黄毛丫头!"

"小孩也不能这么坏！太坏了！是她毁了你一辈子！"

卫东和一边笑，一边吻她："谁说我这辈子毁了？我的人生都快幸福死了，哪怕是皇帝用他那辈子，跟我换我这辈子，我都不换！"

简妮不哭了。她用她的小手，轻轻地抚摸着他身上的疤痕："真的？"

"真的。如果我真的受了委屈，老天也给我补偿了，你就是我的补偿。"

卫东和一向不会说话。

他说的都是他真心想的。

简妮最是知道这一点。

所以，她立即绽开了笑脸，把脸窝在他的肩膀上，满足地直叹气。

简妮，小小的简妮。

有世界那么大的简妮。

擦肩而过

7月5日　上午7：55

卫东和走了出去。

苏溪立即瘫软在地。

她瘫软在这黑暗的房间里，全身颤抖。

真的是他，卫东和！

她刚刚抱过他！身强力壮，活生生的，滚热的卫东和！

他越狱了！

他真的越狱了！

他为什么会越狱？

他什么时候决定越狱的？！

她满脑子的问题，可是在见到他之后，她一句话都说不出来。

她从未想过还能再见到他——在这么近的距离。

她的怀抱中,好像还有他身体的余温。

他是活着的,活生生的,带着热度,带着热血,带着怦怦的心跳……

走廊里的脚步声忽然加剧,间或传来几声呼喊。

"在这儿!就是这儿……快!别让他跑了!"

苏溪强迫自己清醒过来,她的手指用力地掐了一把大腿,她必须冷静——她绝不能让他再次被警察抓住。

警察已经包围了整个医院,不仅是卫东和,苏溪自己也被困住了,她必须想办法离开。

苏溪吸了口气,飞快地站起身,三五下脱掉身上的护士服,护士服里面是一件白色的短袖T恤,她麻利地穿上旅行包里的黑色运动裤。

苏溪把护士服团成一团扔进了黑色背包。

她深吸一口气,扯散了头发,抱着背包冲出了杂物室。

"救命啊!抢劫了!"她大叫起来。

走廊里四五个警察,一看到她这个样子,都吃惊地奔了过来。

"有个男人,有个警察……救命啊!"她哭起来。

"怎么回事?"

为首的警察扶住了她的胳膊。

和她想的一样,市局离这里太远,现在赶到的都是附近派出所的警察——没有人认识她。

"我不知道,我来看我爸爸,走到门口的时候忽然被拉了进去……"苏溪哭,乱发遮着她的脸,"那个人力气很大,他捂住我的嘴让我不要叫。"

"然后呢?"

"然后,然后他抢走了我的钱包!"

一个警察马上拿出一张打印的A4照片递给苏溪:"是这个人吗?"

苏溪用力地点头:"就是他!他穿着警察的衣服!他不是真的警察吧?"

什么?

几个警察大吃一惊。

"他袭击了警察？有同事受伤了吗？"

一个警察打开杂物室的门，探头看了看，然后摇摇头。

为首的警察马上拿起对讲机："各单位注意，各单位注意，嫌犯穿着警服，嫌犯穿着警服，所有出入口提高警惕，不要让穿警服的人通过……"

希望，这至少给卫东和又争取了点时间。

为首的警察做了几个手势，带着一群警察往楼下跑去。

一个小个子的警察留在最后，拿出纸笔，"麻烦你再详细说明一下情况。"

他很年轻，很腼腆。

被留下来做零碎工作的，是个警队新人不会错。

苏溪马上抚着胸口，一副就要晕倒摇摇欲坠的模样。

"你没事吧？"小警察赶紧问。

苏溪闭着眼睛慢慢地靠在墙上。

"我有点喘不上来气。我们能不能去外面说？"

小警察马上点头同意了："好，好，这里确实太闷了。"

他体贴地帮她拎着背包。

平日里安静肃穆的医院此刻高度戒备，警察在里面走来走去，每个出入口都戒备森严，苏溪走出楼宇门口的时候，甚至看到了狙击手。

她的心提到了嗓子眼。

如果卫东和没有逃出去，最大的可能就是在这个密不透风的鸟笼中负隅顽抗，拼死挣扎，最后死在狙击手的枪下。不，这简直是唯一的可能，苏溪太知道卫东和，桀骜不驯如卫东和，绝不会让自己再次被捕——被捕只不过让死神晚到一点点而已。

苏溪走出楼宇门口，第一件事，就是紧走了两步，绕过楼宇一面墙，看向医院一边的停车场。

那儿只停着两辆车，一辆白色的大众，一辆黑色的奥迪。

苏溪缓缓地松了口气。

她甚至听到了自己的心脏回到原位的声音。

"你好点了吧？"小个子的警察追上她，问。

苏溪做了两下深呼吸："嗯，好点了。"

她给了他一个虚弱的笑。

他们旁边是一片郁金香花丛。花开得正茂盛，小个子警察打了个大喷嚏，他使劲儿揉了揉鼻子。

苏溪的眼睛转到医院正门口的一辆警车上。刚才走廊里见过的两个警察站在车前正在说着话，车门大开着。

明晃晃的太阳光，照在苏溪的脸上。小个子警察看着她的脸，露出了同情又愤慨的神色。

"那个人打你了啊？"

苏溪摸摸自己的脸颊，点点头："那个人不是警察吧？"

"是个逃犯。"小个子警察说着又打了个大喷嚏，"判死刑了，从看守所跑出来的。"

苏溪抓住心口，又开始大口地喘着气："我有点胸闷……我能去车上坐一会儿吗？"她指指警车。

"可以啊。"

小个子警察有点紧张地看着她。

"谢谢，你人真好。"

苏溪把手虚弱无力地搭在小警察的手臂上。

小个子警察带着苏溪从花丛旁边走开的时候，又打了喷嚏，喷嚏的飞沫差点喷到苏溪的身上，小个子警察不好意思地说："对不住……我花粉过敏……阿嚏！"

医院的铁门开着，不停地有警车鸣笛驶入。

也许下一辆就是张维则或者聂宇的，她必须在市局的人赶到之前离开。

苏溪坐进警车里。小个子警察很殷勤，他一会儿帮苏溪调整座位，一会儿给苏溪打开矿泉水瓶。

"逃犯为什么会来这里？"苏溪喝了两口水，一边微微地喘着气，一边问，"这里离监狱很远啊。"

"哦，那人是从看守所逃出来的，他母亲住在这里。"

苏溪点头，手捂着胸口。

小个子警察赶紧说："你别怕，我看他肯定是逃不掉了，抓到他是早晚的事儿，这种人就没脑子，现在到处都是监控摄像头，能跑哪儿去啊？！老老实实待在牢里，说不定还能多活两天，现在，分分钟都可能被狙击手爆头！这蠢货！"

苏溪没有回应他，她瞪大眼睛，看着车窗外。

医院大楼里跑出来一个人，身后跟着好几个医生护士，那人速度极快，一溜烟就跑到了楼前的空地上。

花白的头发和瘦削的身材——何亚丽！卫东和的母亲。

"这是怎么回事啊？"小个子警察从车里探出头张望，"哎哟，好像是那个逃犯的母亲。"

卫妈妈在空地上原地打了一个转，她的目光逡巡着，从大门口望到天上，像在寻找什么。

有两个护士跑上去拉住了卫妈妈的胳膊，一边哄着她，一边把她往楼里拉拽。

卫妈妈挣扎着，她扭脸，对着身后，大着嗓门："我晚上有活动，你们去外面吃吧！回来记得买几斤大苹果！"

小个子警察"扑哧"笑出声来："真逗。"

他回过头，看到苏溪捂着嘴，好像特别难受的样子。

"你没事吧？"

"我的心脏……"苏溪艰难地弯下腰，"你能不能先送我去医院？"

"啊，这里就是——"

"我两个月前刚做过心脏搭桥手术，我得去市中心第一医院，我得找我的专科医生。"苏溪蜷缩在后排的位置。

"请你……帮帮忙……救救我。"

苏溪气若游丝。

"啊，你坚持住，坚持住啊！"小个子警察急了，"哪条路？远不远？我开警车，很快的，你坚持住！"

他冲着车外的警察喊了一句，然后打开警笛，发动汽车。

车子经过大门口的时候，苏溪微微探身，回过头，看到卫妈妈的身影在一群医护人员的陪同下进入了大楼。

她趴在座位上，闭上了眼睛。

身边，一辆正要进入医院的警车和他们擦肩而过。

开车的是千江，副驾驶是聂宇。

她是谁？

7月5日　上午9：00

卫东和开着那辆 SUV 快而稳地行驶在马路上。

黑色的西服已经被他脱下来扔在了一边，不合身的白衬衫被他撕扯开了两颗扣子，车的空调一直在冒着冷气。

车钥匙是他走到楼下的时候，在西服口袋里发现的。

他清楚地记得他穿西服的时候，口袋里是空的。是那个小护士，顾秋！她从身后抱住他的时候，顺手把车钥匙塞在口袋的。

她为什么要这么做？

更重要的是她怎么做到的。

卫东和有着习武之人特有的敏锐触感，想要骗过他的感官并不是件容易的事。这个顾秋差不多可以和监狱里那个"泥鳅"一较高下——也许她不是护士，是个小偷？

这倒可以解释她那身不合身的护士服。

可是，怎么会那么巧，他这个逃犯，在最关键的时候，会遇到一个正好愿意对他施以援手的女小偷？

卫东和没有更多的时间考虑了,他闲庭信步地走在医院大院里,按响了车钥匙,鸣叫的就是这辆SUV。他打开车门,在上车前他甚至对着奔跑的医院保安和警察们投以好奇的目光。

车很快开到大门口。

门口有几个警察。

就在他思考是否应该强闯的时候,那几个警察突然跑开了,守门的保安甚至冲着他的车招了招手,让他快点通过。

他不知道发生了什么事,一瞬间他担心是妈妈出了什么事。

但他只能离开。

卫东和烦躁地再次加大了冷气。

车已经驶入了市区繁华地段,几乎每个路口都在堵车。巨大的长龙让人的心情跟着烦闷,如果这时候警察发现他的踪影,差不多就可以瓮中捉鳖了。

这辆大个头的车应该不是那个她的车,卫东和想。作为一个女小偷,应该不会开这么高调的车,再说,这车前座的位置显示司机至少一米七五,而那个女小偷才一米六多一点吧?

卫东和不太确定。

那个年轻女子应该和简妮差不多高,简妮一米六三。简妮比她应该丰满一点点,刚刚这个女孩子,小脸只有巴掌大,有点瘦脱形的样子……简妮也有过瘦脱形的时候,那是在他被捕之后,但那个时候,他戴着手铐,已经再也触摸不到她了。

他不知道瘦成那样的简妮,抱起来会是什么样子。

卫东和的参照物不多,他只交过简妮一个女朋友。

想到简妮,刚刚那个弄得他生不如死的心如刀绞的感觉又回来了。

卫东和咬了咬牙。

简妮,我逃出来了……现在的你,应该知道了这个消息吧?

你会着急,会害怕吗?

我不知道自己要去哪里,我只想到一个地方,你的身边。

有你在身旁,地狱也会变成天堂。

可是,我能给你带来什么呢？我的天堂,会不会就是你的地狱？

又是一个红灯。

卫东和按捺一下翻涌在胸口的情绪,做了几次深呼吸,让思维回归理性。

他现在不能想简妮,简妮在未来,未来的时光依稀、飘摇,他得先顶住眼下的这场飓风。

熬过去,他才有资格眺望未来。

卫东和在车里简单搜查了一下。车主显然有良好的生活习惯,没有烟灰没有零食,卫东和只找到了一个通行证和几张停车票还有几十块零钱。

问题是通行证。

卫东和屏息凝神。

通行证是市人民法院的,所有人是王之夏,身份是检察官。

照片上是一张不苟言笑的脸。

冷气已经开到最大,卫东和还是觉得全身冒汗。

耀眼的阳光照在他的脸上,他头晕目眩几乎看不见前方的路。

卫东和见过两次王之夏,是一审之后。

两次都是高程陪同他来的,两次都是询问案情,了解诉求。基本上都是高程在和他谈。事实上,卫东和对于这个案子的调查审讯一直不太上心。

那个嫁祸他的人可以做到人证物证俱在,铁证如山还要加上他母亲的性命要挟——除了简妮和高程,他已经没办法相信任何人,尤其是公检法了。

那时候他一门心思想的都是从看守所逃跑的事。

对于王之夏的印象只有冷冰冰的语调和公事公办的口吻。

他是另一个世界的人。

这么说,刚才王之夏也在医院?

就是这个冷面检察官被那个女小偷偷走了车钥匙——还有衣服?

那么,他人呢?

难道她不仅是个女小偷,还是个女杀手?

她已经对他毁尸灭迹了?

这种事现实中真能发生吗?

太稀奇了。

身后的车子按了喇叭,卫东和被惊醒过来,红灯已经变绿了,他赶快发动汽车向前方驶去。

先不管那些了,他的当务之急是要离开本市。

现在是早上九点多,距离他离开医院,才过了一个小时,警方应该还来不及对城市所有的道路展开布控,他至少可以开车到江边。东临市有一条长江的支流,汛期前后会有些私人小快艇在上面揽客,十分钟五十块的那种生意。只要给了足够多的钱,卫东和一两个小时后就可以出现在另一个城市的街头。

他可以从那里出发,寻找简妮。

又是一个红灯。

卫东和停下车,眼睛落在路边的便民早点摊上。

他或许可以先买点早饭——一早上的奔波消耗了太多的体力。

卫东和打开车窗,伸出手,正要招呼卖早点的,忽然看到路边一间电器行正对着街面的超大屏电视里出现了他自己的脸。

电器行把电视的声音开得大大的,卫东和赶紧关上车窗,只留了一点儿小缝隙,让女主播的声音飘上来。

女主播口齿伶俐地在向公众陈述情况,她告诫公众要多加防范,说卫东和是个极度危险的罪犯,他和他的女同伙仍行踪不明。

女同伙?!

他的照片旁边出现了另一张照片,一个女人的照片。

是那个假冒护士的照片！

女主播说她叫苏溪,是卫东和的同谋,一个助理检察官,涉嫌在一间茶社杀死了谢姓女子。女主播呼吁广大市民,如果看到这两人,一定要立即联系警方。

卫东和把车窗关紧,在绿灯闪烁的瞬间踩下了油门。

苏溪,一个助理检察官。

卫东和从来没听过这个名字。

她是谁?

 红色郁金香

聂宇和千江坐在医院的病房里。

千江有些坐立不安。

苏溪出现了,又再次跑掉了！这件事让她的心就像放在烧热的铁板上的蚂蚁,简直分分钟都能自燃起来。

她没有时间再耽误了,她现在要做的,是和其他的警队同事一起,在街上铺开天罗地网,然后小心地接近那个狡猾的女人,把她围困在网里！

不管她做了什么,为什么这么做,只要抓住她,一切就会真相大白！

但是不行！

千江用仅存的理智控制着自己——一个死刑越狱犯的危害显然比一个女助理检察官大得多——这是张维则说的。

千江摸着自己头上的包,并不同意这个观点,但也无法反驳。

张维则已经下令,全刑侦大队现在开始全力侦缉卫东和,苏溪和谢兰仙的案子已经转交给别的同事了。

洗手间的门"咔嗒"响了一声,千江赶快在沙发上坐好。

或许先抓住卫东和也是一样的,这两个人脱不了干系,也许抓到了卫东和,距离抓住苏溪就不远了——她这么安慰自己。

王之夏阴沉着脸走了出来。他穿了一身病号服,难得的还是一副霸道总裁睥睨天下的神情。

千江他们从病房里找到只穿着内衣被绑在病房洗手间里的王之夏的时候,他就是这副神情。

千江他们是从监控中找到王之夏的。

在区域警察和特警包围医院半个小时之后,负责调看监控的警察终于在停车场找到了个疑似卫东和身影的男人开车离开。

监控的角度不好,画质也不行。整个现场也没有一个见过卫东和换装之后的目击证人。聂宇跟着看了一会儿,却在该车进入医院的画面中发现了苏溪和王之夏。

千江在旁边"啊!"地叫了一声。

差点儿没咬掉舌头。

当然,很快他们就从王之夏和苏溪的动作中确定了王之夏是被挟持的。

从楼道的监控中可以看出,苏溪带着王之夏去了4楼401病房,大概五分钟以后出来,她穿着一身护士服,还是拿着那个黑色的背包,但王之夏没有一起出来。

王之夏坐在沙发上,他看着桌上的烟灰缸,一瞬间特别想抽根烟。

他戒烟已经三年了。

王之夏的手在宽大的袖子里攥成了拳头。

苏溪把他带到医院,要求他脱了衣服的场景就像个坏掉的放映机,不停地重复。

"脱掉衣服。"

她拿着枪站在狭小的病房里。光线很好，王之夏看清了她手里的枪。

是一把气手枪——居然不是真枪，他还以为她拿着一把黑星54呢，这个女人！

"你要救他？"王之夏没有动。

"脱掉衣服。"

她再次举起了手里的枪。

"我如果不脱衣服，你会杀了我？"

她摇头："不，但你会受伤。我一样可以拿走你的衣服。"

"枪响会惊动警察。"

她突然伸腿，速度快得惊人，一下子就到了他的眼前，脚尖抵着他的鼻子，他甚至能闻到她鞋子上的泥土味——还有股火锅味。

她这样的身手要制服他的确不需要用枪。

王之夏转过身，开始脱衣服。

接下来，王之夏就被堵住嘴巴，捆在了这间病房的洗手间里。

"王检，等一会儿就能走了，你坐我们的车回去。"千江尴尬地开口，打破了沉默。

"她开走了我的车？"王之夏把手从病号服袖子里伸出来，冷静自若得像穿着一身检察官制服，坐在法庭上。

"没有。你的车被卫东和开走了。"

"怎么回事？"

千江望着聂宇，聂宇像是没看见，转过脸去，千江只得硬着头皮开了口："监控上显示苏溪在——嗯，离开这个病房以后去了这层楼的杂物房，她把黑色背包放在了杂物房之后就去了卫东和母亲的病房，那时候卫东和刚刚离开，他就藏身在杂物房，结果两分钟以后，苏溪又回到杂物房。"

"卫东和是穿我的衣服离开的？"

王之夏的表情，很像是暗自咬牙，他的拳头也不由自主地握了起来。

千江很理解王之夏的心情，她昨晚被苏溪两次袭击之后，感受跟现在的王之夏是一样一样的——恨不得把苏溪揪到眼前,狠狠给她两拳头。

"苏溪对追赶的警察说自己被一个穿警服的人挟持了,先期赶来的警察都不认识苏溪,相信了她说的,大家都去查穿警服的人,卫东和就这么直接开你的车走了。"

房间里安静极了。

"你为什么会到这里?"聂宇忽然问王之夏。

王之夏起身走到窗口,看着外面逐渐撤离的警察,头也没回地说:"她挟持我来的。"

"她又是怎么知道卫东和越狱的?"

"我不知道。"

"不想说还是不知道?"

千江有点紧张地看看聂宇,又看看王之夏。

王之夏回过身来:"她没说,所以我不知道。"

"那她说了些什么?"

"和案件无关的事。"

"哪个案件?卫东和还是谢兰仙?"

聂宇步步紧逼,王之夏却不再接招了,他转向千江,"苏溪后来怎么离开的?"

聂宇目有深意地望着王之夏,千江只好咽下一大口口水,小心翼翼地说:"她说她心脏病犯了,警察就开车送她出去了……那个,后来他们在两条街外找到了那个警察……"

千江看看聂宇,聂宇一声不吭,千江只好继续说:"那个警察被绑住手脚扔在了车后座,脑袋旁边放了一捧郁金香花儿——是苏溪干的。"

"这是什么意思?"王之夏皱着眉头。

"不知道。但那个警察花粉过敏,现在还在打喷嚏。"

"苏溪怎么会有郁金香花?"

"在街口的花店里买的,她下车买了一捧花,又回到车上,把花儿丢到那个警察脑袋旁边,关上车门走了。"

"什么颜色的郁金香？"王之夏问。

他也不知道自己为什么会问这个问题。

"红色的。就跟这个楼底下的郁金香一模一样。"

千江看着紧皱眉头的冷面检察官，问："您知道为什么吗？"

王之夏没作声。

红色郁金香？正好花粉过敏的警察？是苏溪的恶作剧吗？

这肯定不是苏溪的风格，所以她这么做是不是还有别的用意，也许是在传递信息？

向谁呢？

利用警察传递信息，对方也许是警方的人？

王之夏看了一眼正研判着盯着他的聂宇，又看一眼目光来回在他和聂宇之间穿梭的千江，他什么都没说。

能相信谁

7月5日　中午12：00

中午的快餐店人满为患。

在川流不息的人群中，苏溪的身影不会引起任何人注意，她现在是一头长长的卷发，卷发垂下来，正好遮住了她那伤痕累累的脸。

她打了一份米饭，一份香菇青菜，一份土豆烧牛肉，一份冬瓜排骨汤。

三天以来这是她吃过的最好的一顿饭。

她狼吞虎咽地吃完，抬头看到对桌的一个大妈在看着她笑。

她有点不好意思，笑了笑，把还剩下几粒香菇的餐盘拿起来，站起身走到一边的垃圾桶扔掉。

走出餐厅，外面是个小小的街心花园，一片郁郁葱葱的郁金香在花园中开得热烈奔放。

苏溪想起那个小个子警察。

"为什么啊？啊……阿嚏！"他在苏溪离开的时候一直叫嚷着，"你这是袭警懂不懂，你——"

苏溪给他的嘴巴贴上胶带，他被自己的喷嚏憋得眼泪汪汪的。

就在他脑袋旁边，是苏溪买来的一大丛郁金香花。

这是惩罚。

苏溪从警车上下来以后就上了公交车，坐了两站之后再换乘，进了一家百货商场，买了两身新衣服，又买了两顶假发，一顶是长卷发，一顶波波头的，她把这所有的东西，都塞到了她的黑色大背包里。

她在商场的卫生间完成换装，变成了另外一个人。之后，她再次坐公交车到了市区的一个快餐店。

苏溪在街心花园的一个长椅上坐下。

她先是拿出了电话，再次打开监控程序。

手机屏幕上这次光线明亮了，监控里看到一个人的侧影。侧影坐在床边，一边翻着一个笔记本，一边在吃一包饼干，是这个人喜欢的口味。

一切安然。

苏溪轻轻地吐出一口气，把程序关闭。

现在要做什么呢？

她微微闭起眼睛，享受着太阳光照射的温暖。

卫东和逃走了。她相信以他的能力，现在早就离开了本市。跨市的追捕是需要时间的，最后卫东和一定会消失得无影无踪，从此以后杳无音信，人间蒸发。

他也许会隐姓埋名，会结识新的朋友，交往另一个女人，结婚，生子，慢慢老去……

也许会疲于奔命下被警方击毙或者逮捕，执行迟到许久的死刑……

他的人生或许再也没有站在阳光下的可能，一想到这里她就心口闷痛。

还能做点什么？

她必须做点什么，哪怕只有万分之一的可能。

她本来的计划是偷取警方和检察院的案件原始资料，使得卫东和的二审延期，同时利用资料调查陈廷之死真相，她一直判断寻找真相的关键点在谢兰仙身上，她想好了，必要的时候甚至打算用武力胁迫谢兰仙说实话。

在卫东和被捕后，她为了找出真相调查过每个当天在场的人，包括员工和宾客。

起初谢兰仙并不是最可疑的人。

一个对卫东和暗送秋波的女会员，还有一个和陈廷吵过架的瑜伽教练的嫌疑都被排除后，谢兰仙才进入了她的视野。

谢兰仙辞了工。

一个清洁工大婶在女更衣室，跟一个女会员议论她，说这个谢兰仙突然就牛了起来，都没来收拾东西，那个心怀妒意的清洁工学着谢兰仙的口气："那些破烂我就不要了，你看看，有想要的，你就拿着，不想要的，你就扔了吧。"

苏溪曾经见过，因为争夺客人扔掉的一管口红，谢兰仙跟这个大婶恶吵一架。

她的调查差不多也验证了自己的猜测，谢兰仙在勒索某人。

她觉得最大的可能就是卫东和的案子。谢兰仙当时告诉警方自己在员工休息室打盹，什么都没看到。

为了不打草惊蛇，苏溪利用补习老师的身份才能接近她——就在上一次见面时，谢兰仙告诉她，钱的问题不用担心。

"放心吧，李老师，钱不是问题。"她露出古怪的笑，"我们家不差那点儿钱。"

"你们是做生意的啊？"苏溪故意好奇地问。

"呵呵，倒没做生意，我们啊，最近交了好运，认识了一个大人物。"

谢兰仙忍不住眉飞色舞。

"什么样的大人物，当官的，还是做大老板？"

那谢兰仙却不肯多说，逼急了才含糊着："反正是个大人物，谁都想不到的大人物……你问这个干吗啊？李老师,钱少不了你的就是了,你说我儿子这事……"

谢兰仙死前会不会后悔当时没说出真凶的名字呢?

她临死前还在为真凶写收条,她颈动脉的鲜血就喷在这张字条上……对,警方找到十万元,她就是为了这十万元死的。

她死之前,已经完成了交易。

"大人物"带来的死亡交易。

苏溪从背包的侧面口袋里拿出一张纸。

那是昨天她整理的美亚特健身中心的会员名单——比之前警方交出来的案发当天的那七个会员足足多了一百八十一人!

从何查起呢?

会员资料上有姓名、电话、身份证号、简单的住址。

总不能挨个儿打电话过去问,"喂,你是大人物吗?"

谢兰仙是个只有小学学历的清洁工,她眼中什么样的人才是大人物呢?

苏溪想了想,拿出手机,在里面找了个署名"甄先生"的人,她手指起飞,发了条短信:有结果了吗?

在等对方回话的时候,她把目光转向了几个用红笔画出来的名字。

王之夏。

高程。

白立伟。

林强。

邓铭。

张维则。

……

苏溪喟叹一口气。

那个健身俱乐部距离市公安局很近,警队很多人都在开业期间被大酬宾捆绑着办了会员卡;高程的会员卡是员工内部价,卫东和帮他办的,高程跟卫东和一样,喜欢健身,跟卫东和不一样的,他除了喜欢健身,还喜欢在俱乐部搭讪女孩子;王之夏的会员卡是不是别人送的其实并不重要,反正她也没有办法追查来源。

苏溪把这张纸塞回去的时候,手指碰到了一个小小的塑封袋,对,那是她在谢兰仙的命案现场捡到的那张带血的字条,她小心地把字条装进了塑封袋里。

这张字条有什么用呢?

会不会是个很有价值的线索?

比如说指纹,这张收条如果是凶手要求谢兰仙写的,写收条的这张小纸条,很可能是凶手提供给她的,所以,上面很可能有凶手的指纹……

而杀害谢兰仙的真凶,十之八九,就是杀害陈廷的真凶。

所以,案发现场找到的任何线索,任何证据,都重要,很重要……这种证据,她都不能交给警察。

她不能相信任何警察。

可是,要弄清楚这张字条,到底有没有有价值的线索,必须得找到有能力鉴定这张字条的人。

她不相信警察,不相信检察官。

有能力的,又能让她彻底信任的……

只有这个人!

手机嘀嗒一声。

甄先生回话了:一百二十六个信用良好的,工作稳定,按时还信用卡,按时交水电煤费;三十四个信用有瑕疵的,曾有过两次以上信用卡欠费,政府机关的工作人员十二个,资产过千万的老板五个,三个假身份证,还有一个死了的。

苏溪马上回话:详细资料发我邮箱。

甄先生是个私家侦探——他自己这么说的,但其实他是个黑客,网络时代没有什么是黑客找不到的,严格来说,他比侦探更靠谱。

他是苏溪在网上找到的,他们从来没见过面,因为没必要。他们之间的买卖,靠手机微信和电子邮箱就都解决了。比如上次,苏溪只告诉了甄先生一个名字——谢兰仙。一天以后他就把这个人所有情况都摸清楚,整理成电子文件发给了她。

一个父亲带着五六岁的儿子在花园里玩。

"快回来。"父亲喊着跑远了的儿子,"别跑了,去吃饭了……"

苏溪有一瞬间的失神,她抬起头。

眼前浮现的是卫妈妈的脸:我晚上有活动,你们去外面吃吧!回来的时候买几斤大苹果啊!

她说这话的时候一点儿也不糊涂,眼神清明,表情舒缓。

她想起什么了吗?

想起那天的事了吗?

苏溪脸上的笑容慢慢凝固了。

卫东和被捕之后的当天晚上,卫妈妈从地铁口的楼梯上被人从背后推了一把摔断了腿,之后两天,她撑着拐杖,单脚跳着,自己跑去高程的事务所询问案情,结果隔了一天之后,再次出事,这次伤到了头,几乎命悬一线。

谁都不知道这两次的意外是怎么发生的,也不知道,卫妈妈在发生意外前,是不是看到了什么?

卫东和当天就认罪了。

这中间的因果关系一目了然,虽然卫东和一直对此保持沉默——他一定在那时候就盘算起了越狱的事。

越狱之后的第一件事是去见母亲,也是因为这个缘故。他指望着警方能替他照顾母亲。

苏溪现在想到医院的卫东和都觉得后怕。

他一点计划都没有吗? 如果没有遇到苏溪,他准备怎么离开医院呢?

他应该没听到卫妈妈跑出来喊的那句话吧……

如果他听到了,会是什么感受?

听上去疯疯癫癫的一句话,只有最懂的人才知道……才知道,也许,卫妈妈就要清醒过来了……

啊,等等,如果卫妈妈意识恢复了,她会不会记得什么事情呢?

比如说,当时伤害她的凶手。

苏溪霍地一下跳了起来。

世界上的另外一个你

7月5日　中午12：00

王之夏收起手边的笔记本电脑,把视线移到坐在他对面的年轻女人身上。

她是个体态丰腴,装扮时髦的女人,穿着吊带长裙,外面罩了一件蚕丝开衫,戴着一对晃荡荡的大耳环,脖颈上层层叠叠地挂了好几条项链,手腕上也戴了好多珠珠串串。

"你是张雨希?"

要不然就是个吉卜赛算命的。

在女人饶有兴趣的注视下,王之夏泰然自若地问。

她自己开车来的,晃荡着手里的宝马车钥匙,看王之夏的眼神更热切了,"近看你好像更帅了——"

不等王之夏反应,她马上抬起头,四处张望着,"苏溪呢? 她的电话一直关机——"又不等话音落地,看到服务员经过,马上要了菜单来看,"饿死我了,哎,你们点了吗?"她埋首在菜单中。

苏溪和她最好的朋友,果然是物以类聚,完全让人摸不着头脑。

"你不知道我请你来的原因?"王之夏沉声说。

张雨希从菜单里抬起头,露出个意味深长的笑容,"我当然知道了,我只是没想到这么快……哎,说真的,你是不是早就知道了?"

她的表情和说的话完全对不上号,王之夏决定不再跟她多啰唆,

"你最近一次跟她联系是什么时候？"

见他板着脸，张雨希撇撇嘴，又开始看菜单，有点心不在焉地说："你问这个干吗……唔，昨天早上，她昨天早上不是第一天去上班嘛，我肯定要给她打气加油啊，我给她发了微信她一直不回，最后我就给她打了个电话。"

"八点十分。"王之夏说。

"嗯，差不多——"张雨希回过神来，"她跟你说的？说这个干吗……你们检察官可真有意思。"

"她接电话了吗？"

"接了啊，我们俩聊了大概……"张雨希瞪了他一眼，"你肯定知道了。"

王之夏没吭声。

他的确知道。他调查了苏溪的电话号码，最近一个月的通话记录显示，除了几个国际长途，她联系最多的就是张雨希——她的初中加高中的同学，也是最好的朋友。

"你们聊了还不到一分钟？"

"对啊，上班路上，能聊多久？"张雨希说，"我就给她加个油，听她那边特别吵，就说挂了吧，等她晚上下班回来，我们再仔细聊。结果我晚上再给她打电话，她关机了……行了吧？能证明我的清白了吗？"

张雨希家庭条件优渥，自家有个大工厂，工厂由她父母和哥哥经营，她高兴了就去工厂逛逛，不高兴了，就去街上逛。跟所有富二代一样，这姑娘也带着点我行我素、百无顾忌的样儿。

王之夏判断这样的人不太适合当犯罪同伙。

"行了！"张雨希把菜单一扔，"我看这饭也没什么可吃的了，苏溪呢？她要再不来我可就走了。"

王之夏打开笔记本电脑，点开一段视频，把电脑转向张雨希："你自己看吧。"

视频是在医院拍摄的，这是苏溪留下的除了在公安局几个片段之外，最清楚连贯的视频了。

"这是苏溪？"

只看了一眼，张雨希的嘴巴就张得老大，眼睛几乎贴在屏幕上，"她在干吗？她脸上这是受伤了吧？她走路也怪怪的……她在玩角色扮演吗？干吗要穿护士的衣服……这是医院？她干吗去医院？哎？那个男人是谁？啧，还挺帅的！换了西服就更帅了……咦？她也换衣服了……哎，怎么那么多警察？她在干吗？"

张雨希的问题比十万个为什么还多。

"这个男人叫卫东和，是个死刑犯，今天早上他越狱了，如你所见，苏溪正在帮助他从警方的包围中逃走，他们在一家私立医院，卫东和的妈妈住在医院里。"

王之夏尽自己所能的解释了一遍——可能还不如不解释，张雨希的脸看起来就像蜡笔小新里的阿呆。

"谁？卫什么？"

"什么为什么？"

"我是说那个男人，卫什么？"

"卫东和。"王之夏转过电脑，操作了几下，又转向张雨希，上面是卫东和的通缉令，"就是他。"

张雨希还在持续的迷茫中，王之夏又丢下一颗炸弹，"昨天早上苏溪出现在了一个谋杀案的现场，她作为证人回公安局询问，结果她偷走了卫东和案的原始资料和凶器，可能还偷了十万块证物钱，打伤了一个警察后跳窗逃走了……"

张雨希目瞪口呆。

大概过了一分钟那么久，她终于跳起来："该不会是'世界上另外一个你'吧？"

"什么？"

"世界上另一个你啊，这肯定不是苏溪对不对？"

"你是说双胞胎？"王之夏眨眨眼，"苏溪有个双胞胎的姐妹？"

"我可没听说她是双胞胎，我说的不是双胞胎，你看 Discovery 频道吗？就是长得很像的人，没有血缘关系的那种！"

有这个可能吗？

"会有那么像？动作表情也一样，连你这个好朋友都认不出来？"

"我认出个鬼啊！这视频这么不清楚，人又这么小！"张雨希拍着桌子，手腕上的珠珠串串叮叮咚咚响，"那你倒是说说，她好端端的检察官不干了，这都在搞什么鬼？她脑子又没坏掉！我跟你说，绝不可能是为了那个卫什么，是，他是很帅啦，可是苏溪喜欢的不是这个类型！她可不是那种花痴似的小女人，苏溪是个有目标有理想的大女人，她才不会为了一个不认识的男人发疯！"

"所以……"王之夏冷静地发现了问题，"她会为认识的男人发疯？"

张雨希猛地扑过来，就像是狩猎的狮子，那眼神凶恶极了："她这辈子只为一个男人发疯过！为了这个男人，她放弃了她收入优渥的律师工作，为了这个男人，她去考了他的助理检察官，为了这个男人，她不吃不喝地减肥，为了这个男人，她没日没夜地看书……"

张雨希活似要吃掉王之夏的样子也远不及她说出的话可怕。

王之夏依旧背挺得很直，他的眼睛一眨不眨。

她的意思……是苏溪喜欢他？

喜欢到了发疯的地步？

所以她发疯了？

要不然就是张雨希发疯了——王之夏已经暂时丧失了判断的能力。

他把电脑再一次转向自己，屏幕遮住他的半张脸以及不受控微微颤抖的手，等他从电脑前抬起头时，又是那个冷静自持的冰山酷男了。

"2001年的圣诞节，在欣欣百货公司门口，一个小女孩偷卫东和的钱包被捉住，那个小女孩向他们求救，她说自己是被小偷团伙控制的，除了她还有五六个小孩子，都被关在地下室里，只有'工作'的时候才能出来，还有个看管他们的男人，就在附近盯着她，她逃不了……"

张雨希莫名其妙地看着他，听到这里忍不住了："你跟我说这个干吗？我们说的是苏溪，苏溪到底……"

王之夏打断她，继续说："后来有个男人果然过来了，要把这小女孩领回去，卫东和就跟这个男人打起来了，混乱中他把这个男人打死了……"

张雨希一拍桌子："该！这种人贩子都该死！"

"现场正好在摄像头死角的楼梯口,当时他们打架的情形没拍下来,所以这案子一开始就被定性成了蓄意杀人。"

"哎,不是啊,他是为了救人啊,那人不是控制小女孩的人贩子吗?"

"没错,但案发之后,那个小女孩就失踪了。没有人能证明卫东和是为了救人,事后那个被打死的男人的身份好几天才查到,他是一个外地来的无业混混,没有亲属,也没有社会关系人,没有证据证明他是小偷团伙的头目,也没有证据能证明他跟这个失踪的小女孩到底是什么关系……"

"这都什么破事啊!"张雨希烦躁地抓了抓头发,"你到底要说什么?这事跟苏溪有什么关系?"

王之夏看着张雨希:"十五年前,那个女孩大概十一二岁,那时候,正好是苏溪转学到你们班的时候吧?"

王之夏说着打开另一个视频。

视频非常不清楚,隐约看到是在商场的入口,两个高个子的小伙子正和一个小女孩说着什么,小女孩背对着镜头,只能看到她梳着个马尾辫,她很瘦,腿很长。

一个男人突然从一边过来,拉住了小女孩的胳膊,小女孩拼命挣脱。

刚刚跟小女孩说话的两个小伙子中的一个,突然就动手了。

他跟那个拉扯小女孩的男人打成一团。

混乱中,小女孩趁着没人注意,掉头就跑。

张雨希看着视频,一脸惊骇,眼睛睁得几乎要爆裂。

动机

7月5日　下午1:00

刺眼的午后阳光普照在波光粼粼的江面,温度很高,湖绿色的江水被暑热蒸发出了一层氤氲的水汽。

卫东和坐在一棵大树浓荫下的长椅上,手里拿着一份报纸,他把脸藏在报纸后面。

在江边的开阔区域,只有这一块儿地方是监控死角。

而这块地方,除了卫东和之外,烈日炎炎下,只有一家三口。一个四十多岁的胖男人艰难地半蹲着伸长了手臂,向他跑过来的是个腿肉像个火腿似的七八岁的小男孩,比那男人更胖的女人则在不远处举着照相机大声说着什么。

在热辣辣的午后阳光下,三个人都热得满脸通红,满头大汗。

不用任何证明都看得出来是一家人。

一个穿黑色运动背心、黑色短裤,头戴运动帽的男人跑过来,他跑过这一家三口的时候,那个孩子正在大吵大闹,他吵着热,要吃冰激凌。

他妈直接给了他脑袋一巴掌,说他正减肥呢,吃什么冰激凌。那个爸爸就替孩子求情,结果这孩子妈又给了孩子爸爸脑袋一巴掌。

跑步的男人饶有兴致地看着这一家三口。

那个当妈的显然不喜欢别人围观她教训儿子老公,她狠狠瞪那个年轻人一眼,一手领着儿子,一手拽着老公,一边嘴里吆喝着他们,一边甩着肥大的屁股走了。

跑步的年轻男人接着跑,跑到卫东和的长椅前,停了下来。他一边做着运动后的伸展运动,一边问卫东和:"几点了?请问?"

卫东和把报纸折了两折,收起来,懒洋洋地说:"请问?你说话什么时候用过'请'字?太假了。"

跑步的男人笑起来,一边笑,一边把帽檐向上抬了抬。他正是高程。

"你干吗还留在这儿?"高程问。

卫东和伸了个懒腰:"我在医院看到那个苏溪了。"

"她去了医院?!"

"她帮我逃出来,给了我一身西装还有车钥匙——都是从王之夏那里拿的。她是谁?她为什么会帮我?"

"你自己都不知道，我怎么会知道？！我也是今天凌晨才听说她的事儿，警察说她是王之夏的助理检察官，王之夏也说不清楚她为什么这么做……别管她了，警察的通缉令已经发出去了，你再不逃就没机会了！"

高程舒缓地左右压着腿，声音却已经焦躁了起来。

"王之夏和这个案子有关吗？那个苏溪，不会平白无故选择他，肯定有什么理由。"

卫东和还是不慌不忙。

"没时间了！不管有什么理由，你都应该赶快走，你越安全，那个苏溪才越有可能帮你翻案。"

"一个素不相识的人，为什么会一定要帮我翻案？你真不认识她？"

高程摇头："真不认识。也许她是天上哪个神仙姐姐派下来拯救你的吧，所以，你的任务，就是保证自己好好活着，安安全全躲起来，如果你这时候被警察抓了或者死了，这神仙姐姐不就前功尽弃了……"高程说到这里，火腾地上来了，"你他妈的要跑也不跟老子说一声，搞成现在这样，我都没法给你收拾！"

"谁要你收拾？"卫东和白了他一眼，"苏溪要是被抓了呢？她会怎么样？"

"不会比你更糟了！她又没有杀人，偷走你证据的事也没有直接证据，现在最严重的罪名就是袭警……"

卫东和打断他："医院有监控，她帮我逃走的事现在肯定都已经曝光了，她现在算是从犯了。"

"那又怎么样！"高程不再压腿了，他怒气冲冲，"那是她自愿的！"

"如果不是呢？如果不是自愿的呢？"

高程几乎想跳起来给卫东和一拳。

"那关你屁事！你还是搞不懂吗？这案子没有那么简单！我跟简妮两人用尽了所有的办法！可一点用都没有了！铁证如山也就是这样了！有人存心要你死！你明不明白？我们已经尽力了！我们只能眼睁睁看着你死了！现在……"高程深吸一口气，"现在你有机会了，你能活下去了！你他妈的想跟我说你要再当一次英雄？你要英雄救美！上次坐牢的教训你还没受够？！"

"你搞错了吧，这次跟上次可不一样，这次英雄救美，那个苏溪才是英雄，我最多是个美人。"

卫东和笑了。

"还笑，还能活几天啊，还笑！"

高程恶狠狠地吐了一口口水。

湖面上传来马达声，两个小型快艇上伴着阵阵欢笑声停在岸边。

呼啸声结束后，稍微平息了心情的高程听到卫东和低沉的声音："我不想跑了。我本来想跑，想着我们不会再见面了，想着从今以后你就当我死了……可现在这个苏溪也在查这件事，她是助理检察官，她是不是知道点什么？我觉得，她肯定是因为知道点什么，才被卷到这件事里来，所以，我现在很可能有一个翻盘的机会……"

"那你也是越狱犯！"高程没好气地说，"你现在是逃犯，你不跑难道还要去查案子？你走到哪里能不被发现？到处都是监控！警察一发现你的影子，狙击手马上就到，十之八九你就被直接击毙了，还翻个屁的盘！"

"那就当我提前死了两天。"

高程哑口无言，侧目看看一脸淡然的卫东和，好一会儿才问："你要我怎么做？"

"谢兰仙是怎么死的？"

"割喉，一片美工刀片直接割喉，一刀致命。"

"是专业的。"

卫东和想起苏溪那媲美偷天大盗的身手。

"对，法医说凶手是个男的，苏溪正好在现场，本来是证人，后来她打昏一个女警，从公安局跑了就变成了嫌疑人。"高程说，"我们一直在跟着谢兰仙，简妮走前把她调查的资料都给我了，谢兰仙肯定是被收买了，她知道真凶是谁——但是没证据。她这次被害，就是因为敲诈那个真凶，她跟真凶是如何交易的，我们一直都没查出来，谢兰仙非常狡猾，本地亲戚多，住处都不固定。简妮找到过谢兰仙一次，被谢兰仙骂了一顿回来了,她说她什么都不知道。"

卫东和的心抽痛了一下。瘦弱的简妮在刁蛮泼辣的谢兰仙面前苦苦哀求的样子出现在他的面前,那画面像一枚尖刺,刺痛了他的心。

"她被杀的时候是在跟敲诈对象交易?"

"应该是交易完了。警方在现场找到了十万块现金,就装在谢兰仙的挎包里。这笔钱后来被带回了警局,据说,苏溪逃走的时候把这笔钱也拿走了。"

卫东和皱起眉头:"案发现场在哪儿?"

"绿雅茶社,就在青山路……你要干吗?"高程警觉地问。

"现在查到的线索都跟陈廷没交集吗?"卫东和不答反问。

他其实并不抱希望。

陈廷父母都在外地,他一直在本市打拼,一年前来到了美亚特健身中心做瑜伽教练。陈廷长得很帅,有点像电视里的韩剧明星,一开始的确吸引了不少女会员的加入。

但时间长了大家都发现,他就是个花花公子,仗着自己嘴甜跟不少女会员关系暧昧,进而忽悠人家买一些健身用品,什么保健药、蛋白粉、瑜伽垫甚至毛巾、沐浴露。

后来东窗事发,大家才知道他卖的那些东西都是些不知道从哪儿弄来的三无产品。

陈廷临死之前已经被开除了。

他平时和卫东和的关系就不太好,卫东和觉得他轻浮,他觉得卫东和装酷。他的事发生后,大量女会员转到了卫东和的自由搏击训练班,陈廷认为是卫东和把自己倒卖东西的事泄露出去的。在案发前,他是回健身中心办理辞工手续,和卫东和发生了肢体冲突,起因都是他寻衅,结果当然是被卫东和揍了一顿。

健身中心的其他教练、经理、舞蹈老师甚至清洁工都跟陈廷关系不错,这个人很会收买人心,那也是泛泛之交。从被捕开始到现在将近四个月,卫东和在脑子里思索了无数遍,他一直找不到动机。

某人杀死陈廷的动机和陷害自己的动机。

两者同时兼备，必定是一件难忘的事，然而他却没有一点印象。

"没有，什么都查不到。不过，谢兰仙这一死，也许会冒出什么新线索来也不一定，她是你那个案子的知情人，因为敲诈勒索而死，她的案子跟你的案子有关联，警察肯定也会考虑到这一点。我昨天晚上连夜查了陈廷和谢兰仙、苏溪，还有王之夏——"

高程说到这里顿了顿。

他想起在案情分析会议上，提到谢兰仙的时候，王之夏对他那个颇有深意的表情。

他肯定知道谢兰仙！并且了解有关她的内情！

他是从什么途径知道谢兰仙的？卷宗里根本没提到过她这个人，还有，他为什么不让高程说出来……

高程摇摇头，把思路绕回来，没有时间给卫东和解释这些了。

"没有发现任何线索。"

这个时候，刚刚那一家三口已经回来了，每个人手里都拿着一个硕大的冰激凌在舔，三个人都眉开眼笑。

一个小快艇停在江边，向他们招揽生意，那个妈妈一边吃着冰激凌，一边大着嗓门跟小快艇谈价钱。

很快，价钱谈拢了，一家三口坐上了游艇，上船的时候一直在大呼小叫，游艇的水位线明显下去一截。

小快艇呼啸而去。

"你认识顾秋吗？"卫东和问。

高程弯下腰，系鞋带："认识。你见到她了？简妮花钱请她照顾阿姨的，我们都害怕有人再动手……顾秋帮忙在房间里偷偷装了个监视器，有情况的话可以随时发现。"

"你见过顾秋？"

"见过啊。"

"她长什么样？"

"高高胖胖的，眼睛小小的，一看就知道从小没挨过饿。你说你怎么什么事儿也操心哇，简妮你操心就算了，这苏溪你也操心，顾秋你也操心，你说你烦不烦？知道的你是逃犯，不知道还以为你是居委会大妈呢！这些事你别操心了，人各有命，苏溪也好，简妮也好，这顾秋也好，人家都有自己的目标，成不成在她们的命，碍不着你的事儿，你还是该干吗干吗去吧。"

高程站起身子，装作看向江心远处。

"这棵树后面的灌木丛里有一个包，包里是两身衣服，一顶帽子，一顶假发，一副墨镜，一副无框眼镜，五千块钱，钱下面有个手机，上面有我的号码——最后一个数字变成1就是你的号，情侣号，哈哈。"

就算是现在这种情况，他还是开起了玩笑。

刺杀

7月5日　下午1：00

疗养院的午后格外安静。

上午的喧嚣并没有留下什么痕迹，警方在监控中确认卫东和和苏溪已经离开后很快也撤离了现场。只留下两个警察看守着卫妈妈的病房，以防卫东和去而复返。

疗养院门口加强了警戒，原来一个看门的保安，现在变成了三个。一个是个高的胖子，一个是年轻的瘦小伙子，一个是矮个儿老头儿。

进出的人和车辆，都要经过门口那个高胖子保安严格的审查，矮个儿老头儿进行身份登记，瘦子保安负责维持秩序。

苏溪站在马路对面的一棵树底下。

她上次来，是用自己的身份证登记的。给她登记的人，就是那个矮个儿老头。他肯定会在警方的询问下，一遍一遍回忆她当时的样子，回忆她说话的表情和声音,回忆她的行为举止……这次,仅在短短的几个小时之后,她又站在他面前,难保不会被这个矮个儿老头认出来。

苏溪左右望了一下,疗养院门口有来医院探视病人的亲友,一家人一家人的,也许她可以混在里面,一起进去,但是,混进去之后呢?

卫妈妈的病房现在肯定加强了警戒,而那些担任警戒任务的警察,在监控录像中,一定已经好好观摩过她的影像了,她躲得过这些职业警探的敏锐嗅觉吗?再说,她怎么进病房去呢?她穿着护士服混进去的把戏,已经用过一次了,再用的话,有几成成功的把握?

就算她成功进了病房,在警察的眼皮底下,她又该怎么才能单独跟卫妈妈说上话呢?

卫妈妈的清醒如果只是暂时的呢?她不能无限期地等着卫妈妈醒过来。

卫妈妈有警察照看,如果真的想起来什么,第一时间告诉警察就可以了,总比告诉她有效得多。

炫目的午后阳光,让苏溪有片刻的眩晕,苏溪展开行动以来,第一次感觉前路茫茫。

卫东和逃走了,谢兰仙死了,公安局上下都在追捕她……她不知道自己还能做什么。

收手吗?

不行。

苏溪想起手机屏幕上那昏暗房间里的人影,她强迫自己清醒过来。

苏溪使劲儿咬了一下嘴唇。

现在不是自我否定的时候。

总归会有办法的,总会有办法的……

啊,她忽然想到一个人……在她来说,做起来很难的事情,这个人很轻易就能做到!

而且,这个人,她完全可以信任。

苏溪从背包内口袋里掏出一个手机,不是她常用的那个,手机是关机状态,她开了机,一边想着,一边发起了短信。

苏溪低头发短信的时候,一辆白色的面包车在缓缓靠近她。

　　开车的司机是个有着一双三角眼的三十来岁的男人,他低声问车上的另一个人,"九纹虫,看这个女的,是她吗?"

　　叫九纹虫的是个二十多岁的愣头青,一脸暴戾之气,他露出来的两只胳膊和后颈上都是雕龙画虎的青色文身。

　　九纹虫眯着眼睛,"我看着像。再凑近点儿。"

　　白色面包车停在苏溪的身边,车窗摇下来,九纹虫露出脸,喊了一声,"喂,苏溪!"

　　苏溪下意识地一抬头。

　　对着她脸的是一个黑洞洞的枪口。

　　"九纹虫,就是她!"三角眼的面包车司机说。

　　九纹虫用枪指着苏溪,"上车!快点儿!"

　　苏溪想都没想,一扬手,手机"嗖"的一下扔了出去,砰的一下正打在那个叫九纹虫的鼻子上。

　　手机在九纹虫脸上一弹,摔在柏油马路上,啪的一声,手机后盖摔开了,电池甩出去好远。

　　"贱货!找死!"

　　九纹虫的鼻子被砸出了血,他目露凶光。

　　苏溪早已经就地一滚,滚到面包车的车尾。

　　"救命!救命!"

　　她喊起来。

　　疗养院门口的三个保安都立即向这边看过来。高胖子保安和瘦子保安很快向着这边走过来,年纪大的那个保安则抓起了电话。

　　"九纹虫,他们报警了,这医院里面有警察蹲点儿!咱快走吧!再不走就来不及了!"三角眼叫。

　　"走,也得先干完活再说。"

　　九纹虫擦了一把鼻子上的血,打开车门跳下车,拎着枪,对着苏溪就过来了。

"救命！"

苏溪离开车尾，向那两个走过来的保安奔过去。

"砰"的一声，枪响了。

子弹擦着她的头皮，带过一股热流，还有头发被灼焦的味道。

那两个走过来的保安愣了一下，高胖子保安立马趴到地上，瘦子保安则转身就逃。

苏溪奔到了疗养院大门口，躲到门口立柱的后面。

又是"啪，啪，啪"三连发子弹连射了过来。

有两颗子弹击中了立柱，飞石差点溅到苏溪的脸上。

即便是在这样的时刻，苏溪的脑子也在飞速地转动。

他手里的是一把真枪！

他一上来，就冲着苏溪的致命部位射击——他就是来杀人的！

为什么会突然冒出一个人来追杀苏溪？

是因为这两天发生的事情？这两天她做了好多事……可是，究竟是哪件事呢？哪件事让她接近了真相……有人被惊扰了，所以跳了出来！

他们竟然能在医院门口找到她，比警察还有效率！找到她的是九纹虫和三角眼，那，像他们这样的人，是不是还有很多？都正在这个城市的大街小巷，掘地三尺地找她？

是什么样的人有这么大的本事，指挥这么多人？

更重要的是，他们是怎么知道苏溪的存在的？

两个警察奔了出来——应该就是看守卫妈妈病房的警察——他们一边跑，一边拔枪："不许动！"

开车的三角眼吼："快走！九纹虫，你想找死啊！"

九纹虫却已经红了眼。他不退反进，手持枪，冲向立柱后面的苏溪。

苏溪缩到立柱的另一侧。

九纹虫举枪又射，他的枪没响，警察的枪响了。

一颗子弹正打中了九纹虫的左肩，九纹虫一个踉跄。

三角眼大叫一声，猛踩油门，车子冲上了马路牙子，直冲向医院门口的两个警察。

一个警察举枪对着车前挡风板开了一枪，三角眼本能地方向盘一扭，"砰咚"一下，车子撞上了大门口的另一根立柱，前挡风板碎了一地，三角眼满身是血，趴在方向盘上，一动不动了。

谁也不知道，苏溪是什么时候跑到九纹虫身边的。

九纹虫手里的枪已经没有子弹，还受了伤，但凶悍依然，他一把把苏溪拉到身边，用胳膊肘箍住了她的脖子。

"老子弄死你！"

"弄死我之前，警察就会一枪打死你的！你没子弹了，警察有！你再厉害，干得过子弹吗？"苏溪冷静地说。

"臭女人！"

"闭嘴！我是你的人质，警察不会再开枪的！"

两个警察从面包车后绕过来，看到挟持着苏溪的九纹虫，大吃一惊。

"别过来！过来我打死她！"

九纹虫用枪指着苏溪的脑袋。

警察并不清楚九纹虫的枪里还有没有子弹。

"别激动！别激动！有什么事好商量！"

年长的那个警察立即把枪口垂下来。

年轻点儿的警察则退到后面，拿出手机打电话。

"他们在打电话请求支援，你现在不跑，警察多了，再跑也来不及了。"苏溪嘴唇微微翕动，"去马路上拦辆车——"

九纹虫用胳膊勒紧了苏溪的脖子，"闭嘴！老子知道怎么办！"

他挟持着苏溪，向身后的街面上退去。

一辆出租车驶来，还没看清楚眼前的情景，就被九纹虫用枪指住了，"停下！给我下车！"

这是个年轻司机,一见满身是血的九纹虫和他那黑洞洞的枪口,人完全慌了。车子一扭,差点儿直接撞上九纹虫和苏溪。

"我操!"九纹虫骂。

出租车一停,司机就打开车门,连滚带爬地跑了。

苏溪把九纹虫的胳膊扒拉下来,坐上了车子的驾驶座。

九纹虫勒着她脖子的手臂刚才就没了力气,苏溪早就知道了。

苏溪坐进了驾驶座之后,随即打开了副驾驶的车门。

"上车!"

她一把把九纹虫拉上车,砰地关上了车门。

她猛踩油门,在两个警察惊呆的目光中,车子绝尘而去。

报恩

7月5日　下午1:00

"这是什么?"张雨希指着电脑上的监控视频,"你没开玩笑吧?你给我一份连脸都看不清的视频告诉我那是苏溪,她涉嫌帮助个死刑犯逃跑,OK,最起码还能看出一个模样!那这是什么?十五年前的视频!亏你们还能留到现在!就这像素,女孩的后脑勺和脸都分不清,你要我认人,你是不是疯了?!"

王之夏一点儿都不着急,他看着张雨希,"一点儿可能都没有吗?那时候苏溪的爸妈工作都忙,常出差,她哥哥在外地上大学,他们家没有别的亲戚,她爸妈都出差的时候,只好借住在她妈妈的一个朋友家里……一个十一二岁的叛逆少女,想做一些吸引大人注意力的事……不可能吗?"

"要真有过这事儿,苏溪肯定会跟我讲——"

"也许她说不出口,也许她宁愿忘了。"

张雨希沉默了一会儿,突然哇啦哇啦地爆发了:"你不了解苏溪,我了解。她从小就特别有正义感,从小就是!她一直的理想就是当警察,后来在电视上见到你的采访,她就开始改学法律了,你知道她这些年有多辛苦?她考上你的助理检察官之后出来给我打电话,站在大马路上一边打一边哭,她太不容易了!她是我见过的最正直最坦荡的女人!我告诉你,不可能,苏溪绝对不可能去主动欺负人——"

王之夏冷冷地看着她:"把疗养院里千江的视频调出来。"

"什么?"张雨希愣了一下才发现王之夏不是对她说话,他戴着耳机,在和线路那头的人对话。

所以他们刚才说的话都被录音了?

张雨希刚要说话,眼角一瞥电脑的屏幕一变,出现了一个年轻的女孩正在和穿着警服的警察说话。

画面闪了闪,女孩的正面照放大出现在了张雨希面前。

是个挺漂亮的姑娘,如果不算她额头上的大红包和下巴上青紫的伤痕的话。

"她叫千江,市局的刑警。苏溪就是打昏了她从公安局里逃出来的。你现在还觉得你了解苏溪?"

张雨希想了想,耸耸肩膀:"那可能是她要完成更重要的正义。"

"什么时候打警察是为了正义?什么正义不能让警察完成?"王之夏的声音冷若冰霜,"作为一个助理检察官,学了一辈子法律,就想不到更好的解决方案了?"

张雨希翻了个白眼:"胜利即是正义!你懂不懂啊?大叔……你不看抗战片啊?有一种失败叫占领,有一种胜利叫撤退!苏溪就是为了胜利才忍辱负重的!她肯定是被冤枉,有苦衷的,你等着吧,她肯定会给你一个合理的解释。"

王之夏定定地看着张雨希:"好,我等着。如果她能活着被捕的话……"

"什么?什么活着?"张雨希叫了起来。

"她帮助的是个死刑犯,现在全市都戒严了,他们插翅难逃。按照你的了解,苏溪为了什么更重要的正义,大概也不会束手就擒……拘捕、逃跑、打人,任何一条都是把自己的命往警察的枪口下送。"

张雨希一下语塞了,但依旧梗着脖子嘴硬:"有这么严重吗?现在不就是打了个警察吗?罪不至死吧……再说了,这也没道理啊,不是为了工作也不是为了你……难道是她父母出事了?"

"她父母没事。"王之夏把眼睛转过去,实在不想再看她,"你们最近一次见面是什么时候?"

"上上周吧……"张雨希脸色慢慢变得有点灰白了,王之夏的话,让她焦虑起来,"我们一起看了电影,还吃了饭。"

"她的表现有什么异常吗?"

"没有!她好得不得了!我六月份过生日,我们一起吃了一个饭,我们都一个多月没见面了——先是她为了当你的助理在家头悬梁锥刺股闭关修炼,后来是我跟男朋友出国旅行……总之那天我们俩都特别高兴,看完电影又去吃饭……"

"是她约的你?"

"是,她说电影城那儿新开了一家客家餐馆,招牌菜是酿香菇和黄酒鸡——等等!"

她停下来,偏着头想了想:"我那天看到了一个人。"

"什么人?"

张雨希摇摇头:"我不知道。当时天已经黑了,我去停车场取车,回来的时候发现一个人站在她身后,躲在一棵树下拿着个照相机对着她……"

"你看清那个人的长相了吗?"

"那人穿着黑衣服,戴着帽子,我没有看到脸……等我的车开近一点那人就不见了。"

"身高呢?胖还是瘦?头发长短,男的女的?"

"好像不太高,也不胖……我真的不知道了,我就看了一眼。"

"你把这件事告诉苏溪了吗?"

"我说了啊!"

"她怎么说的？"

"她说我神经过敏，跟她妈一样。"

张雨希眼圈有点微微发红了："她就这点特讨厌！老觉得自己什么都好，什么都能搞定，不需要人操心……你说，她会不会真的有什么事？你们警察不会动不动就开枪吧？真的会开枪吗？"

王之夏直接忽略她的问题："她没觉得那个穿黑衣服的人对她有什么危险？"

"没。我跟她说那人万一是个变态偷窥狂呢？她居然告诉我正好可以逮着送给你！好让你知道她多么智勇双全，你说她是不是疯了！"

张雨希狠狠地拍了一下桌子。

疯了吗？

王之夏也不确定，不过他现在的确明白她有多么智勇双全了。

在见识到苏溪这么多出人意料的举动之后，他认为这个偷窥狂不会对她造成什么伤害——除非这一切，是一个比苏溪更智勇双全的偷窥狂搞的鬼。

"除了你，苏溪还有什么要好的朋友吗？"

"很多。她这个人又热心又开朗，朋友多得很！"

"把名字电话写下来。"王之夏推过去一张纸和一支笔。

张雨希看了王之夏一阵子。

王之夏看着她："这是在帮她。"

张雨希吸了一口气，别别扭扭地写了几个名字。

王之夏又问："还有，你能不能找到一些有苏溪指纹的东西？"

张雨希想了想，点点头："有，我上个月过生日苏溪送了我一个钱包，我还没用呢，就在我车上，我去给你拿？"

王之夏没吭声，看着张雨希飞一样地跑出去，片刻之后又飞着回来。

她喘着气把一个包装完好的女士长款钱包递给王之夏，不等王之夏接，又缩了回来："为什么要她的指纹？我把她的指纹随便给人，会不会害了她？"

"不会，也许因为这个，你还救了她的命。"

张雨希一眼不眨地看着王之夏。

王之夏表情肃然。

慢慢地,张雨希松开手。

直到张雨希的背影消失在咖啡馆的大门,很久之后,王之夏才稍稍变换了下姿势,他晃动了一下僵硬的脖子。

就算没有张雨希说的,苏溪对自己的迷恋,单凭一个助理检察官的职位,她都没有理由铤而走险。

王之夏不太相信张雨希说的,虽然他不明白张雨希撒谎的原因。但是,今天在疗养院把脱光了的王之夏绑起来的时候,王之夏没看出来那个女人对他有什么不舍和内疚。

他只看到了她的愤怒和仇恨。

不,她不爱他,她甚至恨他。

王之夏的目光转移到桌子上的钱包上面。当年,那个小女孩偷了卫东和的钱包,被卫东和当场抓住了,后来才有了小女孩哭诉自己被贼头控制,卫东和一怒为小女孩出头,不小心打死人的案子。

有个事实王之夏没告诉张雨希,那只被小女孩偷的钱包上有卫东和和那个女孩的指纹。

小女孩失踪之后,警方曾经为那个钱包上的指纹做过指纹鉴定,在这件案子的档案袋里,有一份小女孩的指纹鉴定报告。

当年那个小女孩,他怀疑就是今天的苏溪。

他现在就要确定这一点。

苏溪的行为只能让王之夏在荒诞和更荒诞中找到一个相对合理一点的逻辑,哪怕这个猜测都是天方夜谭。

一个小女孩消失了十五年,然后突然知道当年的恩人遇难,所以来报恩来了?

这大概是聊斋里面才会出现的故事。

前提是苏溪是个狐狸变的,如果是人类,那就不太可能。作为忘恩负义为本能的人类,谁真能对十五年前的恩情念念不忘?

聊斋里从来没讲过报恩的人类的故事。

但真正麻烦的,甚至不是这点。

王之夏的脸色冷峻,把电脑合上。

如果她不是那个小女孩,苏溪能这么做,必定是人命关天的大事,比卫东和的死刑更大的事。

关于这件事,他现在一无所知。

第三部

两个逃犯的共同点

很久很久以前

204 包厢隔壁有人，茶社老板身死，6000 克海星 2 号，编号 S5871 的秘密，黑诊所外的狭路相逢……就这样赤手空拳单枪匹马的，同整个世界决斗吧！这个世上愿意为卫东和豁出性命的女人不算多，但会是苏溪吗？那简妮呢，她会付出一切为卫东和洗刷所有冤屈吗？

大白鲨

魏如海放下手中的茶杯,抓抓秃脑门儿,他抬眼看看墙上的挂钟,已经下午2点了。

警方说今天中午就可以结束取证,结果突然又来了两个警察,拖拖拉拉的不肯走,一会儿出去一会儿进来,有时候凑在一起叽叽咕咕地讨论一下,更多时间他们就只是一脸严肃地忙碌着。

忙什么?

魏如海一无所知,他也不想知道。

上次警察在这里抓到毒贩他还能想想办法把消息压下去,可现在是死人了,魏如海根本不妄图瞒天过海,死人的消息传得比飞机还快,客人散得也比飞机快。他已经开始琢磨把这间茶社改成个钟点旅馆还是电子游戏城好。

"魏老板。"聂宇敲了敲开着的经理室的门。

"警官。"魏如海马上从老板椅上站起来,露出个生意人式的热情的笑,"辛苦你们了啊,这忙活一早上了,忙完了吧? 要不然先歇一会儿,一起吃个饭吧? 我做东。"

"不用了。我们马上就走了。"

聂宇走进来,环视了一下魏如海的办公室,目光落在了墙上的一个神龛上,上面放着一个关公像。

魏如海挤出个笑容:"总要吃饭的嘛,我也正好没吃。"

聂宇没说话。

千江走进来,手里拿着她的手机,正一边走,一边拍摄。

她的脸色不太好看,又灰又白,无精打采。

她被人打了两次,又在外面跑了一夜,虽然有一副警校里打造的好身体,这一番折腾,也有点吃不消了。

看看聂宇,却跟她迥然不同,好像越折腾,他越炯炯有神了。

千江对现场的二次搜证不是很感兴趣,尤其是现在,卫东和苏溪还没有落网,不知道他们正在城市的哪个角落蠢蠢欲动,企图再次兴风作浪……千江觉得聂宇在这个时候提出二次搜证简直就是浪费时间——谢兰仙被害案,凶手既不是苏溪也不可能是卫东和,聂宇是想找到真凶,然后靠着真凶这条线索,抓住那两个人?这靠谱吗?

说真的,公安局上下都为了抓卫东和的事儿忙成一团,他干吗非要跟别人不一样?

千江把一肚子问号咽在肚子里,有气无力地望着聂宇。

事实证明这次搜证就是无用功,他们什么都没发现。

聂宇对魏如海说:"现场已经解封了,不过204房间还是暂时不要营业,想到什么或者看到什么随时跟我们联系。"

"好的,好的,我肯定不营业,就算我想也不成啊,谁也嫌晦气不是?"

魏如海苦中作乐地说,他是生意人,说话的时候适可而止的分寸感和恰到好处的滑稽让千江的嘴角也扬起来了,"别说,现在人可说不准,你打出个死人现场观光的噱头,说不定还真有人来呢!"

魏如海苦着脸:"我就怕凶手也来了。"

"那正好啊,你举报,我们给你发奖状。"千江笑了。

"哎哟,警官,你就别吓我了,我就怕我没命拿这个奖状啊……你说我这儿这么短时间,一次比一次出的事大,是不是什么八字犯冲,净招坏人了。"

千江顺着聂宇的目光,也看到墙上的关公像:"要不然换个新的?换个大点的?"她踮起脚看了看,"哎呀,你看看,给人家关二爷打扫一下房子好不好?这么脏要你你也不高兴。"

魏如海哈哈笑着,连连点头。

送走两位警察，魏如海马上拉下了茶社的铁门。

他一溜小跑回到办公室，锁上房门，跑到窗口拉开百叶窗看到两个警察上车离开，这才松了口气。

真是一堆瘟神！一个比一个难伺候，偏偏还不得不伺候！

魏如海走到关公像前，在神龛底座上扭了扭一个开关，"咔嗒"一声，神龛缓慢移开，露出后面的保险箱。

刚才那个女警察碰这个关公像的时候他差点没吓死。

不知道是不是凶杀案更严重，之前的贩毒案都没这次查得严。当然，也许是这次的案子比较麻烦，魏如海在电视上看到了，昨天那个发现尸体的女的被通缉了，先是说涉嫌杀人，接着说她又帮一个死刑犯逃跑了。

这女的可真够忙的。她看上去斯斯文文，还真是深藏不露，比男人胆子都大，手都狠！

他想到在自己茶社发现的那具女性尸体，就忍不住浑身打个激灵。

幸亏这女的不是冲他来的。

魏如海按了密码，保险箱应声而开，露出里面一摞摞地包裹在塑料袋中微微泛着蓝光的晶体颗粒。

他从老板桌下面拿出个银色的公文箱，一股脑地把东西都塞了进去。

最近他星宿不利，该避的，还是避一避的好。

他把公文箱合上，关上保险箱，又把神龛转了回来，还煞有介事地拜了拜。

胳膊上的金表显示时间是两点三十分，没时间了。

他急匆匆地打开房门，迎接他的不是光明的通道，而是黑铁塔似的一个人。

魏如海一瞬间灵魂出窍。

等他看清来人的脸之后，五官古怪地扭曲在了一起。

"你知道我是谁？"对方低沉的声音说。

魏如海抖了个激灵反应过来，他头摇得像拨浪鼓，"不、不认识，你找谁？今天不营业，你、你怎么进来的？"

他刚才明明关上门了。

"我找你。"对方强大的压迫力使得魏如海步步后退，直到两人都进入房间。

他为什么要找他？

魏如海不明白，如果他没看错的话，眼前的这张脸，就是电视新闻里滚动播出的那个在逃死刑犯。

"不用害怕。"卫东和看看魏如海紧紧抱着的公文箱，"我找你问点事。"

"我、我什么都不知道。今天不营业，我还有事……"魏如海如同被猫逼到绝境的老鼠，贴着墙角试图寻找突破口。

快到门口的时候他突然加速往外冲。

卫东和比他更快，魏如海只觉得自己原地转了个圈，等回过神来的时候，他的公文箱已经落入了卫东和手里。

"里面是什么？"卫东和拿起来晃动了一下。

"没、没什么……大哥，大哥！"魏如海哀叫起来，"大哥你放过我吧，我什么都不知道啊！你要钱，要钱我给你，我这儿有……"他跑到办公桌前，打开抽屉，从里面拿出个牛皮纸袋，一股脑地倒在桌上。

一万块一摞的现金，一共五摞。

"就当我没看到你，这些钱都给你，我还有辆车，车是新……"

魏如海的话没说完，"砰"的一声，卫东和打开了箱子。

卫东和的表情一瞬间也变了，他看看箱子里的东西，再看看面如土灰的魏如海。

"冰毒？"

魏如海的面颊抽动了一下："大、大哥，咱们远日无怨近日无仇，我就直说了，咱们都不想闹大了把警察招来，你要什么你拿走，就当交个朋友，但这货我今天必须送走，你要是也看上了，给我三天，三天之内我肯定给你弄到手。"

卫东和没有说话。

他没有想到会碰到这样的场景——绿雅茶社的老板是个毒贩？他手里这些货一共有六袋，每袋一公斤，六公斤，六千克，看样子还是个规模不小的供货商。

这些货要送到哪里？又是从哪里来的。

又会有多少人被这些蓝色晶体搞得家破人亡？

可是他现在有时间管这个吗？

卫东和定了定神："谢兰仙是你杀的吗？"

"不是，当然不是！"魏如海叫道，"我压根儿没见过她，出事以后服务员给我打电话我才知道这事的。"

魏如海心思如电，他一边看着卫东和的脸色，一边盘算起来。他看新闻的时候还以为昨天那个女人就是那个苏溪杀的，可苏溪跟卫东和不是一伙的吗，她要是杀了人他干吗还专门跑来问一遍？

那就是说，凶手不是苏溪。

魏如海迅速做出了判断：不管凶手是谁，这件事对这个卫东和都非常重要，跟他现在要去送货一样重要。

"这件事现在警察追得很紧。"魏如海抓着门把手，他探头看看外面，又再次把门关好，"我跟你说实话，我觉得死了的那个女的，就是为了这个。"

他指指卫东和手里的箱子。

"哦？"卫东和吃惊极了，但他的神色并没有太大的变化。

谢兰仙是美亚特的老员工，卫东和来的时候她就在了。她的性格泼辣刁钻，卫东和平日里见了她都是绕路走，他只知道她喜欢占小便宜，健身俱乐部几个女清洁工背后都议论她"极品"，说她连女会员忘记的胸罩内衣都往家拿。俱乐部几次三番想辞掉她，都被她又是撒泼，又是装可怜地躲过去了。

不过几个月的时间，她就从女会员的胸罩内衣进步到了冰毒？

魏如海点点头："你也看到了，我这破店，来来往往的都是些街坊邻居,哪有人专门跑这儿喝茶的,还一大早……我听警察说,那女的身上还带了十万块钱。"

"是为了买冰毒？你说她是第一次来,第一次不用人介绍就能直接买到？"卫东和冷笑了一声。他可从来不知道冰毒现在也是开架销售了。

魏如海啧了一声:"你不知道,那女的是跟人约好的,约好的那人可能是我认识的……肯定是个老主顾,而且至少小半年没跟我联系……"

"小半年？"

"对啊,二月份的时候我有两个马仔被警察盯上了,他们也没发现,带着警察过来拿货……"魏如海说到这儿还是心有余悸,"还好我机灵,警察才没发现。从那以后我就改地方了,所以那女的约的人肯定消息不太灵通啊……"

"你的主顾多吗？"卫东和把箱子放在桌子一角。

"不少。"魏如海实话实说,"我的东西好,做的又是小本买卖,这地方别看离公安局近,可架不住灯下黑啊,这么多年就出过那么一次事……朋友们照顾,嘿嘿,生意还过得去。"

卫东和瞥了一眼箱子里的货:"小本买卖？"

魏如海赶快解释:"这个不是,这些我平时能卖半年呢,这最近我这儿不是不太平嘛,就一次性处理了——我也是刚认识了个大主顾,买卖一谈就成了,我价钱公道,人家也满意,表示都能吃得下……"

卫东和没时间跟他废话:"你把老主顾的名字和电话写给我。"

"哎哟！大哥,这不是要我命吗？我们这行没几个用真名的,留电话的就更少了啊！"魏如海这么喊着,还是走到了桌子前,拿起了纸笔,"我能记住的就这么几个,可万一不在这里面,您也别怪我。"

他一开始就是这么打算的。

随便一个电话一个名字把卫东和打发走,他一个死刑犯还能三番两次地找他麻烦不成？

魏如海唰唰写了一串,从便条簿上撕下来一张递给卫东和,"就这些。我是真心希望能帮上忙,希望你早日沉冤得雪,咱们就当交个朋友……"他把桌上那几摞钱再次推给卫东和,一脸真诚地说:"路上缺什么也不能缺钱……"

魏如海的笑忽然定格了，他看到卫东和眼中寒光一闪，紧接着一双大手用力地卡住他的脖子，把他推到了墙上。

"沉冤得雪？怎么讲？"卫东和冷笑着，手下用力。

魏如海的脚离地面两厘米，他翻着白眼手脚并用，但连卫东和的衣角都没碰到。

"咳，咳……"

卫东和稍微松开一点，魏如海的脚尖抵到地上，他被憋得脸红脖子粗，一边咳嗽，一边说："我、我就是、我就是觉得你要不是冤枉的，你、你也不会拼了命地越狱是吧？"

魏如海的话音未落，卫东和再次用力把他推上去。

"说实话。"

魏如海的脸都紫了，大张着嘴巴，举着手一顿乱挥。

卫东和松了松手。

"咳……不是，大哥，我说实话，我说实话……"

卫东和松开手。

魏如海顺着墙，出溜到地板上："我、我的货是从力哥手里拿的，力哥……这一片都归力哥管，你们美亚特也是。"

卫东和差点儿以为自己听错了，他愣了一下："力哥？杜力？"

"嗯。"

魏如海好一会儿才从地上爬起来，看到卫东和动了动，马上向后一躲："我，我说的是实话，大哥……"

卫东和盯着他："杜力，美亚特健身的文汇路店经理？"

魏如海咕嘟咽下一大口口水："就是他。"

"他在自己店里贩毒？"

"这个具体是怎么回事，我就不知道了……我只知道每个月去健身俱乐部里交钱拿货。我在俱乐部男宾部租了个长期私用更衣箱，我每次去，都把钱放在健身包里，再把健身包锁在那个更衣箱里，然后我去跑跑步、游游泳，一个小时以后回来，箱子里的东西就变成货了。"

卫东和毫无印象。作为健身教练,他们有专门的员工更衣室和洗澡室,他几乎都没去过男宾部。

"你刚才说的,沉冤得雪是什么意思?"

"我、我是猜的啊……"魏如海双手抱拳,一个劲儿地拱手,"大哥,都是我猜的……我最后一次去拿货,力哥跟我说出事了,要我下回别去了,我问他什么事,他说有人发现了……"

"谁发现了?"卫东和的心突突直跳,他觉得他已经接近真相的边缘了。

他没想到会从魏如海这里听到这样的答案。发现毒品交易的那个人很可能就是陈廷,如果陈廷发现了经理杜力的秘密,以他的性格一定会借此要挟杜力,杜力便铤而走险杀人灭口……这是个顺畅的因果链条。

至于为什么要嫁祸给卫东和,那肯定是因为俱乐部的人都知道,卫东和与陈廷不和,杜力作为俱乐部经理,曾经专门找过他俩谈话,调停他们吵架的事。

想通了这一点,后面的就更好解释了,贩毒的人肯定多少都和黑社会有点交情,为了让卫东和认罪,杜力便找几个人对卫妈妈下手。

杜力……

卫东和拳头捏得咯咯响。他全然无法想象。

杜力是他的上司,算得上俱乐部里对他最好的人,一审判决之前,高程去健身俱乐部找杜力补充调查的时候,杜力还托他告诉卫东和,一定要坚持住,他相信卫东和是无辜的。

这就是所谓的知人知面不知心吗?

魏如海打量着他的脸色,小心翼翼地说:"谁发现的,我就真不知道了。力哥也没跟我说,他就说到时候有人跟我联系……结果没两天,你们那里就出了杀人案了……我觉得这事儿挺古怪的,想着,这儿可能跟力哥有关系,可后来警察抓走的人是你,我猜……我也就是一猜,你可能就是帮人顶罪,被人嫁祸了……"

"后来你问过杜力吗?"

"没,我哪能问他这个啊,这已经出了一条人命了,我哪敢多嘴啊! 再说,后来我也没见到力哥。后来我们就换地方了,跟我联系的人也换了。"

"现在你的联系人是谁?"

"一个道上混的,外号老狼。"

"老狼是你们老大吗?"

魏如海摇头:"不是,老狼也就跟我一样,也是个虾兵蟹将。我们老大是神龙见首不见尾,我压根儿没机会见过他,他是男是女,是老是少,谁都不知道……据说,他是咱们市,不,在咱们省里都算是毒老大……有人说他的货都是从金三角弄来的,也有人说他开了个地下药厂,自己制毒……"

"他叫什么?"卫东和懒得跟他废话。

"大白鲨。"

四季诊所

7月5日　下午2：45

苏溪的手紧握着方向盘。

手心湿漉漉的,她甚至能感觉不断地有黏液从手中渗透出来,迅速汇集成流,变成一颗颗焦热的水滴。

"喂,醒醒!"她冲着歪在副驾驶座上的九纹虫大叫,"别死,醒醒! 谁派你来的……"

九纹虫却渐渐进入了昏迷,对苏溪的叫嚷毫无反应。

她唯一能做的就是用力地踩下油门。

苏溪从纺织城疗养院开那辆抢来的出租车逃走,在郊外兜了一个大圈儿,专走监控盲区,她开车进了一个乱纷纷的城边村,在里面停了二十分钟,再从另一个出口开车出来的时候,车子的车牌换了。

苏溪开着这个换了车牌的出租车,直接上了绕城高速,奔向城市的另一头。

九纹虫左肩部上中的那枪比她想象中严重,中枪位置左肩偏下,已经接近心脏部位了。他靠在车座上,血一点点把他的衣服全部浸染成黑红色,苏溪眼睁睁地看着他,进的气儿少,出的气儿多了。

"坚持住,坚持住!"

她大叫着,全身的血都冲到了脑子里,唯一的念头就是这个人不能死,不能死……死了,线索就断了。

车子疾驰中,碾到半块砖,车子一顿。

九纹虫轻哼了一声,睁开了眼睛。

"别,别去医院……"九纹虫挣扎着说。他甚至还抖着手,举起了枪,枪勉强地抵在苏溪的太阳穴上,"不能……去医院!"

苏溪瞪着他:"谁派你来的?"

"我操——"

"是谁派你来的?你说了,我就送你到你想去的地方——"

"我操你妈。"

九纹虫的手哆哆嗦嗦扣在枪的扳机上,他自己都记不清楚,枪里已经没有子弹了。

苏溪猛踩油门,又一个猛停,九纹虫的身子陡然一晃,手枪从手里掉了下去。枪正好掉在了苏溪的脚下面,苏溪一脚踩住了。

"妈的,敢给老子……玩花样……"九纹虫挣扎着前倾身体,伸长了手要够方向盘。

"反正我早晚也是个死,死也是被你害的,要死一起死……"

苏溪怒不可遏,她用胳膊肘架开他的手,方向盘一转,冲着路边的消防栓而去。

"去你妈的!"

苏溪大喝一声,用力地转动方向盘,车子向右漂移,随着凄厉的刹车声慢慢贴着消防栓停下了。

"要死一起死……"九纹虫还在叫。

"闭嘴！"苏溪对着他的脑袋就是一拳。

一拳下去，九纹虫身子一歪，向后倒靠在了座椅上，眼睛一闭，又晕了过去。

苏溪咬咬牙，再次发动汽车。

别死！至少在说出幕后指使人之前，先别死！

她只能在心里祈祷。

城市另一头的光明街。

四季诊所。

郭彩梅医生送走了一个刚打完了吊瓶的病人，活动活动腿脚，转过身走回办公室。

光明街一带好几年前就被规划为旧城改造项目，这里毗邻西郊汽车站，人口众多，鱼龙混杂，四季诊所隐匿在一道窄巷子中，不显山不露水的招牌已经挂了十几年了。

四季诊所做的是街坊生意，只有郭彩梅一个医生，平日里感冒发烧皮疹扭伤，她都能应对自如。诊所里有两个护士，今天值班的是小美，她是郭彩梅的外甥女，只有十九岁。

后门外面忽然传来了巨大的刹车声。

郭彩梅又走出办公室，她探头看到一辆出租车停在门口，把狭小的巷子挤得满满当当。驾驶座上跑下来一个年轻女人，她一看到郭彩梅就大叫起来："救人！救人！医生！"

女人一边说着一边绕过车，跑到副驾驶座，打开车门，把一个浑身是血的男人拖了出来。

那男人看起来又高又壮，胳膊上都是刺青，头发是极短的寸头。郭彩梅一看就知道这人是混道儿上的。

正想着，那女人已经蹲下来，她咬咬牙，把男人背在身上，两步就上了台阶，一脚踹开虚掩的木门，径直冲进了诊所。

"怎么回事？"

郭彩梅反应过来,急急慌慌地跟在后面:"这么重的伤,得去医院,我们这小诊所——"

女人把男人背进了诊疗室,等男人躺平之后,郭彩梅看到了血肉模糊的前胸,倒吸了一口冷气:"这是枪伤!"

一把枪就在这时抵住了她的太阳穴:"关门!"

郭彩梅在心里大骂一句,她瞥了一眼已经吓哭了的小美:"哭什么哭,关门,快去关门!"

小美跌跌撞撞地走到门口,她关上了推拉门,插好插销,马上贴着墙站好。

"准备手术。"女人冲着小美叫。

小美哭着看向郭彩梅:"大姨……"

郭彩梅舔舔嘴唇:"姑娘,我们只是个小诊所,做不了这种大手术。"

太阳穴又被枪管贴住了,不知道是不是幻觉,郭彩梅觉得自己闻到了火药的味道。

"这、这么大的手术我真做不了……这得输血啊,而且我们这儿没设备,也没有无菌室……"

郭彩梅试图解释。

那个年轻女人打断了她,冲着小美:"去,准备输血!"她左右看看,也不理会郭彩梅,直接走到诊疗室侧面的一扇门前,扭动了一下门锁,门是锁着的。

"哎,那个门……"

郭彩梅话音未落,女人直接抬腿,猛地一脚把门踹开。

里面是个简易的手术室,手术台、生产台、无影灯、麻醉剂应有尽有,灰白的墙壁和斑驳的地板上隐约可见积年的暗沉的血渍。

郭彩梅打了个寒战,偷偷看看女人的脸。

年轻女人只是冷冷地看着她:"手术。"

她好像知道很多,她是谁呢?不管她是谁,她手里有枪,不能得罪,可,这男人不死还好,今天这件事就当没发生,如果死了呢?这女人会不会杀人泄愤？就算不会,尸体怎么处理？这女人要把尸体留在这里,她怎么办？那些买胎盘和买婴儿的主顾对一具男尸可不会有任何兴趣……要是惊动了警察……

郭彩梅想到这里大声催促起外甥女:"快,输血！准备手术！"

一辈子只做接生和流产手术的郭彩梅突然有了一个幻觉,她觉得自己现在正在大医院高标准高配置的手术室中,她是一名权威的外科医生,站在手术台上,正在用精湛的医术跟死神搏斗,拯救一个在死亡线上挣扎的男人。

郭彩梅威严地催促那个年轻女人:"快,把他抬过来！"

小美搬脚,那女人搬头,把昏迷的男人抬到了手术台上。

郭彩梅扑到手术盘上,拿起一把剪刀,唰唰几下把男人的衣服全部剪开了。

伤口全部露出来,郭彩梅的头嗡的一下,她眼前的幻觉消失了。

子弹肯定打在了这个男人的动脉血管上了,伤口还在往外冒血。这个失血量太大了,男人的心跳已经很微弱了。

他这个样子,怎么能撑到这儿来的？

小美推着车走过来,她挂起血袋,抓住男人的手找到血管,拿出碘酒棉签消毒,用一次性输液器扎进男人的血管。

整个过程非常熟练迅速。

"不是 RH 阴性血吧？我们这里只有 O 型血。"小美这时候才问。

苏溪不知道,她摇摇头。

如果血型不符出现凝血,那就当这个九纹虫倒霉吧。

她看着郭彩梅开始忙碌起来。简单地清理了伤口,拿出镊子深入伤口寻找子弹……微胖的脸颊油亮光鲜,在不太明亮的光线下甚至泛出了圣母的光辉。

她不时吩咐一下小美递上工具,两人配合默契迅速。

这么看的时候,很容易忽略掉这间黑诊所曾经做过的那些见不得人的勾当。

她到底也是个医生。

苏溪倒退了两步,走到手术室门口靠墙而立。

这是她能想到的最好的办法了。

205包厢

7月5日　下午3：00

聂宇坐在车里,他扫了一眼对面绿雅茶社二楼的窗户。

招牌下面灰扑扑的玻璃窗,百叶扇遮挡了所有的视线——那是魏如海的办公室。

车是聂宇的,六年的黑色帕萨特,在任何一条街道都不会有人多看一眼,特别适合跟踪。

驾驶座的千江打着哈欠。她已经超过二十四小时没有合眼了,高度紧绷如同坐过山车一样的神经,在汽车冷气的催化下,慢慢地放松下来。

不行!

千江赶快冲着自己的脸来了一下,正好碰到被苏溪踢肿的下巴,疼得她"咝"地猛吸一口冷气,瞬间清醒了。

"聂哥,我们还是回局里吧,其实就算发现魏如海有问题,也可以先放一放,张队不是说了吗?现在的首要任务是抓住卫东和。还有苏溪,不是说她回疗养院又大闹了一场吗?都枪战了!现在全市布控,就逮卫东和和苏溪他们俩呢,我们在这儿干坐着,不好吧?"千江小声地说。

她惹的祸已经够多了,实在不能再背上聂宇的黑锅了。

她承认聂宇说得有道理:她抬手摸那个满是灰尘的神龛的时候,魏如海脸都白了,神龛里面和关公上全是灰,底座看上去倒是干净,什么人擦神龛不擦本尊,光擦底座呢?其中肯定有古怪。

但现在已经过去半个多小时了,看聂宇的架势,等不到魏如海他今天可不准备走了,他有这个耐心,千江可没有。

"再等十分钟,他不出来我们就上去。"

千江只好不说话了,她百无聊赖地看看窗外,然后伸手拿起车前放的心脏造型的玻璃摆件。

玻璃有些花了,里面模模糊糊的像是有一层雾气缭绕。

忽然想起了王之夏之前问她的话,车是谁的?

这是什么鬼问题?他觉得千江的驾驶技术很差吗?还是这个车有什么古怪?

千江转过脸想把这件事告诉聂宇,却发现聂宇正盯着她手里的玻璃摆件,目光阴沉得可怕。

她赶快把这个玻璃摆件放下。它难道是什么了不起的宝贝吗?

这个怪人!

"聂哥,上次这里出事,你也参加了吧?"

她找了个话题。

"全刑警队都参加了。张队、我、邓铭,我们三个各带一队人,林强负责警戒支援,白立伟在外围监控。"

聂宇依旧盯着魏如海的窗户。

"我听说只有两个贩毒的小喽啰,这么大的阵势?"

"我们当时收了信,大白鲨那天会出现,可惜只抓到两个小喽啰,还跑掉了一个,剩下的一个身上一点儿毒品都没搜出来,最后也放了。"

千江叫着可惜,大声地叹气:"怎么跑的?"

聂宇的目光一直盯着车窗外,语气淡淡地说:"按照计划,那两个小喽啰进了茶社五分钟之后我们再进去,结果两分钟不到,那两人突然冲出来往外跑,我和张队这组追了一个,邓铭和林强那组追剩下的。这附近都是老居民区,地形复杂,那两个人都是地头蛇,我和张队分头追了几条巷子,都没追上。林强和邓铭倒是抓住一个,但是他不承认自己贩毒,只说是跟朋友去喝茶……"

"喝茶,哪有那么巧!"千江来了精神,"魏如海当时怎么说的?"

"他说他不知情。"

"切,不知情才有鬼呢!肯定是他啊给那两人通风报信的,要不然那两人怎么突然跑了……后来呢？"

"后来我们搜查了茶社，勒令他停业了一个月，白立伟天天在这儿盯着，没发现什么疑点。"

"我看这个魏如海也有问题——线报是哪儿来的？"

聂宇停了一会儿，才说："匿名电话。"

千江吃惊地瞪大了眼睛，聂宇的声音依旧低沉冷硬："今年一月，一个同事抓毒贩的时候殉职了，他去世的地方离这儿只有两站路，我们大家讨论以后认为这个线索很有可能是真的——当时那种情况，就算假的我们也当作是真的了。"

千江咬着嘴唇，半天没说话。

她还从没有体会过失去队友的痛苦，一时也不知道如何安慰。

这些一线工作的警察，都是把后背交给队友的人，都是过命的交情，他们不仅是同事更是战友和亲人，更何况还是被坏人害死的，这种情况下大家情绪激动一点简直太正常了。

她惴惴地看了一眼聂宇，赶快岔开话题："所以你怀疑魏如海有古怪？就算魏如海就是大白鲨，可谢兰仙死的时候，他有不在场的证明。不是说他当时在喝早茶，好多人都能作证。"

"大白鲨想杀人，不用亲自动手。"聂宇沉默了几秒钟，"魏如海也不可能是大白鲨，他是个小角色，杀谢兰仙他既没那个身手也没那个脑子，更不会在自己的地盘动手。"

"说的也是。"千江也把眼睛转到窗外。

根据现有的线索推断，杀死谢兰仙的，很可能就是杀死陈廷的人。凶手被谢兰仙抓住把柄，在持续了三个多月的勒索之后，凶手终于决定杀人灭口……

为什么要等这么久？还有，为什么要在这个茶社？

绿雅茶社后面的那条小巷，调查证明，除了巷口对面的二十四小时便利店，这条街再没什么监控了。凶手能神不知鬼不觉地出现又消失，如果不是运气实在逆天，那就是他对现场环境非常熟悉。

谁能对这里熟悉呢？

附近的住客,或者曾经在这里工作生活的人。

千江摇摇头,从口袋里拿出手机,她翻出案发现场的照片,一张张地研究起来。大概是苏溪和卫东和的事让她的心七上八下,来回翻了好几次什么都没看出来,更加心烦气躁,她刚要放下手机,眼睛却倏地瞪大。

就在她正在看的这张照片上,就在她手指放着的位置,照片里的窗帘处,好像有些微的隆起。

那是案发现场对面205包间的窗帘,时间是10点42分,她刚到现场。

千江眨眨眼,她的手指飞快滑动,这个房间第二次出现在手机上是11点37分,苏溪晕倒后醒来,在这个包间再次被聂宇询问,千江拍了一张苏溪的照片,想给她脸上的伤取证——在这张照片上,同样位置的窗帘却是平整的了。

这是怎么回事?

千江的心突突跳了起来。

现在想起来,苏溪是为了卫东和的案件而来的,她混入公安局,本来如果没有聂宇横插一杠,她完全可以光明正大离开公安局……

这才是她的计划,为了实现这个计划进入公安局,她编造了一个谎言,说自己见到了疑似凶手的人!

如果没有这个人呢? 她说的是假话,那么凶手很可能一直没有走! 凶手被随后而来的苏溪打乱了阵脚,来不及拿那笔钱只好扔下楼,又无处逃生,所以藏在了205包厢的窗帘后面!

这就是他们一直不知道凶手怎么离开的原因,他根本没离开!

千江觉得自己触摸到了真相!

她激动地转向聂宇,正要开口,忽然停下了。

不对,凶手在10点42分到11点37分之间离开了205——那段时间整个绿雅茶社全是警察!

所以,凶手就是警察!

神不知鬼不觉地混在警察中间,谁都不会注意到他……是谁,是谁?

那天她是第一个来的,然后是邓铭和林强,法医科和搜证的人,然后是张队,白立伟是什么时候来的她没注意,好像询问服务员和苏溪笔录的时候曾经见过他,那么最后一个来的人就是——

等等!

法医说过,谢兰仙的手碰到过凶手,凶手的身上肯定沾了血,如果沾了血,怎么会不被发现呢?

千江直勾勾地看向聂宇!

他那天穿了件即便血迹滴上去也不容易被发现的黑色衬衣!

千江的脑袋里一时间电闪雷鸣。

她曾经对聂宇的行为产生过疑惑,后来这疑惑因为聂宇剖析警队有内奸的一番话给打消了……可,谁知道这是不是他的诡计?那么确凿地知道自己队伍里有内奸的人,是不是就是内奸自己?!

聂宇忽然转过头来,猛地向千江贴上去。

千江一惊,下意识握手成拳准备格挡,却马上反应过来,聂宇只是在凑近千江这边的车窗,看向车窗外。

千江心如擂鼓,悄悄地把左手放下。

可还没等她平静下来,聂宇忽然拉开车门冲了出去。

"聂哥!"千江慌张地叫了一句,手忙脚乱地解开安全带,也跟着打开了车门。

聂宇像一阵平地而起的龙卷狂风,以迅雷之势穿过马路,目标直指魏如海。

不,不是魏如海。

千江终于看清了!

魏如海身后的那个戴着一顶运动帽的高个子男人!

卫东和!

在看到聂宇的一瞬间,卫东和全身的肌肉都紧绷了。

又是他!那个警察!几个月前跟他打斗,把他压在地上,给他铐上手铐的警察!

半个小时前,卫东和悄悄走进绿雅茶社,他差点儿和刚从走廊里走出来的聂宇碰个正着。多亏他反应快躲在了大厅入口的窗帘后面。他确实没想到外面的警戒线已经撤除,警察却还没走,当然也想不到警察会是自己的"老熟人"聂宇,更想不到的是,聂宇会去而复返。

是因为自己当时就暴露了?

还是魏如海搞了什么鬼?

一瞬间卫东和脑子里一团混乱,身手却一如既往的敏捷迅速。

他一把推开走在前面的魏如海,马上向右边的小巷跑去。

转眼间聂宇已经追上了卫东和,伸手就去抓他的肩膀。

卫东和猛地向后一退,左肩一闪,聂宇扑了个空。

千江已经赶到了,卫东和一退,正好退到她面前,她抬腿一脚,拼力一踢,把卫东和踢翻在地。

卫东和就地一滚,跳起来,对着当面冲过来的聂宇,当胸就是一拳,聂宇踉跄着退了两步。

趁这个空当,卫东和拔腿就逃。

聂宇已经把枪拔出来了,"站住!再跑我就开枪了!"

他话音未落,卫东和身子一转,冲向正紧紧贴墙站着的魏如海。

他一把抓住了魏如海,用胳膊紧紧勒着魏如海的脖子,拿他当他的人体盾牌。

"放开他!"千江怒喝,再次飞身一脚,向卫东和踹过去,卫东和一闪,带着魏如海一躲一转,把魏如海送到聂宇的枪口底下,自己则背靠着墙站立。

魏如海脖子被卡住,看着黑洞洞的枪口,打起了哆嗦,他带着哭腔,"警官,警官,救命,救命,别开枪,可千万别开枪!"

"放开人质!"千江大喝着,"混蛋!你还想再背一条人命?"

卫东和提着一口气,胳膊用力,勒得魏如海脸红脖子粗的。

"箱子打开。"他命令魏如海。

魏如海在前面是枪身后是铁臂的强大压力下,抖若筛糠,但依旧拼命摇着头。

"别,大哥……求、求你……"

他真的哭起来了。

卫东和没时间跟他废话，他勒着魏如海的脖子，一脚踢在他的右手臂上，魏如海"哎哟"一声，手一松一扬，手里的箱子便抛物线一样甩在了马路上，里面的东西散落一地。

聂宇和千江立即看出来，箱子里的东西非同一般。

聂宇冲着千江使了个眼色。

千江飞快地跑到了马路中间捡起了箱子。

就在她弯腰的瞬间，卫东和突然发力，他一把把魏如海猛地推向聂宇，聂宇连忙把枪管移开。

他一下子就被魏如海撞了个满怀。

等聂宇推开魏如海，看到卫东和已经跑进了右手边的巷口。

箱子里面那些亮晶晶的东西，让千江再也不能放着魏如海不管了。她眼睁睁看着聂宇追着卫东和进了巷口。

魏如海从地上爬起来，立马就要逃。

千江一把按住他，把他的手扭到身后去。

"毒贩子！老实点！不许动！"

拒绝合作

7月5日　下午3∶30

高程推开办公室的门。

落地窗前的人影马上回过身来——合身的西服，笔挺的身姿，一丝不乱的头发。从背影上看，就像是世界上另一个自己……人模狗样版本的自己。

全世界的帅律师和帅检察官都很像，在打赢官司的信念上尤其一致。

"王检可是稀客啊，有什么事打个电话就行了，还用专门跑一趟啊？"高程把公文包放在桌子上，笑容可掬地说："有事吗？"

王之夏的眼皮动了动,冷冷地:"去哪儿了?"

"吃饭。哎,忙了一上午,中饭都拖到现在了,没办法。"高程一摊手,拉过老板椅坐下。

"心情不错?"

"呵呵,我每天心情都不错。"

"尤其是卫东和越狱之后?"

高程坐在椅子上,抬头看着依旧站在窗边的王之夏,然后脚下用力一蹬,椅子滑动到王之夏身边。

"没错,还是王检察官了解我啊。"他笑嘻嘻地说。

王之夏神色如常:"卫东和越狱后先去了疗养院,疗养院的地址,你对警察说过?"

高程翻个白眼,一脸无辜:"哟,这事儿我可不知道,怎么?他去了疗养院吗?"

王之夏像是在判断他的话是否可信,过了一会儿,才慢悠悠地说:"卫东和前脚到了疗养院后脚警察就到了,甚至连特警队狙击手都出动了……这件事要不是警方事先有了信息,效率怎么会那么高?"

高程歪着头,一脸严肃:"王检,你好歹和公安是一根绳上的,你的战友速度快效率高也要怀疑,你说你是不是职业病晚期了?"

高程说着又把椅子滑回办公桌前,他按了电话,吩咐道:"刘强东,倒两杯茶,一杯不要茶叶。"

按掉电话,他冲着王之夏笑嘻嘻地说:"我每天喝的茶是刘强东泡的,牛不牛?哈哈,我这个小助理真会取名字!他泡茶特别好喝,他就这一个优点……哎,比不上王检的助理啊,啧啧,武艺高强,义薄云天!"

王之夏对着高程伸出的大拇指无动于衷。

他跟高程打过两次交道,深知此人表面上玩世不恭嬉皮笑脸,其实心思深沉睚眦必报。卫东和案一审的检察官是个铁判官,以严格执法著称,他坚持对卫东和判处死刑,高程多次商谈都被拒。一审期间,这个检察官婚内出轨的激情视频突然就出现在了网上。

以王之夏的立场并不觉得那个检察官有什么大问题,人无完人,用放大镜找缺点简直是太容易的事,更何况,没有真的,难道不会做个假的吗?

以十年前他曾为了卫东和痛殴律师的先例来看,一切皆有可能。

从接受这个案子开始,王之夏就在等着高程出招。

但万万没想到的是,高程还没动,卫东和先出手了。

这是他们蓄谋已久的吗?

高程的助理是个长得白白净净的小伙子,他敲门进来,送上了茶水。王之夏坐下来,一杯温白水被摆在了他面前的茶几上。

小伙子很快离开了。

王之夏等门关上,转向高程:"这么说如果警方击毙了卫东和,作为法律人来说,你是不是也应该说一句,自作孽不可活?"他冷冰冰地说。

高程板着脸,非常傲娇:"我就不说。"

"那你应该也不会说卫东和走后,苏溪又回到了纺织城疗养院,在疗养院大门口,她被两个不明身份的人开枪袭击。"

"开枪袭击?她受伤了?"

高程的腿飞快地弹动了一下,他迅速把两条腿交叠在桌子下,以免过快的条件反射让自己真的跳起来。

"看来,高律师很关心她。"

高程哈哈一笑:"那是!怎么也是王检的助理,身边人,又不是外人。怎么,王检不关心吗?"

"她没受伤。警察开枪还击,一名歹徒中枪,另一名歹徒出了车祸。中枪的那个歹徒,被苏溪救走了,她逃走的时候开的是一辆出租车,警察现在正到处搜捕她。"

"苏溪救走了一个歹徒?他们是什么关系?"

王之夏没回答,看看高程,慢吞吞地端起水杯,吹了吹,放回桌子上。

"你该不会专门过来就是为了让我求你告诉我信息吧?"高程忽然一笑,"我虽然没有你王检那么大本事,找个人在公安局打听点情报还是小意思。"

王之夏喝一口水,放下杯子。

高程马上一点头:"哟,这就走了? 那回头见吧,王检,慢走不送。"

王之夏说:"我想确定那个疗养院的地址,在卫东和逃跑之后,是你告诉的警方还是另有其人——如果是你,我只能说你的法律意识浓厚,职业道德欠缺,情同手足什么的完全是个笑话。"

高程听着他的话,一点儿也没当回事,笑眯眯的表情不变。

"当然,如果不是你,那就是警方内部有人知道卫东和母亲住在哪个疗养院……一个准死刑犯的家属住在哪儿,警察都能知道得清清楚楚,看来,这个人对几个月前抓到的嫌疑人,各个方面都特别上心。"

"呵呵,警察啊,检察官啊,你们还不都是一家人?"高程两条交叠的大长腿变换个位置,"那个特别上心的人,是不是你,王检? 你可是对卫东和同一个俱乐部的清洁工都过目不忘的人啊。话说回来,王检这么关心卫东和,你对他的案子诉求死刑不会是因爱生恨吧?"

王之夏冷哼一声,"我不知道你在说什么。"

"你当然知道。你认识谢兰仙,你在公安局说谎了。"

王之夏定定地看他一眼,然后移开眼睛,看着窗外:"看来你什么都不知道"。

"知道什么?"高程纳闷了一下,马上一摊手,"王检,这么熟了,别玩故弄玄虚这一套了,你想要什么,你能给什么? 干脆说出来,你放心,出了这个房间,我什么都不会说,可以了吧?"

王之夏从公文包里拿出一个牛皮纸文件袋。

"十五年前,卫东和坐牢的那个案子。"他开门见山地说。

高程愣一下,挑高了眉毛,"那个案子,那个案子和今天的事有关系吗?"

王之夏没理他,继续说:"资料上面说那个小女孩偷了卫东和的钱包,结果被卫东和发现了,因为你们想要扭送她去公安局,她就说她是被逼无奈才偷东西,是被人控制的,是这样吧?"

高程点点头:"没错。"

"嗯,这份证词很清楚,你和卫东和的说辞一样,应该没什么问题。后来死者……就是小女孩指认的,控制她的那个贼头,他在和卫东和打斗中被击中了头部,后经抢救无效死亡。他是被拳头打死的,颅脑骨折,卫东和倒是很厉害。"

高程的表情古怪极了。

他能怎么说呢?告诉他,是的,卫东和杀人不用刀,完全可以徒手格毙对手,是个极度危险分子?

要是以前他一定会特骄傲地这么夸耀自己的好友,可现在不行,现在的卫东和是越狱的危险的死刑犯,警方已经有充分的先斩后奏的理由了,他可不能再火上浇油。

"法院判定的是误伤。"高程正色道,"拳脚无眼,这也是没办法的事。"

"这上面说卫东和被捕之后,身上的东西都被当作了证物,后来他出狱的时候,他当时失窃又追回来的那个钱包还给了他。"

"没错。"

"钱包现在在哪儿?"

高程又挑挑眉毛,他思索了一下才回答:"在简妮那里……去年情人节,卫东和把钱包送给简妮了。"

"卫东和的女朋友?"

"对。"

"她现在在哪儿?"

"呵呵!"高程一脸讥讽,"跑了。"

"跑?跑哪儿去了?"

"两个月前说去了乌市,现在在哪儿就不知道了。"

"那她有家人在本市吗?"

"她是孤儿。"高程不耐烦了,"干吗要问这个女人?"

王之夏没理他,他坚持着自己的节奏,依旧冷冰冰公事公办的口吻,"你是不是把那案子的原始资料拿走了?"

高程一摊手:"什么意思?你是在怀疑我,还是指控我?"

"我是询问。"

"询问?我没有义务为自己辩护,除非你指控我——不过今天我心情好,就当做好事了。唔,你说原始资料,是放在高林路证物房的那些?"

"没错,就是那些。"

"所有资料都没了?"

"不是,只丢了一份指纹鉴定报告——钱包上那个小女孩留下的指纹报告。"

"那又怎么样?丢了就是我干的?有证据吗?哎,对了,听说你们公安局刚丢了十万块钱。"

高程一边笑,一边摇头:"你们这些公检法,真是看谁都是贼啊!王检,你可真不够意思,就这样了还说不是指控我?高林路的证物房放的都是陈年旧案,保管员一年都不整理一次的,你凭什么说是我拿走的?"

王之夏冷冷地说:"去年2月21号,情人节过了一个礼拜之后,你去过那里,登记的是为了查另一个案子的档案。但保管员还记得,你没有等保管员给你拿资料,而是自己进了资料室——没人知道你在里面干了什么。"

"那是因为那个保管员动作太慢了!"高程没好气地说,"你到底想说什么?我去偷一个已经结案,犯人都坐完牢出来的案件资料干什么?"

"因为你知道那个小女孩是谁。"王之夏平静地说。

高程的脸没什么变化,他看着王之夏,过了几秒钟才慢吞吞地说:"那又怎么样?"

"她是谁?"

高程哈哈大笑着站起来:"你就等着这句话呢,对吧?我哪知道那孩子是谁啊!人家是证人,不是嫌疑人,这都十五年了,就一份都没录入指纹库的记录,你还以为我是名侦探柯南呢?我说,你该不会以为那孩子就是苏溪吧?哈哈,如果是的话,那我可要好好跟她说句对不起,那时候她跑掉了,害得卫东和坐了五年牢,我可没少骂她呢。"

他的表情一如既往的浮夸,王之夏也没办法分辨他话里的真伪。

十五年前,那孩子十二岁左右,现在二十七岁,苏溪二十六岁,年纪上很接近。

王之夏从牛皮纸袋里拿出一张照片。

"是这个小女孩吗？"

照片上的女孩子扎着马尾辫，笑起来鼻子微微皱起来，两只黑葡萄似的眼睛又大又黑。

照片是张雨希提供的，那是她们初一下半学期春游的时候照的。

高程漫不经心地瞥了一眼："可能吧……我可没王检你的脑子好，十五年前见过一面的一个小孩儿现在还记得……哎哟，王检，你总不会专门来找我八卦的吧？你看你问的这些问题，电话里都能说得清。我看你啊，醉翁之意不在酒，是想看看卫东和是不是和我联系了对吗？卫东和和那个苏溪的悬赏金都不少，怎么？最近检察院拖欠你工资了？你该不是动了这个心思吧？"

高程转身，做出送客的姿势。

"说真的，就算怀疑我的人品，也不要怀疑我的智商。我和卫东和真的联系也不会让你发现的——这么说，你死心了吧？"

节外生枝

7月5日　下午3：30

"老实点！"千江把魏如海拽起来。

"哎哟，哎哟，警官，轻点，轻点……"魏如海一迭声地叫着，"这件事真跟我没关系，那个人，这东西是那个人的！！"

他指着被千江提到墙角的公文包，公文包大敞着，里面放着几袋蓝色晶体。

"你知道那个人是谁吗？"千江大怒，"那人是越狱犯，那东西是他从看守所里带出来的？"

"不是，那我也不知道啊……"魏如海可怜兮兮地缩起头，"我这可真是小本买卖，正经生意，这东西真跟我没关系，警官，你就放我走吧。"

千江对他的哀号听而不闻,她用手铐铐住魏如海,弯腰把公文包捡了起来。

路上有些行人围了过来,远远近近站着,看热闹。

千江有点心急,不知道聂宇什么时候回来,也不知道卫东和抓住了没有?

不过,聂宇手里有枪,应该没问题吧?

她正想着,一辆黑色汽车从街角急速开过来,速度飞快,围观群众都惊呼了起来。

千江还没来得及反应,那辆车就冲上了马路牙子,戛然停在了她的面前,差点儿就撞倒了她和魏如海。

千江忽然明白过来,倏地转脸去看魏如海。

魏如海对她露出一个笑。

糟糕!

千江反应过来,一把拽住魏如海,往后退。

车里一前一后跳下来两个男人,都是又高又壮,长相还有几分相似,两人直接冲着魏如海而去,一人举拳挥向千江的面门,一人拽魏如海的衣领,配合得相当默契。

千江躲开那大汉的拳头,手再想拽着魏如海已经不可能了。那大汉身手凌厉,力道又大,一连串的攻击,让千江有点招架不住,她连连后退,站立不稳,就这个空当,另外一个大汉拽着魏如海就上了车。

攻击千江的大汉也虚晃一招,掉头跑上了车。

"站住!"千江追了上去。

在车门关上的瞬间,千江跃身抓住魏如海的脚。

"开车,开车!"魏如海一迭声地叫着,两只脚像过了电似的拼命地抖。

"下车!下车!"

千江死命地往下拽魏如海。

坐在后座的大汉拉住车门,用力一撞,"砰"的一下,千江疼得叫了一声,她觉得自己手腕的骨头好像都裂开来了。

千江松开了魏如海。

千江一松手，车门马上关上，车子启动，晃动着从马路牙子上下来，加速度准备向外面的马路冲去。

千江拨开看热闹的群众，"噔噔"两步冲到对面马路，打开聂宇的车坐了进去，打火，挂挡，紧紧跟着那辆黑色汽车疾驰而去。

那辆车开得快如闪电，一路上鸡飞狗跳，引得行人尖叫连连，直到两个街区之后，人流才渐渐稀少了，道路也逼仄下来。

千江从来没来过这个地方，那辆车应该也不熟，车速慢了下来，千江勉强跟得上。路况不好，车子颠簸得很厉害。

在一个丁字路口，本来即将冲过路口的那辆车，突然猛地一转，冲向了另外一条路。千江迟了一步，她紧握着方向盘使劲儿一扭，轮胎跟地面摩擦出了一声凄厉的响声。

千江刚转过弯儿，还没来得及看清方向，那辆黑色车突然掉头向她冲了过来！

速度飞一样的快。

"砰"的一下，两个车头撞在了一起。

千江的身体猛地一震。

两车相距那么近，她甚至可以看到开车的那个壮汉右额角的黑痣。那个男人正一脸凶相地握着方向盘，全速开着车子，用车头推着千江的车头，向后急倒。

那架势简直想要杀了千江。

千江的眼睛越睁越大，她从来没有这么害怕过，难道，今天就是她的死期？她实习期还没过，死期就到了？

那也太冤了啊……

千江慌忙向后看，她的车尾马上就要被撞上马路牙子，接下来，就是一堵灰色的石墙。一场车祸已经是避无可避了……她拼命踩着油门转动方向盘，车子却丝毫不听使唤，直愣愣地向后撞去。

千钧一发之际，斜对面冲过来一辆白色警车！

警车对着黑色汽车就撞了过去，黑色汽车见状不妙，马上方向盘一扭,掉转车头,油门踩得老大,风一般地疾驰而去。

千江一身冷汗。她再发动汽车,才发现车子已经发动不起来了。

她从车里探出头,正好看到那辆白色警车里邓铭的脸,邓铭打开车窗:"怎么样,千江?"

"我没事!"她大叫一声,"邓叔,快追!"

挣命

7月5日　下午4:00

简易的手术室里,只有刀具不断碰撞手术盘的声音。

苏溪背靠着墙坐在门口,她低着头正在看愣头青的手枪。

不用担心指纹,她的指头上一直粘着透明胶贴。

和苏溪的那把二手的气手枪完全不同,这是把几乎全新的左轮手枪,枪里只有三发子弹,在疗养院门口的时候九纹虫全打光了。

他在出租车上拿着枪只是在虚张声势,或许他自己也不知道……枪是从哪儿来的,那个跟九纹虫在一起的三角眼现在是死是活?

手枪映着手术室的灯光,乌黑锃亮,看起来不真实得好像电影。

最好是电影,断了电源,一切就都恢复正常了。

郭彩梅只是个妇产科医生,除了接生流产她最多能治个感冒发烧,稍微严重点就得让病人去医院的那种。让她做枪伤止血缝合的手术简直是个天大的笑话——除非真的有奇迹。

苏溪只能相信有奇迹,九纹虫也是。

从九纹虫宁死不去医院来看,他的案底肯定不是小偷小摸那么简单,被警察抓住十有八九也是死刑,更不要说去了医院也可能死在手术台上。

赌吧。

只能赌。

这就是他们这些亡命之徒的宿命，一旦开始，就只能继续。

小美从手术室里跑了出来，看到苏溪手里的枪，一下子停住脚步，惴惴不安地说："血、血没了。"

苏溪冲她摆摆手。

看着小美的背影从诊疗室消失，苏溪有一瞬间的失神。

十八九岁的年轻女孩，在这种地方干活，要么单纯无知，被郭彩梅这样的老油条哄骗，大概还以为自己也是在救死扶伤。"你不给她们做手术，她们更惨。"要么她财迷心窍，为了钱什么事都能做。"反正又不会死人——哎哟，死了就只能怪她们命不好。"

苏溪能想到说这些话时，这个女孩子脸上的表情——都是这些套路。在"三不管"地带长大的人，每个人都知道的套路。

窗外有不知名的鸟叫声，苏溪回过神来。耳边还是器械碰撞手术盘的声音，冰冷的生硬的——

不对！

血浆没有了，助手没有了，郭彩梅有多大本事，在这种情况下，还在继续着手术？

苏溪跳起来，她冲进手术室，看到郭彩梅就站在手术台边上，她拿着手术刀正准备往盘子里扔。

看到苏溪，郭彩梅马上尖叫了一声，扔掉了手里的手术刀，抱着头蹲在地上："别、别杀我……"

九纹虫静静地躺在手术台上，愤怒的双眼合上了，在昏暗的光线下脸色是古怪的灰白——大概在他躺在这儿的五分钟之内，就已经死了。

郭彩梅和小美做的，只是让苏溪在外面听着，这个男人还活着，她们在救人。

小美！

苏溪拔腿向外跑去。

小美没有报警。

她们这种人绝不会招惹警察,她们只会召唤同类,比她们更凶残更冷酷的同类。

小美在前面跑着,后面跟了三个男人。打头两个穿着紧身黑色背心,手臂和胸前都是肌肉虬结,两人都是二十来岁,一个染了一头黄毛,一个右脸上一条长疤。跟在他们后面的是个头发灰白的高个儿男人,年纪并不大,三十多岁的样子,嘴里叼着一个烟卷儿,眼神阴鸷,一看就不是良善之辈。

"看清楚了吗?是真枪?"黄毛一边走一边问。

疤脸吐了一口唾沫,"枪可能是假的,那男人中枪死了可是真的。这女人扛了个尸体跑来,肯定是闹事的!"

"胆子不小!"黄毛虚张声势地叫了起来,"敢来我们勇哥的地盘捣乱……"

小美惦记着自己的大姨,又不敢催促他们,只好加快脚步,走过一条转角,正好看到苏溪从诊所里冲出来。

"就是她!"她叫了一声,马上躲在了疤脸身后。

"站住!"

疤脸和黄毛加快脚步,跑了起来。

忽然乒乓两声枪响,疤脸和黄毛一下子就趴下了。小美更是尖叫一声掉头就跑。

紧接着又是两声枪响,疤脸和黄毛一动都不敢动,那个勇哥紧贴着墙角。

一颗子弹正好击中了勇哥前面的砖墙,瓦砾四散,划破了他的鼻子。子弹嵌在了墙缝里,勇哥看到后火冒三丈——那是一枚气枪用的铅弹。

"妈的!"勇哥摸了摸鼻子,看到血后表情狰狞,"臭婊子!骗老子!"

另一边,疤脸小心地探出了头,看到苏溪打开车门,"勇哥,她要跑。"

"别让她跑了!"勇哥一脚踹在疤脸屁股上,"给我追!"

疤脸一下子摔了出去,正好摔在路中间。

小巷逼仄,苏溪只能把车倒出去。

车身和车尾一直不停地撞向两边违章搭建的雨篷、花架、自行车、煤堆……在"砰砰"的巨响中,苏溪的车像坏了的遥控玩具车,跌跌撞撞,狼狈行进。

疤脸和黄毛贴着墙跑过来——看起来比起中枪,身后的勇哥更可怕。

疤脸先跑过来,从身后拿出个铁棍,直接跳上车前盖,站在车顶开始往下砸。

苏溪摇晃了一下,避过头顶突然凹陷下来的铁皮,她用力踩了一下油门,车子猛地向前一冲,巨大的惯性把疤脸从车顶上摔了下来

一边的黄毛不敢近距离接触苏溪,他一把把路边的一堆木头推开。

木头"骨碌骨碌"地散落一地,苏溪只能踩了刹车。

疤脸已经爬起来了,他一铁棍砸下去,苏溪车子驾驶座这边的车窗就碎了。

苏溪被碎玻璃溅了一身。

又一铁棍砸下来,这次是直砸向苏溪的。苏溪一缩身,一低头,铁棍贴着她的头皮砸到了方向盘上。

苏溪就势向后一倒,猛地踹向车门,车门向外弹开,"砰"地撞到了疤脸的肚子,撞得他直接摔了个仰八叉。

这时,黄毛打开了车后门,探进身子伸出右手直接抓住了苏溪的马尾,左手拿着一把小匕首,猛刺苏溪的肩膀。

苏溪忍痛,一个转身,举枪对着黄毛,黄毛一看枪,马上撒手,让那把匕首就留在苏溪的肩膀上,腾出双手跟苏溪夺枪,苏溪抓住他一根手指,用力向后掰去,只听"咔吧"一声响,黄毛号叫着缩手,苏溪趁机从车子里跳出来。

她的枪也没有子弹了。

苏溪跑起来,一边跑,一边用右手把左肩膀上的匕首拔下来,握在手上。匕首一拔出来,血也跟着喷射出来。苏溪竟然一点儿也没感觉

到疼。

黄毛和疤脸在后面追她。

"别让她跑了!"黄毛一根手指断了,杀心大起。

苏溪跑到巷子口。

有人比她早到巷子口了,那是五六个男人,有的手持木棍,有的手持尖刀,看到她,都不紧不慢地围上来。

后面的黄毛和疤脸也追到了,疤脸举起铁棍,就要当头砸下去。

却只听一声:"慢着,别急!"

勇哥叼着烟走了过来。

苏溪瞪视着他,握紧了手里的血匕首。

勇哥则在喷吐的烟雾中眯着眼睛冷笑着。

他慢悠悠地走近一点:"够胆量!是丧门神派你来的?"

苏溪没吭声。她从来没听过什么丧门神。

"丧门神这个乌龟,自己缩一边儿,派个娘们来给他打头阵!"

"把她绑了,脱光了,给丧门神送去!"

"光绑了、脱光了哪儿行啊,好不容易逮住一个送上门来的,咱们兄弟不好好快活快活,快活够了,再给丧门神送去!"

这群男人都哈哈笑起来。

勇哥也叼着烟笑,他举起手,众人马上安静下来。"谁派你来的,谁让你过来的。我勇哥大人大量,不跟小丫头一般见识,我不为难你。"

"勇哥!"

黄毛叫了一声,举着他那只被掰断了手指头的右手:"她是不是警察?卧底?"

"妈的,蠢货!"勇哥骂了起来,"她背着个死人进来的!警察能干这事?"

黄毛讪讪地退到一边儿去。

勇哥上下打量着苏溪:"我看,姑娘,你也是被逼的,人被逼急了什么事也做得出来,我现在敬你是条汉子,女汉子。你把事情讲清楚,讲清楚就没事儿了。别的不敢说,这片地方都归我勇哥管的,这儿没有我摆不平的,我帮你。"

他甚至看起来一脸真诚。

苏溪看着他:"条件呢?"

"你把今天这事儿给我说清楚,谁派你来的,派你来干吗?然后嘛,然后过来帮我——别人给你多少钱,我给双倍。"

男人们都笑起来:"勇哥,你是看上这小妞了?"

"可不,咱大嫂这位子还空着哪。"

"别小妞小妞的,人家说不定以后就是咱大嫂了。"

苏溪直直地看着那个勇哥,点头:"行啊,不过,你得等两天,我还有没做完的事儿,等我这两天做完了手上的事儿再说。"

"姑娘,你这就不真诚了吧?等你做完事儿,谁知道你去哪儿做事儿去?你这一跑,我们勇哥哪儿找你去?"

一个男人笑着说。

勇哥把嘴巴里的烟头一丢:"你还没说,谁派你来的?"

"没人,我自己要来的。"

"那个死人是谁?"

"我不认识。"

"不认识你会背着他到处跑?"

"我不能见死不救。"

勇哥眯着眼睛看着她,脸色阴沉下来:"死丫头嘴硬,你这是敬酒不吃吃罚酒啊。"

他退后两步。

疤脸等人互相使个眼色,举起了手里的武器。

苏溪比他们更快,她一把抓住身边一个小喽啰的领子,向前一挡,疤脸的铁棍正砸在他脸上,他惨叫一声,鼻血喷到了疤脸的脸上。

苏溪把满脸血的小喽啰往前猛一推,顺手把他手里的铁棍抢过来,她一手挥着铁棍,一手挥着匕首,逼退另一个小喽啰。刚才合拢了的包围圈儿出现了一个缺口,苏溪就从那缺口奔了出去。

苏溪跑向巷口。

"追!"

勇哥一声令下。这附近都是他的地盘儿,他就不信能让她跑了。

苏溪就冲到了巷子口,但跟勇哥预料的不同,她没急着逃向大街,却朝着不远处的一幢破旧的商务大楼跑了过去。

"找死!"勇哥追出来,一挥手手下都跟了上去。

苏溪没有跑到楼里,她举起铁棍冲着一楼的商户而去,随着"喊里喀喳"的一阵玻璃碎响,短短几秒钟,她砸坏了三家的橱窗。

"搞什么!"第一家商户冲出来,破口大骂。

第二家商户刚要开骂,看到紧随其后的勇哥手下,马上掉头回去。

第三家商户压根儿没出来。

苏溪一边跑,一边砸,第四、第五……

一心要给黄毛出口气的疤脸跑得最快,他在第六家商户门口追上了苏溪。疤脸举棍就砸,苏溪奋力回击,两根铁棍胶着在一起,眼看苏溪力气不敌,手里的铁棍就要撒手了。

"警察来了!"

千钧一发之际,有人叫了一声。

疤脸一下回过神来,他向巷子口看去,勇哥他们早就没了影子。就剩下黄毛正一面急得跳脚,一面向他打手势,叫他快跑。

刚刚苏溪一通砸店,那些受害商户早报了警。

"妈的!"

疤脸骂了一声,撒腿就跑。

苏溪跌跌撞撞地扑向马路中间,一辆过路私家车急刹车停住,司机来不及咒骂,苏溪跑过去拉开车门,一下拽出他,接着自己上车,关门,踩油门。

所有动作一气呵成。

等司机反应过来,苏溪早已开车跑远了。

海星2号

绿水桥的荷花公园迎来了今年最热闹的一个傍晚。

刚刚五点,酷暑的阳光还未退去,临近水面的湖边就像个桑拿房,水面氤氲着一片热气腾腾的水汽。

不过,比起天气的闷热,内心的焦躁才是在场每个人最难忍受的。

张维则挂断手机,脸黑如锅底地走过来,他瞪着眼看着聂宇和千江,"你们俩可真行!两个嫌疑人,一个跑了,一个死了,你们干什么吃的!"

在不远处的树荫下,魏如海仰面向天地躺着,两只眼睛圆睁,衣服凌乱,应该是经过了一番挣扎。

报警的是一对中学生小情侣,因为嬉闹无意中跑到这儿,这是一片靠近湖边的小树林,树底下全是灌木丛,蚊虫滋生,一般没人走到那么深。

法医初步判断死因是颅脑损伤,死者的两边太阳穴明显鼓出来,但除此之外基本没有外伤,所以具体死因还得解剖才能确定。

聂宇和千江都没吭声。

站在一边的邓铭看看他们,叹了口气:"这也不能都怪千江,是我没追上,犯罪分子太狡猾了,他们的车也比我们的好多了……"

张维则实在太生气了,连邓铭的面子也不给了,他依旧瞪着聂宇和千江:"谁让你们去盯魏如海的?现在这个时候还敢私自行动,是不是不想干了!"

千江觉得经过这一天来的跌宕起伏,脸皮已经变厚了很多,现在,她甚至还有胆量为自己辩护了:"张队,我们盯着魏如海,才发现了卫东和的。"

"你还有脸说!"张维则大怒,"那为什么让他跑了?你们发现有问题,当时为什么不请求支援?!"张维则额头的青筋一跳一跳的。

要不是千江是个女人,他耳刮子都要扇到她脸上了。

看看她给他惹出了多少事!

聂宇说话了："是我冲动了。"

"冲动？！你第一天当警察啊！"张维则吼。

千江瞥了一眼聂宇，深深吸一口气，低下头，没吭声。

事实上，当时发现魏如海和卫东和的时候，只要聂宇待在车里，他们一边悄悄跟着他们俩，一边寻求支援，不仅能抓到这两个人，甚至可以钓到更大的"鱼"——这两个人结伴，明显是去见什么人，这个能把越狱犯和毒贩联系在一起的人，一定是条"大鱼"没错。

聂宇是老刑警，他根本没理由"冲动"，难道说，是故意的吗？

聂宇，贼喊捉贼，他就是那个内奸？！

千江忍不住又看了他一眼，发现聂宇也正在看她，她心一跳，赶快低下了头。

张维则大着嗓门，唾沫星子都喷到了聂宇的脸上："那为什么魏如海也给跑了？你们对付不了卫东和，连一个茶社小老板也对付不了？你那枪是干什么用的？"

邓铭在一边说："哎，是这样的，张队，小聂去追卫东和，魏如海是千江看着的，千江没配枪，对方又是两个大汉，穷凶极恶的亡命徒，她一个女孩子怎么对付得了……"

听邓铭这么维护她，千江心头一热，眼泪差点儿下来。

她感激地看了邓铭一眼，使劲儿吸了一下鼻子。

邓铭努努嘴，冲着千江红肿的右手："张队，你看看，千江的手都被车门夹成这样了，骨头没断都是万幸啊……当时那情况多紧急啊，我要晚一步，她就要被撞到墙上去了，想想都后怕……"

千江把手藏在背后，已经晚了，张维则看了一眼，果然又红又肿。

张维则张张嘴，想说什么，没说出来。

千江又吸了一下鼻子。

张维则大手一挥："去！去医院挂个急诊，看看骨头去！你休病假吧！"

"张队，我骨头没事，我不去医院，不抓到逃犯，我哪里也不去。"

千江把红肿的手背在身后，脸上的表情像战争片里那些坚毅的女战士。

张维则刚刚开口,想说什么还没说出来的时候,邓铭凑过来,递给了张维则一支烟,又手脚麻利地给他点上了。

"张队,现在事情这么多,咱们队里人手都不够,要是千江他们真有哪儿做得不对,你留下他们戴罪立功,也好给大家搭把手儿——现在什么都不重要,就抓住逃犯的事儿最重要!再让他们跑两天,外面的舆论还指不定成什么样儿的呢,公安局的压力就太大了。"

张维则狠狠地抽了一口烟,吐出一个烟圈儿,转脸问邓铭:"那辆车的车牌号记下了吗?"

"记下了。我刚让人查了一下,是个套牌车。"

"你跟丢了那辆车的时候是几点?"

"三点四十左右。"

"发现魏如海尸体的报警电话是四点半打的,这里离绿雅茶社差不多半个小时车程,魏如海应该是四点左右到这里的……这么说那两个人带走他就是为了灭口?"

"可是那两人怎么知道魏如海落到我们手里了?"邓铭不解。

"这件事你去查。"张维则一边想着,一边说,他深深地吸了一口气,"刚才法政那边打电话了,魏如海的那个箱子里装的是冰毒,一共六千克。"

"这两个人是冲魏如海来的,不是冲货。要冲货的话,怎么也会把这货带走……这么多的货直接扔了,看来魏如海这个人知道的事更重要,他们不能让他落在警察手里。"邓铭沉吟了一下,"冰毒的成分查了吗?"

"查了。"张维则又拿出一支烟接上,深深吸了一口,"海星2号。"

聂宇和邓铭同时脸色一沉。

这名字实在太过熟悉了,在过去的一年多,市刑警队一直在追查本市的一个毒品贩,代号"大白鲨",此人行踪莫测,神秘异常,张维则成立的专案组调查了许久依旧一无所获,最后专案组被迫解散。而就在解散之后两天,张维则最得力的手下,聂宇的搭档刘智,跟一个瘾君子缠斗,从楼顶摔了下去,张维则因为这事儿,大受打击,消沉了好一段时间。

直到现在,他身上还背着一个大处分。

刑警队人人心里憋着一股火,一有跟"大白鲨"有关的任何线索,所有人都会群情激奋……只是,大家伙儿情绪虽然激烈,那些关于"大白鲨"的线索,最后却都被证明是烟幕弹。这个案子依旧没有任何进展。

大白鲨的生意依旧火爆,海星1号甚至变成了海星2号,提纯的工艺显示大白鲨甚至还在寻求进步。

"大白鲨会不会和卫东和有关系?"邓铭提出了他的猜想,"卫东和和魏如海一起从茶社出来的,他们俩很可能早就认识,甚至这批货就是卫东和的,他越狱就是为了来拿货。"

"唔,也有道理。"张维则沉吟了一下,"卫东和要跑路肯定需要钱。"张维则叼着烟,深深地吸了两口,"不管卫东和是不是大白鲨的人,一定要赶快抓住他!他的身手了得,人又狠毒狡诈,跟其他同事传达一下,下次再发现他,一定先及时上报,请求支援,不要轻举妄动。"

他说着看了聂宇一眼。

聂宇还是一声不吭,邓铭则点头称是。

"可惜我们现在只能等卫东和现身,还有那个苏溪……"邓铭的一句话还没说完,张维则的电话响了,他按了接听,对方叽叽喳喳说了一串,张维则额头的青筋立时暴了起来。

"怎么回事?!又跑了!奶奶的……算了!我让小聂和老邓过去!"

张维则把电话挂了,力度大到像是要捏扁它。

"苏溪去了光明街!今天中午苏溪在疗养院门口出现,还有两个不明身份的男人,一个男人带着枪,跟警察枪战起来了,那个男人中枪,被苏溪救走了,苏溪带那人去了光明街的一个小诊所,接着闹出一大摊子事儿来,我们的人查监控查半天,才发现苏溪的踪迹,刚赶到那儿她又跑了……"

张维则越说越气:"一个苏溪,一个卫东和,都是孙猴子变的吗?这是想把天捅个窟窿出来啊!老邓,你们过去看看!"

他一扭脸看到千江,气得一摆手:"你也一起去!别在我眼前碍事!"

邓铭赶快拽着千江和聂宇往外走。

夕阳西斜,暑气未散,热浪一股股地扑向千江的脸,不知道是热的还是气的。

她走在最后面,看着邓铭和聂宇一前一后地走着。

她生那些歹徒的气,生自己的气,更生聂宇的气!

聂宇为什么没抓住卫东和?

千江没见过聂宇动手,但是他跟那个卫东和打斗过,他曾经亲手逮捕过卫东和,他们俩,一个能扭伤一个特警的手,一个能抓到一个自由搏击冠军,两个势均力敌的高手。就算聂宇的手受伤了,也不至于如此不堪一击吧?

更何况,他手里有枪!

如果卫东和有逃之夭夭的危险,为什么他不开枪?

对于卫东和的逃跑,聂宇既不生气也不内疚,他只是淡淡地说了一句:"没追上。"

是根本没追吧!

要不然根本没办法解释他为什么见了卫东和就冲上去,连千江这样的新手都知道那时候最不应该的就是打草惊蛇!

他是存心放走卫东和的!

为什么?

还有魏如海!那两个壮汉是谁派的,他们怎么知道魏如海有难?当时的情况按道理只有千江和聂宇知道,千江一直和聂宇在一起,聂宇根本没时间告密……

不对!

他追踪卫东和的时候,拐到巷子里之后,千江就看不见他们了。

也许他根本没去追卫东和,而是马上打电话通知了魏如海的同伙……

千江越想越心惊。

聂宇和大白鲨有关系!

他是内鬼！是大毒枭的内鬼！

就是他亲手抓住卫东和的！他是第一个出现在现场的警察！

是他杀了人，嫁祸给了卫东和！

千江想着，心头突突乱跳。

她看到邓铭正在笑眯眯地和聂宇说着什么，而聂宇板着脸，一副阴沉沉的样子。

太阳光照射在他脸上，一瞬间，千江觉得他的嘴脸格外丑恶。

真凶

7月5日　下午5：20

高程慢悠悠地跟着下班的人群一起从写字楼里走出来，他热情地告别了刚刚一起乘电梯的广告公司的小雅，转身又跟在写字楼门口遇见的化妆品公司的甜甜约好下周一起游泳，走到街边，又帮做外贸生意的女老板 Lily 把她的大旅行箱塞进她宝马车的后车厢……

整个过程中他一直谈笑风生，热情洒脱。

搭着 Lily 的宝马车到了地铁口，跟她依依惜别之后，高程一个人走下地下通道。地铁里人头攒动，在检票口的时候他撞到了一个中年妇女。

"不好意思，不好意思！"

高程蹲下身子帮那女人捡起掉落的漆皮拎包。

从漆皮拎包的反光中，高程可以看到他身后五六米远处的两个男人都忽然停住了脚步。两个人中那个年轻一点的戴着一副大墨镜，进了地铁也没摘。这个小伙子明显没有身边那个中年男人有经验，他猛地刹住脚步，身后排队的人躲闪不及，正好撞到他身上，撞得他一个趔趄，差点儿倒在前面一个穿着时尚的年轻女子的身上。

年轻女子不乐意了，抱怨起来。

他磕磕巴巴地对年轻女子道歉。

高程挑挑眉毛，不紧不慢地通过了检票通道。

走到站台，他看看列车站点的电子屏幕，像是还有些时间，于是拿出了手机，一只手飞快地按动，像是在发短信。

两人中那个中年男子从后面赶过来，跟高程擦肩而过的时候，碰了一下高程的胳膊，高程的手一松，手机掉了下来，可还没等落地，高程麻利地一弯腰，伸手捞住了。

"对不起。"中年男子点头道歉，瞟了一眼手机屏幕之后，匆匆走了。

手机屏幕上是保卫萝卜。

高程玩得全神贯注，十分钟之内，两列地铁都过去了，他头都没抬一下，结果，在第三列地铁即将离站的时候，他突然冲了上去，地铁门"唰"地一下，紧贴着他的后背关上了。而他身后，刚才撞到了人的那个小伙子和不远处的中年男人，正在徒劳地追着列车奔跑。

高程转过脸，冲着他们招招手，心情愉快极了。

高程坐了两站，他一下地铁就脚步飞快地往出口移动，同时拿出了电话——不是玩保卫萝卜的那个，而是另一个同款同色系的手机。

那是他和卫东和的专用电话。

电话过了很久才接通，卫东和的声音听起来特别焦躁。

"喂！"

"魏如海死了。"高程急匆匆地走着，"你去找过他了吗？"

"什么？什么时候死的？我下午才见过他。"

"应该是刚刚发现的。你下午见他了？他说什么了？"

电话那边沉默了一下，又说："你知道杜力吗？"

"杜力？你们健身中心那个戴眼镜的经理？"

"对，魏如海说他在健身中心贩毒，可能陈廷发现了什么才被灭口。"

高程倒吸了一口气："真凶就是这个杜力？！现在魏如海也被灭口了，估计取证有点麻烦，不过，有了方向就好了，这是个大进展。哎，现在警察一直盯着我，你的通缉令贴得满城都是……"

高程停下脚步，地铁出口的墙上贴着两张照片，一张是卫东和，一张是那个苏溪。

卫东和的那张是去年补办身份证的时候照的,一如既往的青皮短寸,不笑的时候简直没人敢接近他三米之内。从地铁口鱼贯而出的行人,经过这两张通缉令,人人侧目。

卫东和的那张脸,可不是张适合逃亡的脸。

那个苏溪呢?照片是高程在公安局会议室的幻灯片上见过的,看起来还像个学生,拘谨中带着勃勃生气,五官轮廓立体,双目大而深邃,让人印象深刻。

好像也不太适合逃亡。

这是他们俩唯一的共同点。

王之夏认为这个女孩就是当年那个偷钱包的小偷吗?他的确有理由这么想,这个世界上愿意为卫东和豁出性命的女人可不算多,但,会是那个小女孩吗?

那个当年的小女孩,就是现在的苏溪吗?

那张带指纹的鉴定报告确实是高程拿走的。

他这么做的原因很简单,他认为那个女孩是简妮。

他不能不怀疑。

她出现在卫东和身边的时间太巧合了,每一次相遇都像是算计好的,对于一个刑满释放犯的身份和一张坏人脸的外形也完全不介意,简直就像是飞蛾扑火一般地冲进了卫东和的生活。

她的性格安静温柔,长相漂亮,电影学院的播音专业毕业,电影厂稳定工作——高程见到的那些女孩子,只要和其中一条有关系,头上便像是戴了顶隐形的王冠,眼皮子就已经抬到天上去了。卫东和自己也知道这点,连他妈妈都经常说,他能遇到简妮绝对是天上掉馅饼的好事。

问题这种馅饼是有人做的,还是天上掉的?

高程在卫东和和简妮正式交往后的第二天,就去过一次高林路的档案室,但当天保管员一直跟着,他没办法行动,只好暂时作罢。

没想到拖得越久,他自己也越不好下手。他找不到简妮的一点儿问题,看起来她是发自内心地爱卫东和、爱卫妈妈。

今年情人节,在卫东和询问高程求婚的时候应该做些什么,高程建议他把那个钱包送给简妮。

"这是跟过去做个了断,再说简妮又不介意你的过去,你可以告诉她那是你的过去,很可惜没有她的参与,希望未来能一直在一起……"

卫东和几乎原封不动地复制了他的话,向简妮求了婚。

他是没有浪漫这根神经的人。

就在那天,高程看到了简妮笑中带泪的样子,那种幸福的样子绝不可能是装的。

那一刻他忽然想通了。

就算真是当年那个惹了麻烦又逃之夭夭的小女孩又怎么样?就算人家回来报恩不行吗?人家报恩报得这么投入也算难得了,只要心高气傲自尊心极强的卫东和不知道这件事就好了。

永远不知道就好。

高程没有告诉任何人,甚至在拿到资料走出高林路档案室的时候,就把那张纸扔进了垃圾桶。

现在全世界已经没有任何人知道那个小女孩是谁了。

除了那个小女孩自己。

"我知道了,我会见机行事……"卫东和在电话那头说。

高程回过神来,转开视线向出口走去:"什么见机行事?!你什么都不要动了!我来追杜力这条线索,我现在就去公安局,找个信得过的警察,跟他好好谈谈,让警察去调查吧……"

卫东和打断高程,他声音苦涩:"杜力死了。"

"啊?!"

卫东和挂断了电话。

苏溪的目标

苏溪弯着腰扶着楼梯,她望着眼前暗红色的八级台阶,眼前一阵眩晕。

加油。

加油。

还有几步,几步就到了。

肩膀上受伤的地方已经感受不到黏腻的血液,甚至也感受不到疼。

她开着抢走的私家车,跑到了沿途经过的第一家百货公司便停了车,她披着车上男人的夹克外套下车,在这家商场的洗手间完成了又一次的变装。

变装出来之后,她直奔住处。

她心里有股特别不好的预感——也许不能称之为预感,从她走上这条不归路开始,悬在头上的达摩克利斯之剑就一直让她神经紧绷。

她从来没有过好的预感。

甚至从未希冀过。

苏溪喘口气,扶着肮脏油腻的扶手上了楼。

旅馆前台的服务员低头专心地玩着手机,对苏溪的脚步声无知无觉。

苏溪刷了一下门卡,门咔嗒一响,开了。

苏溪咬着牙,强撑着推门而入,关上门的瞬间,她便腿一软,跪下来,倚在门上闭上眼。

她再也没有力气支撑了,头、肩膀、后背、腰、腿……四肢百骸,无一不疼痛。

即便是做了最坏的打算,她也从未想到事情会糟糕到这个地步。

明天会怎么样?

卫东和现在在哪儿?他这样算安全吗?

她该离开了吗？

她怎么离开？

一大堆问题像是脱缰的野马，在她的脑子里肆意践踏，奔跑嘶鸣……

"累了？"

一个声音突然从她头上响起。

苏溪如遭电击，霍然睁开眼睛。

是王之夏。

王之夏望着苏溪。

她不再是那个身经百战的女战士，也不是那个热血澎湃的知识青年。她穿了一件红色印花的短袖衫，黑色绸裤，衣服和裤子都特别肥大，像套了个面口袋。脚下是个平底凉鞋，那种过时的款式王之夏隔壁的大妈都不会穿，她戴了顶齐耳的卷发，她这个形象，看起来足足有四十岁。

王之夏静静地看着她，掩饰在平静的外表之下是他内心剧烈的激荡。

张雨希的话又在他耳边回荡了。

她喜欢你！人家追星她追你！她要是知道我告诉你这件事，非杀了我不可！妈的，你能不能装不知道？

他正在努力装作不知道。他觉得苏溪也不知道，如果是装的，她的演技非常精湛。

她把自己置于这样一个恓惶的境地，到底是为了卫东和还是王之夏？

就这样赤手空拳单枪匹马地，想同整个世界决斗？

她到底经历了什么？

那个在面试的时候，一脸朝气的苏溪到底发生了什么事？

他觉得有什么东西在自己的心里狠狠地磨砺着，撕裂着，他忍不住握紧了拳头。

苏溪想跑。

她的脑子告诉她，跑！

可是她的身体告诉她，别动了，反正也动不了了。

她惨笑了一声，干脆摊开腿，让自己坐得更舒服点儿，她抬头，对着西装革履帅气逼人的王之夏，"警察在楼下？"

王之夏说："我自己来的，警察不知道这儿。"

苏溪歪头把头上的假发拿下来，扔在一边，"你怎么找到这儿的？"

她的头发不知道曾经汗湿了几次，打着绺儿，粘在她的耳后，配着这身可笑的衣服，她看起来就像个落幕后的逗笑演员，疲惫，落寞，窘迫。

王之夏把脸转过去，看着发黄的墙上一只风干了的蚊子尸体。

"你的鞋底有火锅的味道。我猜你没心情吃火锅，所以你应该住在火锅店附近，而且卫生条件不太好。你深夜出入，又不能惹人注目，一定是个人流大，管理混乱的二十四小时营业店。你为了方便活动，也不能住在郊区。我的人从早上开始查，一直到刚才，才找到这里——旅馆的服务员记得你的样子了。"

苏溪微微闭起眼睛。

一瞬间有些想笑。

"通缉令上的照片，跟你现在不大像了，所以她即便看到了新闻，也没想到你就是那个通缉犯。"

是啊，通缉令上的照片，是个朝气蓬勃的女青年，精神抖擞，双目炯炯；现在的她，伤痕累累，如丧考妣，惶惶然如丧家之犬，缺乏想象力的人，确实很难将眼前的她，跟那张漂亮的照片联系在一起。

就算是她妈妈站在这儿，认不认得眼前的她，都是难说的事儿。

这一切，都是多么荒唐！多么可怕！

"你有没有想过，以后怎么收场？"王之夏问。

"没想过。"苏溪摇头。

"以后"这两个字，不是她考虑范围之内的事情。

对她来说，只有眼前，她眼前都过不去，哪里来的"以后"？

苏溪吸了口气，头更疼了，甚至出现了幻觉。她看着床边的王之夏，在薄暮的光线下，就像个布道的牧师，周身闪耀着正义慈爱的光芒。

她吸了一口气："不管你信不信，我没杀人，我也没害人。卫东和是冤枉的,他也没有杀人……"

王之夏打断她:"谢兰仙包里的那十万块钱,放在了警方的证物室,是不是你偷走的?"

苏溪吃惊地睁大眼睛,她摇摇头。

慈爱的牧师没了,眼前的男人有张可恶的判官脸。

"我没有。我根本没看到那些钱。"

王之夏没说话,不动声色地看着她,像是在判断她说的是否是真的。

过了几秒钟,他决定相信自己的直觉:"你在证物室里,只拿走了卫东和案件的资料?"

她没有犹豫:"是。"

"你一开始的目标就是卫东和?"

"所有的目标都是。"

这句话让王之夏的眼角抽动了一下,但他只是微微吸了口气。

"你不认识卫东和?"

她还是同样的说法,"不,不认识。"

"所以你也不认识十五年前在欣欣百货门口害得卫东和坐牢的那个小女孩了?"

果然!

王之夏看到苏溪瞬间低下了头。

她根本不敢跟他对视。

就在他准备乘胜追击,逼得她说出真相的时候,她抬起头,神色冰冷,坚毅,"不,不认识。"

她甚至举起了手,"我发誓,我,苏溪,从不认识卫东和,也不认识什么小女孩。"

"那,给我一个理由,你这么做的理由。"

她闭起眼睛,过了好半天。

"我不能告诉你。"

"有人胁迫你?"

"没有。"

"你就是为了帮你不认识的卫东和洗刷冤屈？"

"是。"

"苏溪，你必须对我说实话，我是现在唯一能救你和卫东和的人。"

苏溪抬头看着他，似乎是笑，又似乎是哭："不要。"

她的声音低得听不见。

"为什么？"他向前走了两步。

"不要，我不要你救，你救不了我们。"

她的声音越来越低，越来越弱……突然，她身子一歪，没了动静了。

"苏溪？"

王之夏小心地推推她。

他知道她的身手，也见识过她的狡诈，他必须要小心，很小心。

王之夏推了推她的肩膀之后，指头上便沾上了些许的暗红色，他看看手指，再一抬头，看到门上令人目眩的血迹。

他赶快把她拉起来。

苏溪后背上的血迹和衣服上的红色印花相称，几乎浸透了整件衣服。

审讯室

7月5日　晚上6：00

市局的走廊里。

五六个服饰各异的男人在警察的带领下鱼贯而入，个个身材魁梧，举止张狂，一边东张西望一边嘀嘀咕咕，很明显不是第一次进公安局。

这是那几个和苏溪在光明街大打出手的混混。

聂宇和邓铭从附近商家装的监控上很容易锁定嫌疑人。所有人都是光明街的地痞，跟着一个叫杨勇的男人混，主要做些贩卖假证、偷鸡摸狗、收保护费之类的活儿。

几个男人身后是郭彩梅,那个黑诊所的医生,她一直低着头。她后面的人就是杨勇。跟他嚣张的手下相比,他的态度谦和,满面笑容,对着逮捕他的聂宇又是点头,又是招手,倒像个老朋友似的。

他大概觉得自己有恃无恐——监控中出现的主犯,疤脸和黄毛跑了,和他们比起来,其他人的罪名实在不算什么,最多是小流氓的聚众斗殴,杨勇甚至根本没出现在监控里。他相信,他的手下也没必要为了这点小事出卖大哥。

疤脸和黄毛都不是大事——甚至于,他们还是"被迫自卫",毕竟先开枪的是苏溪。

恐怕现在唯一担心自己命运的只有郭彩梅了。

白立伟从走廊上走过来,站在一边简单快速地向他们汇报了一下情况:"简妮用信用卡在五月底买了一张去乌市的机票,从那之后信用卡的消费都是在乌市,但还没有找到她。我已经联系了乌市警方,希望能根据信用卡记录找到简妮。如果卫东和要逃跑,应该会和她联系。"

"发现苏溪跟卫东和,或者简妮的联系了吗?"邓铭想了想问。

白立伟摇摇头:"没发现。简妮是个孤儿,乌市市立福利院出身,大学毕业以后才来到本市,到现在还不到三年。我联系了她电影厂的同事,他们说简妮的性格安静,为人友善,她也没有特别要好的朋友,不过也没有和人结仇就是了。"

邓铭想了想,偏头正好看到林强押着一个穿着花哨的大胖子走来。

"小聂,你和千江审他吧,我和林强会会那个郭彩梅。"邓铭安排好任务就要走。千江在他身后说:"邓叔,我跟你审郭彩梅吧,说不定看我是女的,那个郭彩梅会配合一点。"

邓铭听千江更愿意跟他一起工作,眯着眼睛一笑,立马点头答应了。

他走在前面,没看到身后林强好奇的目光在千江和聂宇的脸上巡视。

千江挺胸抬头正气凛然,从聂宇身边经过的时候还瞪了他一眼。

只有聂宇,谁也不知道他在想什么,还是一如既往的一张冰山脸。

张子龙,绰号肥龙。初中学历,从十几岁开始混迹街头,干些偷鸡摸狗的勾当,多次因为盗窃和聚众赌博被捕。今年二月十五日,也曾经因为涉嫌贩毒被抓进市局,后因证据不足被释放。

林强拍了一下桌子,从面前的资料夹里拿出了一摞照片,一张一张地摆在肥龙面前。

照片里的是死在简易手术台上的九纹虫——二十四岁的许崇。

本来故作淡定,跷着二郎腿吹口哨的肥龙在看清照片之后,猛然向前一扑,盯着照片,眼睛瞪得老大。

"他死了? 怎么死的?"

"他劫持人质,被警察开枪击中,失血过多。"

肥龙重重地向后一靠,看着天花板,半天才回过神来。

"他干什么了?"

"你们俩从小玩到大,他没告诉你?"

"贩毒?"肥龙看看聂宇,又看看林强。

两个人都是不动声色。

肥龙一拍大腿:"警官,我快半年没见过他了,我真不知道他在干吗? 真的,你们可以去调查,这半年他都没回家,他家水管漏了还是我去给修的。"

聂宇问:"他以前贩毒?"

肥龙一低头,没吭声。

"他已经死了,你不用怕,我们也不想找你麻烦,我们现在要查的是人命案,你还是配合我们把你知道的都说出来,都说出来,我们保你没事儿。"林强说。

肥龙抹了一把脸上的汗:"不是我不说,警官,我真是不知道啊。"

"那你最后一次见他是什么时候?"

"就是那天。"他看看林强。

"二月十五号?"

"嗯。"

"以后他就失踪了?"

"差不多吧。他打过两次电话,说现在有人盯着他,他要出去避避风头。"

"谁盯着他？"

"他没说。"

"会是魏如海吗？"

肥龙愣了一下，摇头："不，不知道，谁是魏如海？不认识。"

林强又打开文件夹，把死在小树林的魏如海的照片摆了出来。

肥龙瞪着眼半天没吭声。聂宇和林强看着他脸上不断抖动的肥肉，也没有吭声。

"谁？谁干的？"肥龙好长时间才找回声音。

比起发小九纹虫，不认识的魏如海之死好像更让他激动。

"现在认识他了？"林强讽刺了一句。

肥龙咕咚咽下一口口水，脸上的汗顺着脸颊直往下淌："我什么都说，我说了，算不算你们的污点线人？你们可得保护我！"

聂宇拿起笔："说完了再谈条件。"

肥龙一咬牙："好。我和九纹虫从两年前开始跟着魏老板干，是他找到我们的，说我们俩人脉广讲义气，问我们想不想发大财？一开始我们也挺害怕，可九纹虫说我们不干也总有人干，我们那会儿又缺钱，就开始从魏老板那里拿货。我们俩主要把货散到厂区，我们厂特大，现在虽然不景气了，吸这个的还挺多的。一直也没出什么事，一直到今年二月份。"

"你们是怎么发现有警察的？"

"一开始我们也不知道。我们刚进去，还没来得及拿货呢，魏老板就叫我们赶紧走，说警察马上要来了。"

"他怎么知道警察来了？"

"他没说——不过，我后来想，可能是大老板跟他说的。"

"大老板？大白鲨？"

肥龙怔一下："大白鲨？我不知道。我们叫他力哥。"

"力哥？全名叫什么？你见过？"

"我只知道他叫力哥。我没见过。九纹虫见过，他说力哥开了家健身中心。"

"九纹虫说那天力哥也在茶社?"

"进去的时候我们看着靠窗的卡座上有两个人,九纹虫就小声跟我说,是力哥来了。我正想问问哪个是力哥,魏老板就叫我们到他办公室去了。"

聂宇抬起头:"当时是两个人?"

"对,两个人,面对面坐着。"

"他们长什么样?"

"我都没看清楚。一个戴着眼镜,很瘦,后来九纹虫说,那个戴眼镜的人就是力哥。另外那个背着身子,我根本没看见他的脸。"

林强跟聂宇交换了一个眼神。

肥龙又抹一把头上的汗:"是不是力哥觉得我们搞砸了他的事儿,所以要把我们都杀了?我没事儿吧?"

"你们搞砸了什么事儿?"

"咳,还能什么事儿啊,就上次那批货啊,九纹虫拿着货跑了,我又被警察抓了,后来我听人说魏老板也不跟力哥拿货了——他该不会怪到我身上吧?"

另一边的审讯室里。

郭彩梅瑟瑟发抖地缩成一团,不时神经质地抽搐一下,脸上跟见了鬼似的。千江和邓铭推门进来的时候,她差点儿跳起来。

"我错了,我错了,都是我的错……"

她喃喃地念叨双手合十拜了起来:"不关我的事,不关我的事,你行行好,我一定会多烧点纸钱……"

她还真是见了鬼!

邓铭把手里的文件夹扔到桌上,砰的一声,吓得郭彩梅又是一哆嗦。

"别临时抱佛脚,没用,这儿阳气重,你弄的那些神神鬼鬼的可进不来。"邓铭拉过板凳坐下,"说吧,怎么回事?"

千江还想着聂宇的事,心事重重地拿起笔准备记录。

郭彩梅突然扑了过来,吓得千江差点儿一脚踹过去,她倒退两步,瞪眼看着她。

"你干什么!"邓铭喝了一句。

郭彩梅说:"那女人是鬼! 她是鬼! 她是来报仇的!"

千江和邓铭交换了一个眼神,邓铭问:"谁来报仇? 为什么报仇?"

"年初的时候我在街上走着,碰到个大仙……哎呀,我当时怎么没看出来呢! 我还把他骂了一顿……"郭彩梅捶胸顿足地叫,"那大仙说我今年有牢狱之灾! 说我命犯血煞,印堂发黑,头上有什么晦气……那是有小人在作祟……他要我破一破晦气,可我就是不信……我当时要听他的就好了,我怎么那么糊涂……"

"什么乱七八糟的!"千江实在听不下去了,"好好说!"

郭彩梅吸了吸鼻子,继续说:"我当然有血煞了,那些女人不想去医院,都是在我这里做掉的……可我想,这能有什么事? 都十几年了,我看得多了,大事小事都经过了,我也没栽过这么大的跟头哇! 我不肯信他,结果呢? 过了两天来了个小姑娘,一个男人带她来的,那小姑娘瘦瘦的,全身也没二两肉,我让她躺在产台上,结果她刚上去,又哭又叫的,居然生了!"

"啊!"千江一愣,也叫了起来。

"我吓一跳啊,那孩子肯定不足月,哭了两嗓子,就没声儿了,小肚皮一鼓一鼓的……这情况,要不进大医院的保温箱,肯定活不了,那男人说,他不要这孩子,让我弄死她,给我一沓钱……那小姑娘躺在手术台上哭了。我也没干别的,我就给那孩子脸上放了一块毛巾,那孩子肚皮鼓了一会儿就没气儿了……"

千江听得脊梁骨一阵冰凉。

那个郭彩梅继续絮絮叨叨地说:"我也没法儿,人家给钱了啊,要这孩子身体好好的,要能送个好人家也行,可这孩子生下来就跟个小病猫似的,谁要她啊,我说她早死早托生,省得在这人世里受罪了……可你说邪不邪,我从那天起就老做噩梦,老梦见那个孩子的脸,那是个小女孩……"郭彩梅打个激灵,"就是那个女的!"

"今天那个女的?什么意思?你说她是谁?"

千江的眉毛打了结。

"就是她!肯定是那个孩子,那个被我捂死的孩子,附身到今天这女人身上的!"

千江无语。

"为什么这么说?"邓铭倒是老好人,依旧面不改色地一问一答。

"你想啊,可不是人人都知道我'产房'的位置的,那女的一进来二话不说就直接把我手术室的门踹开了!她怎么知道的?我现在想想,带那小姑娘打胎的那男人,也跟今天这男人一样,身上有刺青,长得也差不多……肯定是那孩子来报仇了!"

"你认识那个生孩子的小姑娘和那个男人吗?"

"不认识。"

"不认识人家怎么找上你的!"

千江一拍桌子。

"别人介绍的呗!"郭彩梅说,"我又不能打广告,能找上门的不是熟人就是别人介绍的。"

那,苏溪是熟人还是别人介绍的?

千江从邓铭的眼睛里看出了同样的迷惑。调查苏溪的时候难道遗漏了什么?她最近一个男朋友已经是四年前的了,难道还要更早?可是以苏溪的家庭情况,即便做这种手术也不需要在这种地方。

千江看过那里的环境,她觉得那里简直像个屠宰场。

不对,肯定不对,一定有什么被她遗漏了……

到底是什么呢?

千江从审讯室出来,低声对邓铭说:"邓叔,我想跟你说件事……"

"好啊,什么事?"

有同事经过他们身边,千江咽住了,眼睛瞟着那个同事走远。

她这态度,却让邓铭误解了,他笑起来:"喜事?喜事对不对?哈哈,你这个小姑娘……我女儿第一次带她男朋友上门,也是这副样子,扭扭捏捏,她这孩子,干什么都干净利落,大大方方,就是这种事——"

邓铭一说起他的女儿来,话就滔滔不绝。

"哎呀! 不是!"千江急了,正要说下去,对面审讯室的门被打开了,聂宇推开门走出来。

他仍然板着一张脸,阴沉着目光,跟千江对视了一下。

千江赶快闪开眼睛。

林强跟在聂宇身后,也走了出来。

邓铭笑呵呵地对着他们打招呼:"小聂、强子,咱们一起去张队办公室,给他汇报一下审讯情况。对了,咱们这个千江啊,说有事要宣布,不知道是不是要结婚了? 看来,咱们得准备份子钱了,这千江……"

"不是! 我男朋友还没有哪!"千江急得跳脚。

她面对一见她就火冒三丈的张维则有心理障碍,所以才想把自己的怀疑告诉队里资格仅次于张维则的邓铭。邓铭是全刑侦队最好脾气的人,对她又好,有什么事都护着她,千江在他面前不怕说错话。

"哈哈,还不好意思了。"邓铭笑。

林强摸着光头,也来凑趣:"你可不能这样啊,千江,你明知道咱们警队里全是光棍,你不给我们大家解决问题,便宜外人去啊,那可不成!"

"都说了不是了!"

"哈哈,哈哈。"

林强和邓铭都笑起来。

聂宇面无表情地看了千江一眼。

千江转过了脸去。

邓铭等了一会儿,见千江还是不说,笑吟吟地:"这小丫头,还要单独聊? 那行,今天晚上要不加班的话,邓叔带你去吃麻辣香锅,咱一边吃一边聊。这总行了吧?"

"嗯。"

林强说:"麻辣香锅我也想吃啊——"

一句话还没说完,走廊尽头的张维则办公室的门打开,白立伟走出来,苦着一张脸。他见了他们招呼:"哎,别磨蹭了,张队等你们哪。"

他走近了,又小声地:"张队正发脾气呢,小心点儿!"

邓铭和林强都笑不出来了,两个人整了整衣服,加快了脚步。

聂宇落后几步,跟千江并排走。

千江加快脚步,想超过聂宇,她可不想跟这个捉摸不定,敌友难分的人走这么近。

聂宇的手机突然响了,千江趁机超过了聂宇,走到了前头去。

"千江。"

聂宇忽然在背后叫住她,千江心里一抽,脖子僵硬地回过头。

他慢慢走近她,忽然把一个手机递给她,他压低声音:"这上面有王之夏的手机定位,他在复兴路夜市。你去复兴路派出所,找几个人跟你过去查查。"

千江的眼睛都快瞪出来了。

可她还没来得及说话,聂宇已经把手机塞到了她手里。

他转身低头走了。

杂货铺老汪

7月5日　晚上6：00

通过细密的绿色纱窗,卫东和的眼睛一直盯着房间里的男人。

这是间很小的杂货铺,身为店主的男人老汪正在从柜台里拿烟给顾客。把烟递过去,收钱,找钱,顾客离开。

整个过程没有一句话,也没有一个多余的动作。

在顾客离开之后,老汪重重地松了口气,花白的鬓角已经有了汗滴。他小心翼翼地坐在柜台后的椅子上,头歪偏着,眼睛瞥着窗纱后面。

那是他平日里午睡休息的隔间,里面只有一张简易床,地方不大,也没有后门。那个越狱的死刑犯在这儿已经躲了二十分钟了。

老汪右眼皮一直在跳。

打年轻那会儿，他就是这个毛病，一紧张，右眼皮就开始跳。

老汪在这儿开杂货铺有二十多年了。前年马路对面的一个小院儿卖给了一个叫杜力的男人。这男人戴眼镜，斯斯文文的，一个人住，生活规律，和周围的邻居关系也不错，每次路过杂货铺总要买点东西。

就在两周前的一个晚上，三个男人偷偷摸进了杜力家，看样子也不像小偷，好像在找什么东西。老汪发现了想报警，结果为首的男人给了老汪两千块钱和一个电话号码。

"如果有人来找杜力，你就打这个电话。到时候还会给你钱。"

老汪爽快地答应了。

第二天早上，他才知道，杜力死了，听说是出了车祸。

杜力好像也没什么亲人，他死了之后，他这小院儿就一直空着。时间一长，老汪也把这事忘得差不多了。

今天下午，他看到一个单侧肩膀背着背包的男人敲响了杜力家的院门，这个男人年纪不大，脸上戴着墨镜，一只手上缠着纱布。后来路过的一个街坊跟他聊了两句，大概是告诉他杜力已经死了，这个戴墨镜的男人随后就走了。老汪见状赶快戴上老花镜，从柜台底下找出那张纸条，好容易拨通了，可对方就是不接，无奈，老汪只好发了短信。

老汪短信发不利落，弄了好久，急得满头汗，才把短信发出去，一抬头，正好看到那个男人又转回来了，他手里拿着一个手机，一边说话，一边走进杂货铺。

老汪看他的脸，心里咯噔一下，老汪没别的长处，就长了一双善于识人的眼睛，眼前的这个男人虽然戴着墨镜，脸部的轮廓特征还是很明显——这张脸他在新闻上看了好几遍了，正是那个越狱的死刑犯卫东和。

老汪的反应全写在脸上，卫东和一看他手里拿的手机就全明白了。

"不要报警。"他上前一步，一把抢走老汪的手机，结果正好看到发送的短信：有个男人来找杜力了。

卫东和摘下了墨镜，抬头看了一眼老汪。

他那双黑沉的眼睛就像有魔力,老汪吓得腿一软,坐在板凳上。

后来,他问什么,老汪就说什么了。

"我就躲在这儿,如果那些人来了,你就说我已经走了。"

那个逃犯最后这么说,说这话的时候,他还用一只手拍了一下他的后腰,他后腰别了一块硬邦邦的东西,老汪觉得,那肯定是一把枪。

夕阳的余光透过柜台的玻璃反射在老汪布满沟壑的脸上,他不时地摸摸自己的右眼皮,一会儿坐下,一会儿又站起来。

卫东和看着坐立不安的老汪。

他的内心也是一团激荡。越狱以来得到的这些讯息就像个密集的地雷阵,他根本没时间反应,就一个接着一个地爆炸,只留下他在这漫天的迷雾中努力想睁开眼睛。

从哪儿开始整理呢?

这一切都是设计好的吗? 在他越狱的前一天谢兰仙突然死了,冒出来一个神秘的苏溪;紧接着魏如海死了,交代出了陷害卫东和的是杜力;正在他以为自己接近了真相的边缘的时候,却得知杜力已经死了……那个车祸,会是意外吗?

杜力死了,线索断了,这是不是就意味着,他永远都不能摆脱身上的罪名了?

还有,杂货店老板说的那些人是谁? 他们为什么要盯着杜力家,他们要找什么?

理智告诉他,他现在应该听高程的话,赶快逃跑。

眼前是一片危险的雷区,那些地雷的目标并不是他,他只是一个微不足道的小炮仗,鬼使神差地被扔进了硝烟密布的战场,他现在根本没能力也没必要为自己发声。

战斗结束的时候,他就会知道。

生,或者死,已经不是他能决定的了。

可是……

不行。

他的腰间麻麻的,总感觉有一双手,在背后用力地抱着他。

那个女子,苏溪,为什么要这么做?

她做的这所有的事儿,都是为了他吗?都是为了洗刷他的冤屈?可是,为什么?

他应该不认识她啊。

他认识的女人,只有两个人有可能为他不顾一切,他的妈妈,他的简妮。

他妈妈人在医院,意识混沌,简妮行踪不明,杳无音讯。

现在,出现了第三个女人,她到底是谁呢?

如果他现在跑了,这个女人会不会就安全了?但是,如果他跑了,他就永远不知道她这么做的原因……不知道为什么,他觉得他非得弄清楚这个原因不可,这件事很重要,几乎跟他是不是活得下去一样重要,几乎跟他要弄清楚简妮到底在哪里一样重要。

他的手从裤子口袋中拿出来,裹着纱布的手心里多了一张血迹斑斑的名片。

或许他应该试着寻求帮助,哪怕只是打听打听情报也好。

唯一的问题是,这是不是另一个陷阱?

名片很简单:聂宇,电话××××××××××。

名片是聂宇给他的。

在他双手撑在玻璃碴上奋力地越过高墙之后,他听到墙那边的聂宇说:"等等。"

聂宇根本没做追捕的尝试。

卫东和的脚步没有停下来,直到聂宇叫:"我知道你是冤枉的。"

那又怎么样?

卫东和心里说。

结果聂宇又加了一句:"我能帮你,让我帮你。"

卫东和的脚步停下来。

聂宇说得很快："你现在一个人在外面跑太危险了,通缉令一下你哪里也去不了,如果遇到警察你再这么跑,很有可能被当场击毙。到时候就算翻了案,你也死不瞑目。"

他这是在恐吓他吧?卫东和既然有胆子逃出来,就做好了被当场击毙的心理准备。不过,他这么言之凿凿地说要帮他,难道是认真的?

"啪啦"一声,从墙外丢过来一块小石头,石头外面包着一张名片。

聂宇说:"这是我的电话,你给我打电话,我来安排下面的事,首先你得躲起来……你听到了吗?卫东和?你要躲起来。"

"你为什么要帮我?"

卫东和终于忍不住开口了。

是他逮捕的他,是他给他戴上的手铐,现在又说让他躲起来,他帮他。

"我知道你是冤枉的。"聂宇说。

"怎么知道的?"

墙那边的聂宇沉默了三秒钟,"我知道我们的队伍里有内奸。大白鲨安插的内奸。"

"咚咚咚"的脚步声响起来,打断了卫东和的思绪。

他打起精神,像个等待猎物的豹子,眼神发光地望着窗纱外面的杂货铺。

两个人径直走了进来,老汪赶快站起身来。

这两个人一个三十多岁,高颧骨,细高个儿,另一个年轻一点儿,是个小个子男人,理着平头。

"人呢?"那个高颧骨的瘦男人说。

"走了。"老汪咽下一口口水,"知道杜力死了以后就走了。"

"你拍照了吗?"平头男人问。

"没,我不大会用手机拍照。"

高颧骨男人又问:"那个人长什么样儿?"

老汪的脖子动了动,强忍着没转头:"那人我认识。"

"你认识?"

"对,是新闻上播的那个越狱犯,卫、卫东和。"

两个男人对视了一眼,都大吃一惊:"你没认错?"

"没有。"

小个子平头男人从兜里拿出一摞钱拍在柜台上:"继续盯着,有消息联系我们。"

他说完就跟同伴一起离开了。

老汪重重地松了口气。

他回过头来,看看从小隔间走出来的卫东和。

"可、可以了吧?"

卫东和没说话。他的表情比刚才那两个男人还沉重。

因为他认得其中一个。

那个小个子平头的男人曾经和检察官王之夏一起去过监狱。

猜测

7月5日　晚上7：00

天完全黑了,外面的街灯都亮了。

王之夏看完手机上刚刚收到的信息,深吸了一口气。窗外传来了浓厚的麻辣油的味道,整条街道像是刚刚苏醒过来,一瞬间突然开始气氛高涨,热火朝天。

房间的窗户不隔音,外面夜市的叫卖声此起彼伏。

王之夏看看躺在床上的苏溪。

她已经睡了一个小时了。

她昏迷的时候,王之夏派人送来了酒精、纱布和云南白药。她的伤口在肩胛骨的位置,很深,是刀伤。她一个人,竟然能跟光明街的一群混混打了起来？王之夏给她包扎伤口的时候都觉得不可思议。

她的皮肤细腻，手指和手腕都很纤细，全然不像个身上有功夫，能在刀尖上过日子的人。

气质也不像。

尤其是昏睡的时候，她看起来娴静极了，既不像面试的时候那么单纯热血，也不像在疗养院那么冷酷直接。

谜一样的女人。

苏溪翻动了一下身子，睁开了眼睛，在看到王之夏的瞬间，她从床上弹起来。

这样的动作，她后背的伤口一定很疼，他想。

而她似乎全然不觉，只是瞪着眼睛看着王之夏。

然后，她才意识到了自己身上被包扎的伤口和换好的衣服。

"为什么帮我？"她问。

"魏如海死了。"他说。

"什么时候？"她吃了一惊，"怎么死的？"

"下午，卫东和刚刚见过他之后，死因是脑出血，被人击打了太阳穴所致——和田涛的死因一样。"他回头看她。

苏溪马上直视着他："谁是田涛？"

"十五年前被卫东和打死的那个混混。"

她只是轻轻哦了一声："你们觉得卫东和杀了魏如海？"

"你觉得呢？"

"不是他。他不会杀人的。"

"这是你的直觉？还是你们有联系，他告诉你的？"

苏溪的头低着，没说话。

"法律需要的是证据。至少目前的线索对他很不利。"

苏溪哧笑了一声："任何事情，都从来就没有对他有利过……他大概是这个世界上最倒霉的人了。"

"你撒谎了，你认识他。"王之夏说。

"我没撒谎。"苏溪说。

房间里没开灯,窗外的辉煌灯火照进来,房间里的光线闪闪烁烁。

王之夏没动,苏溪也没动。

王之夏知道,她虚弱又疲惫,但没有虚弱到不会撒谎的地步。

他不知道她为什么会撒谎,也许,是不够信任他?

"你认识杜力吗?"王之夏问她。

她愣了一下,根本没想到他突然提到这个名字,"美亚特的经理?"

他点点头,"跟他熟吗?"

她摇头。不,苏溪根本就不认识杜力。

"大白鲨呢?"他又问。

她很不喜欢自己看起来很蠢的样子,但她只能很蠢地摇摇头——总不见得真的是那种鱼吧?

"卫东和认识吗?"

"我觉得不认识。"她也想了想。王之夏的表情越来越凝重,她不得不打起精神小心应付。

王之夏看了看手表,微微沉吟了一下:"大白鲨是东临市警方这两年一直在追查的大毒枭,根据我掌握的情况,杜力和魏如海也是他的人。大白鲨的贩毒网络很大,也很严密,基本是一种自下而上互不交叉的管理方式,所以警方虽然能抓获一些小喽啰,但对于大白鲨其人依旧是一无所知。今年年初的时候,警方突击过一次魏如海的绿雅茶社,虽然没有发现什么,但还是惊动了魏如海的上线杜力,紧接着陈廷就死了,根据后来掌握的情况,陈廷和毒品没什么联系,所以很可能是杜力杀人灭口。卫东和被捕后不久,杜力辞去了美亚特经理的职务。就在十多天之前,杜力死于车祸,他是肇事方,因为酒驾。"

苏溪好长时间都没出声,也没有动。

"你是什么时候知道这些情报的? 知道是杜力杀人灭口的?"她问。

王之夏没有回答。

"你早就知道卫东和是无辜的?"她的声音在微微颤抖。

"我不知道。"王之夏很坦然,"没有确凿的证据之前,一切都只能是猜测。"

"不,不是猜测,你心里很确定,你知道卫东和是被冤枉的。"苏溪眼睛里似乎有两簇火苗在燃烧,"但是,你还是判了他死刑!"

王之夏静静地望着她,慢慢地说:"他自己认罪了。"

"那你就更应该知道,一个无辜的人,为什么会认罪!他是被逼的!他妈妈被那些人害得差点儿死了!"

"没有证据。"

"杜力是个毒贩,算不算证据?"

"不算。而且,杜力已经死了。"

苏溪跌坐在床上,痛苦地闭起了眼睛。

她紧紧抱着双臂,仿佛不这样自己就要散架了似的。

王之夏看着她,过了好久才说:"卫东和刚才去找杜力了,我猜他是从魏如海那里知道了真相想找杜力了解情况。我的人一直在盯着那边,所以……应该很快,卫东和就会被抓住了。"

她倏地转向他,眼睛像要喷出火花,一字一句地说:"如果他有什么事,你也别想离开这里。"

"你会为他杀人?那你也会变成一个死刑犯,你愿意为了他死吗?"王之夏冷静地问。

苏溪没有回答他,她的眼神足以说明一切。

"这个是什么?"

拿在王之夏手上的,是那个装着带血字条的塑封袋。

"不知道。"

"从哪儿来的?"

苏溪沉默。

"是谢兰仙的案发现场?被你当作证物小心保存的东西,沾染上血的场合,这两天里,也只有谢兰仙的案发现场。"

苏溪仍保持沉默。

她忽然想到一点,她在疗养院门口,被九纹虫和三角眼追杀,是不是就是因为这张小纸条……真凶是毒枭大白鲨的手下,跟大白鲨是一体的,那些小喽啰,都是毒贩子的人。

房间外忽然传来了一阵急促的敲门声。

王之夏还没反应过来,苏溪一个箭步跨上前,手一扬,用一把不知道什么时候捏在手里的小尖刀顶住了王之夏的脖子。

好运或陷阱

7月5日　晚上7：00

跟着千江的两个民警一个姓何,一个姓李,都是年轻人,他们在派出所工作好几年了,对复兴路夜市极为熟悉。

两个民警对千江这个女刑警非常热情,在开车送千江去复兴路夜市的路上,他们一直都在跟千江介绍这附近的基本情况。

千江一边听着,一边探出脑袋向车外张望,不时还拿起手机对照一下。

"这里,这里!"

车经过复兴路夜市的时候,千江叫了起来。

她不知道聂宇的电话是怎么搞的,里面的确有个软件,地图上显示有个红点,一闪一闪的。千江琢磨了一会儿才明白,离得越近,提示音就越急促。

可是聂宇为什么要追踪王之夏?

他在怀疑王之夏?他自己才是最应该被怀疑的对象啊!

或许,这是他的调虎离山之计?千江自己就是那只被调开的老虎?

可是聂宇又不会读心术,他怎么知道他被千江怀疑上了?

搞不懂。

千江一边走着,一边盯着手机。

在经过一家火锅店门口的时候,红点的显示越来越频繁,提示音也

221

很急促了。

"是这里?"

这也太不可思议了,在今天这种大事频发的日子里,王之夏还有心情跑到夜市来吃火锅? 千江心里吐槽了一句。

她身后两个民警跟上来,她马上把手机收起来。

她没有告诉他们她来是干什么的……一个实习小警察无凭无据地跟踪实力派检察官,这种事要泄露出去,千江的职业生涯肯定到此结束。

她把口袋里的通缉令拿出来,深深吸了口气走进了火锅店。

火锅店里人满为患,她和两个民警转了两圈,出来之后都交换了个眼神,"没有。"

这是当然。

还能真指望苏溪或者卫东和在这里出现?

千江又在心里吐槽了一句。

她趁两个民警转身,走远一点再次拿出电话。没错,就是这儿,目标并没有移动。她把目光投向了二楼。

"那是什么地方?"

"好像是个旅社。"民警小李不等千江说话,三步并做两步地跑了上去,片刻,他再次下来,兴奋得两眼都发光了,"苏溪在上面!"

什么?!

千江的眼睛倏地瞪得老大。

她看到小李招呼一个服务员模样的女人走下来。

真的假的?

她不相信这是运气。

全市有那么多可去的地方,她随便一撞就能撞到一个通缉犯? 这运气简直可以让她被塑成雕像放在市局门口当作吉祥物了!

啊,对啊,她是追踪王之夏才来到这里的。

这会不会是陷阱,聂宇设下的陷阱?!

追踪检察官王之夏,竟然会找到通缉犯苏溪!

王之夏怎么可能跟苏溪在一起呢？

跟王之夏比起来,有鬼的人更像是聂宇才对!

可是,如果是聂宇设计的陷阱,他怎么会把苏溪送到千江面前呢?

让苏溪干掉她吗?

怎么办?

她望着两个民警热切的眼光,一时陷入了深深的恐慌。

她来刑侦队才一个月,实习期才刚开始呢,从没参与过重大案件,突然之间,警方有内鬼,女嫌疑人和检察官勾结……这样的大事居然全让她一个人撞见?

她恐怕要担心的不是职业生涯而是小命不保了吧?

一墙之隔

7月5日　晚上7:05

苏溪手里的尖刀紧紧贴着王之夏的喉咙。

门口的敲门声一声比一声急。

房外是什么人她根本不在乎,检察官也好,警察也好,哪怕是大白鲨,她都有办法从这个小旅馆逃出生天。

她不在乎伤害王之夏,也不在乎伤害自己。

角色在一瞬间转换,现在猎人是苏溪,而他变成了猎物。果然,在这个女人面前,怎么小心也不过分。

"谁?"他沉声说。

"有警察,好像也在找苏溪。"

说话的是个年轻男人的声音,他也特意地压低着声音。

王之夏扭头看着苏溪,苏溪也看着王之夏。

"你说的帮我，就是这个意思？"她冷笑了一声，明显不相信警察的到来和他无关。

王之夏也不相信警察自己能找到这里。

"谁带队的？"他问。

"没见过，是个女警察，挺年轻的，短头发，高个子……"

没讲完苏溪和王之夏都猜到了。

千江。

两人在彼此眼中都看到了同样的迷茫——公安局绝对没有理由派个新人来抓苏溪这个通缉犯，再缺少人手也不可能。

苏溪手里还是拿着刀，把窗帘拉开一条缝儿，微微探头，向下面看去。

车水马龙的夜市里，果然有三四个人聚集在一起，冲着楼下的火锅店的入口指点点，领头的就是千江，为他们指路的是那个只会看手机的服务员。

"我们先出去再说。"王之夏说。

"怎么出去？"

王之夏指指脖子上的刀，苏溪想了一下就收回去了。

"别紧张，我也不想你被警察抓住。"

他整整西装，口气说不出是冷淡还是愤怒，然后走到门口，把房门打开了一条缝。

房间里挤进来两个人。

一个年轻男人，穿着白色休闲 T 恤，T 恤上印着个大大的卡通豹子头，他长得普普通通，一头蓬松短发略带凌乱，眼神里的神气介于调皮和机警之间。另外一个是年轻女子，化浓妆，穿着性感的短裙，像个夜市的啤酒推销小姐，正嚼着口香糖一脸好奇地望着他们。

年轻男人一进来，就把手里的东西塞到王之夏手里。

"你们快走，这是隔壁 307 的门卡。不管发生什么事都不要开门，等我信号。"他嘴上说着，动作迅速地把房间里苏溪的东西都扔到她的那个黑色背包里。

"快走!"

这个小伙子有着与年龄不相称的老练。

王之夏接过背包,再次打开房门,看看走廊的情况之后,转身对苏溪点了点头,然后拉开门走了出去。

苏溪没做任何犹豫,马上跟出去。

王之夏打开了隔壁 307 的房门,闪身进去,苏溪紧跟着他进去了。

王之夏关紧了房门,把耳朵贴在房门上。

苏溪也照做。

这种小旅馆没有猫眼。不多时走廊里就传来了窸窸窣窣的动静,没多久有人在敲门。

咚咚咚。

"谁啊?"是刚才那个年轻男人的声音。

他的声音非常清晰,小旅馆房间的墙壁像纸做的似的。

"哦,先生,请问你们要不要啤酒? 今天啤酒半价酬宾。"

是千江的声音。

"不要,不要,快走!"

沉默了几秒之后,走廊里的千江再次敲起了门。

"又怎么了?"语气已经很糟了。

"先生,这样吧,啤酒我免费送,您只要帮我填一张客户反馈表……"

踢踢踏踏的脚步声响起来,"真烦人!"

门被打开了。

砰的一声巨响,紧接着一连串女人的尖叫声和纷沓的脚步声,撞击声和玻璃摔在地上的碎裂声响成一片。

苏溪看看王之夏,他没什么表情,看起来似乎一点儿也不担心。

"干什么,干什么啊?"那个年轻人大叫着,"你们要干什么?"

"你是谁?"

这个愕然的声音属于千江。

"你管我是谁? 你是谁!?"

"我们是警察。哎,放开他,放开他。"

又是一阵"稀里哗啦"的声音,不知道什么东西给扫到地上去了。

"我要投诉!你们怎么回事儿? 警察就能乱来?"

是那个年轻人的声音。

"抱歉,抱歉,肯定是哪里弄错了……"千江说。

苏溪能想象到她的样子,手足无措,迷惑不解。

"你没看错? 你说的是这个男人和这个女人?"千江问。

那个女服务员的声音响起来,"不是啊,这怎么回事……哎,这就是305没错,这两人我没见过啊。"

"身份证,你俩什么时候住进来的? 怎么服务员都不知道?"

"什么不知道啊! 我们刚进来的时候有个女的给我们的钥匙,还收了钱呢。"

"不是她,是另外一个女的。"那个年轻人说。

"是这个人吗?"千江的声音。

她应该是把苏溪的通缉令照片拿出来了。

"对,就是她。"

"她一个人吗?"

"嗯,她身边还有个男的。"

"是他吗?"

"不是,那男人更瘦一点。"

千江这次拿出来的,应该是卫东和的通缉令照片。

"他们人呢?"

"走了啊,她不是下班了吗? 我看她是拎着包走的。对了,你们这做生意怎么这样? 这房间都还没收拾,就这样让客人住哇……"

一阵脚步声从隔壁房间,"咚咚咚"地走到走廊里。

两个民警问话在隔壁继续。

走出来的人,应该是千江。

王之夏的手放在门把手上,轻轻地按下去,悄没声儿地把门开出一条缝。

他这么做的时候,脖子上一直有一把尖刀。

王之夏并没有把门打开,也没有呼救,他就凑在门缝里看了一眼。

千江站在走廊里,对着手机皱着眉头,她的手机一直嘀嘀嘀地叫,突然,她猛地抬起头来,看了一眼他们的 307 的房门。

苏溪瞬间把刀尖对准了王之夏的脖颈动脉。

千江越走越近了,她举起手,像是打算试试,房门能不能推开。

"千警官,嫌疑人离开旅馆,沿着夜市街往西走了,刚走没多久,咱们赶快去追吧!"

千钧一发之际,一个民警走到走廊上招呼千江。

千江马上收起手机,她转过身,"好。"

苏溪看看王之夏,王之夏脸上还是没什么表情。

一阵踢踢踏踏的脚步声后,走廊里终于恢复了平静。

苏溪和王之夏谁都没想走。

"警察为什么要查你?"苏溪走到窗边,戒备地望着王之夏。

很明显警方是根据手机定位追踪而来的,目标绝不会是苏溪。

"我不知道。"王之夏回答。

"你刚才讲毒贩大白鲨,说公安局里有大白鲨的手下,会不会公安局也怀疑,你才是大白鲨的手下?你在美亚特办的会员卡是为了调查杜力还是为了交易?杀陈廷的也有可能是你吧?"

她看着他:"你这么急于找我,可以说是为了保护我和卫东和,也可以说你想知道我到底知道多少,毕竟我做的事跟那个大白鲨有直接关系,或者说,跟杀死陈廷和谢兰仙的真凶有直接关系。"

"你知道吗?你知道真凶是谁?"王之夏问。

"你觉得呢?"

王之夏冷冷地说:"如果你知道,那就应该清楚凶手不是我。如果你不知道,相信我,还是相信警方,你总要选择一个。"

"也许凶手不是你,但未必不是你要保护的人。你觉得这件事牵扯这么多人命,我会随便相信谁吗?"

"这些人命都跟你有关系？"

苏溪没有回答。

敲门声响了起来。

"可以走了。"

王之夏打开门，门外只有年轻男人一个人。

"走吧。"王之夏对着苏溪说。

王之夏是个斯文人，但这个年轻男人反应快，应变能力强，不是等闲之辈，苏溪不想冒险和他动手，再说警察还在附近，她不能轻举妄动。

"我想换件衣服。"她说着走到门口，拿起背包直接推向了305的房门。

那个年轻人伸出手，支在一边儿的墙上，挡住了她的去路。

戒备心很强。

苏溪冷冷地看着他。

王之夏开口说："小钟，没事的。"

这个叫小钟的年轻人看看王之夏，收起了手臂。苏溪推门进屋，直奔洗手间，她一进洗手间，就反手把门锁上了。

洗手间没有窗户，三平方米大的地方连淋浴房都没有。苏溪趴在洗手台洗了把脸，酷暑把水管都烤热了，水是温热的，扑在脸上不仅没有让她冷静，反而更焦躁了。

怎么办？

她还能怎么办？

千江在调查王之夏，不会是她自己的意思，也就是说，是张维则在调查王之夏？

这个信息让苏溪的头有点蒙。

在王之夏的眼里，苏溪不是他认识的那个苏溪，可在苏溪眼里，王之夏难道就是那个王之夏吗？

他在短短一下午的时间能够搜遍市内所有火锅摊档，找到苏溪的藏身之处——这绝不是一个普通检察官能有的人脉和效率。

还有这个不动声色的小钟，他根本不需要王之夏的指示就能给出金蝉脱壳的方案,看起来也不像王之夏的手下,他的目的会是苏溪或者卫东和吗?

门外很安静,王之夏和小钟都没说话。

也许是因为不想让苏溪知道什么,也许计划早就定好了,不需要交流……

咔嗒一声,门响了一声。

外面的人推了一下门,在催促她。

警方的人可能还没走远,的确没时间让她拖延……等等!警察!

苏溪猛然抬头,擦掉脸上的水迹,大力地吸了一口气。

没错,至少从表面上看,王之夏、小钟和苏溪的共同之处很明显。

他们都不想遇到警察。

毒贩之家

7月5日　晚上7:40

杜力的房子距离美亚特健身中心不远。聂宇和邓铭接到报警电话后不到二十分钟就赶到了。

"你确定是那个通缉犯?"

邓铭先从杂货铺老板老汪那里买了一包烟,打开点燃抽了一口,才慢吞吞地问。

老汪揉揉眼皮,又点点头:"就是他,他还让我别报警。"

"他往哪边走了?"

老汪指了一个方向。

聂宇看着路灯初上的长长小巷,手伸到裤子口袋里,不动声色地把电话调成了振动模式。

"你详细说一下经过。"

经过很简单,尤其是省略了老汪当线报,收那个平头男人钱的情况,老汪三句话就讲完了。

"对面住的人叫杜力？"邓铭看了一眼聂宇。

会不会就是肥龙所说的力哥？他们的老大？

"对,他死了十来天了,听说是车祸。"

"他是干吗的,你知道吗？"

"嗯,听说他以前当经理,在市中心的一家健身俱乐部工作。"

没错了,聂宇和邓铭交换了个眼神。

"这个越狱犯,你以前见过吗？他来找过杜力吗？"

老汪摇头,"没见过,我看电视新闻知道他是越狱犯的。"

"他买了什么？"聂宇问。

老汪一愣:"没、没买东西。"

"如果不是买东西,就是到你这儿问情况？问什么？你跟杜力很熟？卫东和怎么知道的？"

聂宇丢下一堆问题,老汪暗叫一声不好,嘴角抽搐了一下:"他、他拿走了一瓶水和一包烟。"

"没有打火机吗？"

"哦,对,对,还有打火机。"

聂宇对着邓铭使了个眼色,邓铭吐了个烟圈和聂宇一起走到马路上。

"这老板撒谎了。"聂宇说。

"怎么？"

"卫东和不抽烟。"聂宇眯起眼睛,看看前面不远处,漆黑一片的杜力家。

"我再去问问他？"邓铭斜眼看了看老汪。

"等会儿吧,他跑不了。先去杜力的房子看看。"

杜力死得突然,似乎也没什么亲人,他去世后,房子就一直空着。

邓铭拿了个铁丝捅了捅,没两下就打开了房门。

一推开门,闷热的带有一股腐锈味道的气浪迎面而来。聂宇注意到门缝下积了一层的灰尘。

"咳咳,不用看了吧?"邓铭转头看一眼聂宇,"有什么也早被人拿走了,这都多久了。"

聂宇没吭声,他走进门廊,按亮了灯的开关。

房间很整洁。

这是聂宇的第一印象,对一个单身男人来说或许太整洁了。

房间不大。几十年的老房子布局也不太合理,唯一的优势就是十来平方米的小院和临街的院门。小院里种了好多美人蕉,正是花开的时候,大概是因为最近下了几场雨的缘故,这些美人蕉长得又高又密,格外茂盛。

房间的垃圾桶都是空的,冰箱断电了,没有任何东西,客厅的茶几上放着半包拆开的烟但没有烟灰缸。衣柜里都是西装和衬衣,颜色全是黑灰蓝。有一间格局不太好的小屋子被打造成了书房,古典简约的风格。

书架上都是些古董方面的书,靠墙放着一个博古架,大多是些青铜和陶瓷的玩意儿。聂宇也不懂古董,不知道真假,他看了一眼正要走,忽然停住了,在一个三足青铜香炉的旁边,放着个有机玻璃做的心脏形状的小摆设——和聂宇车里的那个一模一样!

"发现什么了?"邓铭的声音从他身后传来。

聂宇快速把那玻璃心脏放下,拿起香炉,转过身正好挡住邓铭的视线,"没什么,都是这些东西,也不知道是真的假的。"

邓铭的头向前探了探,看了一眼,"这毒贩还挺有雅兴的,玩这么高级。"

他一边说,一边摇着头走了。

聂宇松了口气,把玻璃心脏重新摆放在香炉的后面,如果不仔细看很难发现。

"你发现什么了?"

聂宇走出书房,问邓铭。

"什么都没发现。"邓铭皱着眉站在客厅里看了看,"房间这么干净,应该是出事后有人来打扫过。谁打扫的呢?邻居,还是来这儿找东西的人?"

"找什么东西？他会不会把货藏在家里？"

邓铭想了想说："很有可能。他是魏如海的供货商，那他们在哪里交易呢？这儿是居民区，人员流动大又没有监控，是个交易的好地方。"

聂宇不这么想，他说："这儿只有一个门，两边的马路都不宽敞，两辆车并排走很艰难，并不是个逃跑的好地方，再说杜力不会只有魏如海一个下线，他不能每次交易都带人回家，在这么显眼的地方频繁的人员出入一定会被发现。"

邓铭想了想，说："也有道理。现在魏如海和杜力都死了，线索全断了，就算查出来是交易的地方也没用。"

"嗯，我们先出去吧，再去问问那个老板。"

聂宇跟在邓铭身后，关掉了灯，锁好了门。

他在锁门的时候把一根衣服上的线头夹在了门缝里。

两个神秘男

7月5日　晚上7：45

夜风起来了。一天的暑气在此时才稍微散去。

纵横阡陌的居民楼群中，烧烤摊、啤酒摊几乎每条街都有好几个，每个摊位上都已经坐满了人，以光着膀子高谈阔论的男人居多。

卫东和躲在一个烧烤摊对面小区的高墙后面，从他所在的位置，能清楚地看到那两个人，小平头和高颧骨，正站在马路边上打电话。

高颧骨一直在说什么，不时点点头，而小平头的电话好像没打通，他焦躁地在原地踱步。

为什么两个人都要打电话？他们两个难道各为其主？

从老汪的杂货店出来，卫东和就小心地跟在了这两人的身后。他不敢跟得太紧，好几次差点儿跟丢了。不过那两人的目标是找卫东和，他们一直步行，而且时不时地停下来四处询问。

小平头的电话一直打不通,他索性挂了电话,走到高颧骨身边,专心听他在说什么。

路灯照在他的脸上,卫东和这次看得更加清楚。

他确定,这个男人,就是跟王之夏一起去监狱的那个人。

卫东和记得很清楚,那是 5 月 26 日。

简妮提出分手的第二天。

那是卫东和第二次见王之夏。

第一次见王之夏,他只是向他询问案情,了解诉求,他是冷峻刻板的人,比一审的检察官还不苟言笑,问完问题就转身离开,一句废话都没有,让高程好一顿吐槽。

但第二次王之夏带了一个人,小平头。王之夏没有介绍他是谁,从头到尾他都站在王之夏身后,拿着笔写写画画。

看起来就像是王之夏的助手。

为什么第二次见面要带个助手?难道案情还有什么不清楚的吗?

现在想起来这的确是个问题。可惜当时卫东和因为简妮的事情,五内俱焚,对周遭的一切都没了反应。

卫东和想到这里,心念一动,从口袋里拿出手机,对准平头和高颧骨,拍了几张照片。

他把照片发给了高程。

几秒后,高程回话:你在哪儿?你跟王之夏在一起?他们都是检察院的?

卫东和探身看了看,高颧骨已经挂断了电话,正在和小平头商议。

他快速回信息:帮我查查。

高程回复:好。

小平头和高颧骨开始走了,卫东和赶快把电话收起来,他等他们走远一点,跟了出来。

他一直贴着墙,一只肩膀上挎着背包,低头走着,路上人很多,没人注意他。

那两人走出了巷子口,招手拦了辆出租车,上车走了。

卫东和也拦了一辆出租车:"麻烦你师傅,跟上前面的车。"

司机没有多问,省却了解释的麻烦。

卫东和从背包里掏出高程给他准备的运动帽戴上,把帽檐压得很低,他装作低头看手机,但其实手机上什么都没有——高程还没有回话。

突然一个急刹车。

"他们下车了。"司机转头看了一眼卫东和,卫东和赶快从兜里掏出钱递过去。

他要是司机他也要多看一眼,一个男人追踪两个男人就够奇怪的,而前面的两个男人不到五百米居然还打辆车!

卫东和一下车就快步过了马路,他走到路边的水果摊装作挑选西瓜。

偷偷回过头一看,小平头和高颧骨一人坐了一辆车——不是出租车,不知道从什么地方开来的车——分别朝相反的方向离开了。

糟糕!

卫东和来不及拿出手机,他勉强记住了小平头的车牌号码。

不过他猜,在到达目的地之前,小平头应该也会故伎重演。

是因为卫东和暴露了……他们发现了有人跟踪?

不,不会,如果是那样,他们会设局让卫东和入毂。

那么就是他们只是出于谨慎才这么做的?

什么人会这么谨慎?

警方的特情?

如果是警方那边的人,怎么会听王之夏的调遣?

或者,是经验老到的高级别毒贩。

卫东河倒吸了口气。

如果真是那样,跟毒贩混在一起的王之夏,他的真实身份,还用说吗?

"买点吧,我这西瓜可甜了,这么热的天。"西瓜小贩热情地推销着,他摇着手里的蒲扇,"这么热的天你还戴帽子?晚上又没太阳,还怕晒啊,呵呵呵……"

卫东和悚然而惊,他马上回过神来。

"这个。"

他随便挑了一个,把钱递给小贩,赶紧掉头走了。

他穿这身衣服的时间太长了,时间越长越容易被人发现——在看守所的时候他可从来没想过自己还会犯这种错误。

可是,本来一个人的逃亡在他成功越狱之后突然变成了一场大战斗,他的头脑被迫全力以赴迎接纷沓而来的信息,和他陷身于一次毒贩和黑警的阴谋中相比,帽子衣服什么的实在太不重要了。

卫东和原路返回。他把西瓜放在一个坐在路边休息的清洁工身边,很快消失在小路的转角。

这条小路很清冷,卫东和拨通了高程的电话。

"查到了吗?"

"这才几分钟,谁能这么快?"高程嘻嘻一笑,"除了我!我告诉你,这也就是我吧,天生的特种侦察兵,自带雷达侦测——"

"别废话,他们是不是检察院的?"

"不是,检察院看门的和打扫卫生的都很确定,没这两个人。"

"你这信息来源可靠吗?"

"废话!你以为检察院是什么地方?那些门卫和清洁工都不长眼睛啊,这两个人又不是苍蝇,还飞进去办公啊?"他喷了一下。

"我们那天见那个平头男人,他穿着检察院的衣服。他会不会是省检察院的?"

"我也查了,省院的网站上资料倒是很详细,也没有这两个人。"

"王之夏呢?"

"他接手你案子的时候我就查过他了。三十四岁,检察院的一枝花,从助理检察官做起,之前一直在法学院学习……总之家世清白一干二净,这个人也没什么爱好,每天就是检察院、法院、看守所、公安局、他家,五点一线……过得比和尚还规矩。"电话里传来了打火机打火的"咔嗒"声,紧接着高程长嘘一口气,"但确实奇怪,谢兰仙的事出来以后,在公安局里他对我使眼色,要我不要承认认识谢兰仙。"

"这是为什么?"

"我不知道。今天他还去我办公室了,跟我说……"高程说到这里话锋一转,"跟我套话,看我是不是知道你的消息。"

卫东和皱紧了眉头,把见到魏如海之后的所有事都简短地给高程讲述了一遍。

"贩毒?"高程的第一反应是,"那王之夏和杜力早就认识了?他会不会早就知道你是冤枉的?他接手这案子,其实就是确保你被判死刑?"

"有这个可能。可是王之夏不知道我打算越狱,所以他在杜力家门口让人守着的,不可能是我。"

"还有谁呢?杜力的同伙?他藏了人家的货?黑吃黑?"

"也许吧。"卫东和想了想,"聂宇今天跟我说公安局有内奸。"

"啥?"高程一愣,"谁?"

"聂宇。"

"你怎么还跟他聊上了?"

"是在魏东海那里遇上的,他追我,放我跑了。"

"他说什么?"

"他说他知道我是冤枉的。"

"那内奸是谁?"

"他没说。"

高程过了好半天没吭声。

卫东和走出小路,一拐,突然看到杜力家的小院子亮着灯,他马上退后几步,把身子隐匿在黑暗中。

"告诉你个事儿。"高程的声音响起来,"我现在在疗养院大门口呢,你今天前脚刚走,苏溪后脚就回去了,在医院大门口差点儿被两个男人劫走,也不知道是什么人,还有枪,跟警察枪战起来……最后,一个出了车祸昏迷,另一个中枪,被苏溪带走了,嗯,跟个女超人似的,没她不能做的事儿!谁知道她为什么带走这个人!我看了当时的监控录像,他们不是一伙儿的,他们就是来杀人的,对,就是来杀她的。哦,你不要担心,阿姨没事,好几个警察守着她呢,一只苍蝇都飞不进来。我现在进去看她一眼,都得先等着警察向上面请示批准。"

高程的话让卫东和迈不动步子了。

他只能待在原地听着高程的话从听筒里传来,"中枪的那个人后来死了,苏溪也受了伤逃走了……我就知道这么多情况了。本来我不想告诉你,现在这事不是我和你能做得了主的,王之夏也好,公安局的内奸也好,甚至连那个聂宇,都不是省油的灯,这些人,咱们都惹不起,就让他们窝里斗吧!你不要再插手了,就一边儿待着,等风头过去,咱再做打算。"

卫东和没吭声。

高程说得没错,他现在需要的是逃走,逃去找他的简妮,简妮如果还要他,他就带她一起走得远远的,等到风平浪静尘埃落定了再回来。

但他能走吗?

苏溪又回到疗养院,还有人要杀她!

她一定是因为知道什么才会被追杀,她知道的事情,也许就是决定他命运的事情!

高程挂了电话,心里也别有一番滋味。

他有很多事情没对卫东和说,比如王之夏来问他关于十五年前那个小女孩的事儿,比如他以前对简妮的看法和猜想,再比如,他半个小时前,才在手机上看到的一个来自陌生号码的神秘短信!

短信收到六个多小时了,他一直忙于应付各种事儿,压根儿没注意。

"卫妈妈可能正在清醒过来,保护好她!"

信息发送的时间是今天下午一点零三分,他查了信息发送的信号源,信号源就在这里,纺织城疗养院大门口。

监控录像上,那个时间点儿,疗养院大门口只有一个人在低头按着手机——苏溪!

苏溪怎么知道他的手机号码? 这事儿不重要。重要的是,她是怎么知道卫妈妈正在清醒过来的?

就算是卫妈妈的主治医生,也没有能下得了这个判断,她是怎么做这个判断的?

高程一边想着,一边走进疗养院。

他觉得全身的血液正在慢慢变冷。

杜力家的灯灭了,一阵门响,两个人走出来,卫东和看得清清楚楚,一个是聂宇,一个是邓铭。卫东和马上后退几步,隐身在黑暗中。

他们俩正走向停在杜力院子门口的警车。

警察也找到杜力这里了?

他们也发现杜力是毒贩吗?

这是好事儿,这说明,警方也发现他身上这个命案的复杂了,也许因为聂宇的帮助,警察正在重新调查他的案子。

卫东和一颗心怦怦直跳。

在一根电线杆后面,卫东和把背包打开,换了件松松垮垮的上衣,又戴上了高程给他买的那顶假发。

那是一顶很时髦的假发,刘海都快盖住鼻子了。

卫东和的形象完全变了。

卫东和隐身在黑暗中,像头夜间寻猎的野兽,他安静、耐心、蓄势待发。

一刻钟之后,他看着聂宇和邓铭开车离开。

第四部

绝境，无处可逃

很久很久以前

　　省禁毒局保密行动，二十年前的蓝区 A 队，卧底或者内鬼……这可不是卫东和计划中的死亡方式，他想过很多种死法，但跟一个警察一起死在毒贩的手里，实在是出乎意料。而苏溪又好像回到了梦中，梦见卫东和牵着一身红衣的简妮，且笑且走。而她是个幽灵，这就是她的宿命；这一刻，她忽然心如止水，这是她早就预料过的结局。

顾秋

顾秋是个全身都胖胖的姑娘。

她的眼睛弯弯的，一笑就眯缝在一起，因为她总是在笑，所以眼睛就像是没睁开过。

尤其是现在。

她一边帮着卫东和妈妈铺床，一边发出咯咯咯的笑声，浑身的肉都在打战。

"哎呀，高律师！你不要逗我了。"

她的目光所落之处，是坐在沙发上给卫妈妈按摩肩膀的高程。

"我说的是真的……你要不要见嘛，就一句话！我跟你说，就冲刘强东这名字，你也要见一见啊，回头拿身份证拍张照刷朋友圈，多牛！"

"好吧好吧！见就见嘛，反正我天天相亲，天天失败，早就习惯了。"顾秋把被子拽开，"你跟简妮姐不生我气就好了。"

"我们干吗要生你气？"

高程的话音落下，卫妈妈忽然拍拍他的手："高程，晚上来吃饭啊，简妮买了鱼。"

"好啊，好啊。"高程心一动，这是卫妈妈几个月来，第一次认出他是高程。

苏溪发的信息，果然并不是故弄玄虚！

可是，这种细小微弱的信号，不是只有最贴身、最亲近的人，才能体察得到吗？

高程心中风驰电掣一般。

他停下手中的按摩动作，审视着卫妈妈："阿姨，您做鱼最好吃了，简妮老说，她最喜欢吃您做的鱼。"

卫妈妈笑了："这孩子！其实啊，是我们小东爱吃鱼，她说她爱吃鱼，每次做了鱼，还不是都给小东吃了！这孩子什么都好，就是胃口不好，跟小猫儿似的，吃什么都吃那么一点点。"

高程也笑："简妮对东和真够好的，我看了都眼红。"

卫妈妈拍拍他的手："没事儿，没事儿，各人有各人的缘分，你的缘分没到呢！我们小东，不该他受的罪受了，这是老天来补偿他的。"

"可不是，阿姨，他大难不死，必有后福。"

高程看着卫妈妈。

卫妈妈脸上的笑没了："死……对了，小东要死了……"

高程没说话。

一边的顾秋叫了一声："阿姨——"，高程对她做了个嘘声的动作。

卫妈妈一下子站起来："小东要死了，我得去救他！"

"阿姨，您要救他，一定得小心点儿，万一有坏人——"

"坏人！"卫妈妈握紧了拳头，"不能进屋子！"

高程稳了稳狂跳的心，然后问："谁进了屋子？"

卫妈妈没说话，目光落到了卫东和此前送来的果篮上。

"苹果……我喜欢苹果，不喜欢香梨，香梨多贵哪……我说送错了，我们家从来不买香梨……坏人！"

"坏人是那天来送香梨的人？对吗？阿姨？他长什么样儿？"

卫妈妈瞪着眼，半晌，突然又砰的一声坐回沙发上去了。

"阿姨？"

卫妈妈没反应，她又回复到了那副面无表情的发呆的样子。

"阿姨？"

高程再叫一声，卫妈妈还是无知无觉。

高程叹口气，他知道，现在还不能着急。

他又伸出手，继续给卫妈妈按摩。

顾秋瞪得眼睛老大，小声地说："阿姨是怎么回事啊？她从来没一下子说这么多话……"

"阿姨的变化，你先保密，别跟别人讲。"

"嗯。"顾秋听话地点头。

她眼睛瞥了一眼外面走廊上坐着的两个警察,警察是来看守卫妈妈的,这个时候时间晚了,两个人正一个看手机,一个打瞌睡。

她走到窗边,拉上窗帘,小声地说:"今天出的事儿,我听说的时候都快吓死了,幸好阿姨没事儿……"她欲言又止地看看高程,"那个卫哥,真是个死刑犯啊?医院的人说……"

"这些事,你不要总听别人,别人说的不一定对。反正你就好好帮我照顾卫妈妈就行了,外面有警察呢,不会再出事的。"

顾秋乖巧地点点头:"嗯。我一直看着呢。"她拉过一张板凳,坐在高程对面,"高律师,简妮姐真的走了?"

高程没吭声。

"我觉得她不像那么狠心的人,怎么说走就走呢,一点儿预兆都没有……她走前一天还来看过阿姨呢,我看到她看着阿姨,一个劲儿地抹眼泪……"她说着看看高程的脸色,"我觉得她不想走。"

"什么意思?"高程的手停下来。

卫妈妈不高兴了,拍拍他,示意他继续。高程赶紧又扶着老太太的肩膀继续捏了起来。

"我听到她跟阿姨说,没办法,她只能这么做……"

"那有什么奇怪的?"高程哼了一声,"她自己要当逃兵,心里过不去,就找个理由让自己好过。"

"不是的,她说,她为了救什么人,她只能这么做。"

高程心跳漏跳了几拍:"你说什么?她真的这么说了?你怎么不早告诉我啊!"

"我……我不知道啊,我一说简妮姐你就不高兴,我哪敢跟你提简妮姐啊。"顾秋眨巴一下小眼睛,"再说,我还以为她在说她家里有什么事儿,顾不上这边才走的。"

高程的心乱成一团。

这是什么意思?

他误会简妮了?她不是真的要走,是因为有苦衷?这个苦衷会不会也和苏溪有关!

对,苏溪知道他的电话号码,还知道他和卫东和的深切关系,所有的一切,都是简妮告诉她的?

那,难道是说……十五年前的那个小女孩,不是简妮,而是苏溪,苏溪跑来报恩,找到了简妮,跟简妮一拍即合?

可是,简妮为什么会出走?

她为什么不在苏溪身边,一起有个照应呢?

顾秋看着高程的脸色一阵红一阵白的,犹豫了一下,她还是继续说了:"今天警察找我问话了。"

高程回过神来:"怎么? 你今天不是夜班吗,出事的时候你不在啊。"

"是不在,但是警察发现今天来疗养院的那个女人,警察后来查监控的时候,发现她当时穿的是我的护士服。"

"你的护士服被偷了?"

"是。不过……"顾秋咬了一下嘴唇,她压低了声音,"是简妮姐走的那天丢的,已经一个多月了。"

高程的心突突地跳。

"你告诉警察了吗?"

顾秋摇摇头:"我没说,我说不知道。我一个月前丢了那件衣服我没告诉医院,叫医院知道了得扣我钱。高律师,你说简妮姐是不是出事了啊?"

高程的心沉下去,半天都说不出话来。

打拐

7月5日　晚上8:00

一开始苏溪很老实。

她夹在王之夏和小钟中间,抱着自己的黑背包走得很谨慎——特别谨慎，一边走一边四处看着，配着她身上穿的一件碎花衬衫，她整个人就像是不太出远门的乡下小媳妇。

"别东张西望的。"小钟忍不住提醒她。

苏溪赶快低下头，听话极了。

他们走在人流最密集的街道，一路上没有碰到警方的人，千江他们不知道已经追到什么地方去了。夜市的人越来越多了，喧闹的街上锅碗瓢盆的碰撞声中，热情的叫卖，推杯换盏的嬉笑，再加上香气四溢的各种美食，会聚成为一出光怪陆离的人间喜剧。

苏溪很饿。

从中午到现在，她滴水未进。

在一家卖牛肉馅饼的摊位前，她停下了脚步。眼神热切地望着刚出炉的金黄色冒着热气的馅饼，咽了两下口水。

"哟，姑娘，来一个吧。"摊主翻动着手里的锅铲，热情地招呼。

苏溪羞赧地笑了，她还没说话，小钟走过来，贴着她小声说："别搞花样，赶快走。"

之前因为她非要去洗手间，小钟已经认定了她在搞花样。

小钟一说话，苏溪就驯服地低下头。

她拖着步子走，小钟拉了她一把，她一个趔趄，差点儿倒了。

卖馅饼的摊主狐疑地望着他们。

苏溪回过脸来，眼巴巴地看看那个摊主，又眼巴巴地看看他摊上的牛肉馅饼。

"我饿了。"苏溪转过脸，对着一边的王之夏小声说。

"先离开这里。"王之夏没回头。

"我一天没吃东西了。"她又说。

王之夏停下脚步。他和小钟一前一后把苏溪夹在中间。

"吃这个？"王之夏指指一个卖潮汕粥的摊位，苏溪摇摇头。

"这个？这个？"

王之夏指了半天，苏溪一直在摇头。

"你想拖延时间？谁会来救你吗？卫东和？"王之夏很平静，"这儿不止我们两个,你逃不掉的。再说警察也没走远,你落到警察手里恐怕更糟糕。"

苏溪眼睛看着地上,拿脚蹭着一块小石头,很乖巧的样子,听他讲完,才抬头笑了笑。

笑容充满了嘲讽。

王之夏突然有了一种不好的预感,后颈上的汗毛都竖起来了。但他已经来不及采取什么行动了,苏溪就"扑通"一声,直接跪在了王之夏脚边,抱着他的大腿开始放声大哭起来:"我错了,我错了,别打我,别打我……"

王之夏的汗一下子冒出来了。倒是小钟先反应过来,他用力地抓住苏溪的胳膊,死拉硬拽地把她弄起来:"起来!赶快走!"

小钟力气大,苏溪被他拉得跌跌撞撞,她不肯好好走,身子老往地上出溜,还一边哭:"求求你,我再也受不了了,别打我啊……"

周围的人开始向他们聚集了。

王之夏咬咬牙。

他终于发现她的本质了。这一刻他觉得自己无比的单纯幼稚。

她不是在情势所迫之下,狗急跳墙的那只"狗",她是一只狐狸。在她看似强悍的身手之下,掩饰的是她更为傲人的智商……或者说,狐狸的狡猾。

这样的人王之夏见过很多。小偷、骗子,甚至毒贩,大多数看起来无辜极了,他们个个都是影帝,并且完全没有偶像包袱。

他亲自挑选的助理检察官此刻就在用生命诠释着什么叫被拐卖妇女。

"我不跑了,我再也不跑了,我太饿了,我真是太饿了,我不想跑的……"

人越聚越多,团团把他们围住。

第一个挺身而出的是一个光着膀子,喝酒喝得有几分醉意的中年男人,"干吗呢?"

小钟的汗也下来了,他一边抹汗,一边强自镇静地解释:"没事,没事。这是我……我姐,她跟我姐夫闹别扭呢。"

他看向王之夏。

王之夏暗叫一声"糟糕",可是也来不及了。

中年男人那一桌的人都过来了:"闹别扭? 闹别扭也不能打人!"

"是,是,是。"小钟点头赔着笑。

苏溪一下子扑到那个光膀子的男人的脚下:"大哥,大哥,你救救我,救救我啊,我不认识他。我是被拐来的,我根本不认识他,我被关在这儿好几天了,我实在太饿了……"

她声泪俱下地一连串说出好多话,小钟几次打断都打不断。

后来,也没法儿打断她了,那个光膀子的男人,已经揪住了小钟的衣服领子:"看着人模狗样的,原来是人贩子! 缺德不缺德? !"

刚刚那个卖牛肉馅饼的摊主也过来了:"刚刚这女的就说饿,结果这个人拉着她就走,什么都不给她吃,她眼泪汪汪的……这人贩子心多黑啊!"

"就是,这种人贩子伤天害理,不得好死!"旁边一个大妈义愤填膺,"瞧她,这一脸的伤!"

苏溪哭得肝肠寸断,她转身扑跪在那位大妈的面前,两只手扯开衣领:"他们打我,一直打我,大妈,你看,你看……"

肩上裹着的厚厚的纱布,带着渗出的血迹,让人触目惊心。

大妈气得都快跳起来了,嗓门大得震耳欲聋:"也太狠了! 这是人能干出来的事儿吗? 这是畜生啊!"

她扶着苏溪站起来,用胳膊搂着她,指着王之夏和小钟骂:"畜生! 禽兽! 不是人!"

王之夏默默地擦掉被喷到脸上的口水,他抬头看到人群外面正在试图挤进来的另外两个同伴,微微地摇了摇头。

事到如今,无力回天。

现场有好多人,都掏出手机,给他们拍照,苏溪把脸藏在大妈的肩窝里。

有几个人同时报了警。

那个光膀子的男人,跟小钟还在撕扯。

小钟挨了几下拳脚,一直极力按捺着,他的脸都紫涨了。

王之夏看着苏溪。

这就是你想要的？跟我同归于尽？

苏溪躲闪着他的眼神，看起来依旧很害怕，但在谁都没注意的瞬间，王之夏确定她露出了一丝冷笑。

有警车鸣着警笛驶来的声音。

小钟摆脱了那个光膀子男人，跟王之夏交换了一个眼神。

王之夏扬了一下下巴。

小钟会意，动作迅猛地从人群中挤出一条路，犹如一条泥鳅，几下就消失在了人河之中。

有人去追他，有人过来按着王之夏。

"抓好，抓好，别让这个跑了！"

这些见义勇为的群众下手都很狠，王之夏的手腕生疼，他的胳膊被强行扭到身后，他身上也挨了不少拳脚。

在一阵混乱中，他看到了苏溪。

那个热心的大妈领着她去买牛肉馅饼了，苏溪一边跟大妈走，一边扭脸看他。她仍然是一脸的惊恐、悲伤、委屈。

王之夏知道，表情，也只是表情而已。

在这些表情后面，只有一个真实的心情。

她安全了。

可是，会那么容易吗？

在被热心群众押着，走向警车的时候，王之夏费力地扭过脸，冲着苏溪也露出了个意味深长的笑容。

人贩子

千江坐在车里，好半天都没出声。

她的脑子太混乱了。上学的时候熬了三天三夜看美剧，都没现在这

247

么蒙。简直就像有人把她的脑袋劈开,硬塞进去一堆乱码文件。

她一个字都看不懂。

民警小李和小何都有点打不起精神。要不是这个人贩子,他们说不定就抓住那个女逃犯了……现在可好,到手的大鱼溜走了,眼看就能立个大功了呢!

不过,话也说回来,这男人西装革履人模狗样的,可真不像人贩子,他都不像个来夜市吃饭的人。

现在的问题也很麻烦,这男人的同伙溜了,被拐卖的妇女也偷偷跑了,无凭无据警察抓住他也没用,可围观群众群情激动,嚷嚷着要打死人贩子,他们要不把他押上车,看来就得出人命啊。

从这个穿西装的人贩子上车到现在,已经五分钟了。

五分钟千江都呆呆地盯着人贩子,动都没动过。

小李和小何交换了个眼神,这个千江警官莫非是没见过帅哥?

小李咳嗽了一声打破沉默:"那,我们是去市局还是回派出所?"

千江一下回过神来:"你们俩先下车。"

"啊?"

"下车!我有事要跟王……我要跟他谈谈。"

小李和小何面面相觑:"这不合规矩吧?"

"下车!出了事我负责!"千江一瞪眼。

她隐约觉得自己有了点儿张维则的风范。

"怎么回事?"千江不等车门关上就对着王之夏叫起来,"这是什么情况?"

警察小李冲着警察小何努努嘴,小何把他拉远一点,看来人家是老熟人,大水冲了龙王庙了,你就别凑热闹了。

两个人干脆走到一边儿的小摊子上,一人要了一杯手工凉茶,一边喝,一边聊起天来。

刚刚经历的事儿,有他们好聊的。

王之夏伸出手揉揉太阳穴，也是一样的头疼。

"聂宇派你追踪我的？"他问千江。

千江欲言又止，一咬牙："你先说你跟苏溪是怎么回事？"

"我找到她，想要带她回检察院，她在街上闹了一出然后趁乱跑了。"王之夏简单地说。

"你找到的？你怎么找到的？"

"线报。"

千江有点不信，这里是夜市，人来人往，有人看到苏溪也不稀奇，但报警报到检察院那里就奇怪了。

她把疑团压下来，又问："跟你一起的那个男人为什么跑了？就算被我们抓住，说出真相就好了，何必要跑？"

"他又不是检察官，不想惹麻烦。"

"他是你的线人？"

王之夏没吭声。

千江看着他，他也一眼不眨地看着千江，两个人都想从对方眼里看出点什么来，片刻之后，又不约而同地转开眼睛。

"我可以走了吧？"王之夏说。

那怎么行？

"你不想知道是谁派我来追踪你了？"

"聂宇。"王之夏整理一下西装袖口，语气有淡淡的笃定和轻蔑，"没关系，我的手机刚才丢了，想定位我恐怕还要等我换了电话再说了。"

王之夏手碰到车门上，千江一着急，抓住他，把他丢回到座位里。

说"丢"这个字一点儿也不为过，王之夏的后背，狠狠地撞到了靠背上。

"不好意思不好意思。"

千江的道歉一点诚意都没有。

王之夏反应普通到迟钝的地步，他没一点功夫，看他那副霸道总裁的样子，别说杀人，恐怕杀只鸡都困难。

在谢兰仙死的那天早上，王之夏在法院，这是一开始通知王之夏苏溪情况的时候,就调查过的。

他那天晚上也没在公安局,十万块钱也跟他没关系。

魏如海是那俩壮汉杀的。

千江的心里噼里啪啦打算盘似的,最重要的是聂宇,他为什么要跟踪王之夏,又为什么让千江来调查? 如果他怀疑王之夏是黑检察官,不跟千江说清楚,难道不是把千江往火坑里推? 可如果他是黑警,只是被王之夏怀疑了才反追踪,那他就不怕千江和王之夏联手?

不管怎么看,她都觉得没必要替聂宇保密了,而且,她还想跟王之夏交换情报。

"王检! 我怀疑我们刑警队有内奸! "她说。

王之夏盯着千江。

千江把手机拿出来,翻出照片,递给王之夏,给他看她拍的那两张照片,分析她的想法。

"我觉得凶手就是警察,他藏在窗帘后面,后来趁人多的时候神不知鬼不觉地出来。"

"是谁? "王之夏冷静地问。

千江犹豫了一下:"我不能告诉你。我现在还不能相信你。你为什么知道苏溪在这里? 她告诉你的? 你和她到底是什么关系? "

王之夏一瞬间有点失神。

什么关系? 反正不可能是爱慕者和被爱慕者的关系。张雨希为什么要编造这种事? 还是说,苏溪编造了这件事骗张雨希? 蓄谋了四年?

天方夜谭。

"我也不知道苏溪是怎么回事……但我可以告诉你,我知道聂宇有问题。"

"你知道? "千江一愣,"早就知道? 你怎么知道的? 对了,你在检察院的时候问过我,那车是谁的? 这是什么意思? "

"这个你现在没必要知道……"王之夏看着千江的手机,他敲敲手机上的照片,"如果你的猜测是真的,那我们或许可以想个办法让他自动现身。"

我们?

我们是什么意思?要我和你一起去抓警队的同事?

千江强忍着把到嘴边的话咽下去。

"什么办法?"

命运

7月5日　晚上9∶00

从 KTV 的洗手间走出来,蓬头垢面衣冠不整的"被拐妇女"苏溪摇身一变,就成了个气势凌人帅气利落的"白骨精"。

她一身深灰色亚麻套装,短袖立领小西装,阔腿长裤,八厘米的高跟鞋,长发披下来,遮住了半边的脸。

而洗手间里一个小隔间里,一个披散着头发,只穿着胸罩和小内裤的女人正拿着手机给自己的朋友讲述着刚刚遇到一个女疯子的奇遇,她的脚下是苏溪脱下来的衣服,手里是一沓现金。

现金是王之夏提供的。

他在一天之内,第二次被苏溪摸走了钱包。

苏溪不怕这女人报警,等警察到了她早就离开了。不过她猜这女人也不会报警,她拿着那一沓现金很是欣喜,而且,她也根本没发现苏溪就是那个通缉犯。

高跟鞋的嗒嗒嗒声,落在大理石材的地面上,伴随着时而穿脑而过的鬼哭狼嚎的叫声,有人在唱《死了都要爱》。

死了还怎么爱?

她想。

她从来就没搞懂过这种抽象的浪漫。

倒了三次车,两次地铁,杀过一个回马枪,一个小时以后,她已经坐在一个优雅的咖啡厅里,手边是一杯拿铁咖啡,面前还摆着一个精致的小碟子,碟子里是一块香芒芝士蛋糕。

她正在努力让自己的吃相不要那么穷凶极恶。

这是她的第三块蛋糕。

已经是深夜了,咖啡厅里没几个人,在苏溪低头吃东西的时候,有个男人想来搭讪苏溪,苏溪没抬头,不知道从哪儿摸出一把小匕首,直接扔在了桌上,那个男人马上掉头跑了。

这把小匕首是光明街的小混混插在她肩膀上的那一把,苏溪觉得特别趁手,就收为己用了。

苏溪拿着餐巾的一角,优雅地擦了擦嘴。

她忽然看到自己的手指头,有一瞬间的失神。她在复兴路夜市的小旅馆晕过去了,醒来以后发现本来粘在手指上的透明胶贴不见了。

王之夏拿走了她的指纹。

他现在应该已经知道了所有事。

那个十五年前的小姑娘,因为愧疚和感恩所做的一切,他能理解吗?不,不重要,重要的是卫东和理解吗?

咖啡的香气在咖啡杯中氤氲而生,苏溪一个失神,在氤氲雾气中,看到了一张脸,那是一张还未褪去少年稚气的脸,十九岁卫东和的脸。

有个小女孩,正仰脸看着他,像看一个从来没见过的稀奇生物。

这个稀奇的生物抓住了小女孩偷钱包的手,却还是愿意信任她的话,并为她打一架,那是第一次,有个人,愿意为她打架……

这一场架,改变了他的命运,也改变了小女孩的命运。

苏溪长嘘了一口气,看着服务员离开,端起咖啡,抿了一小口。

此刻,桌子上放着两个手机,一个是她的,一个是王之夏的。

“被拐妇女”苏溪跪在王之夏面前又哭又闹的时候,趁乱摸走的。

她甚至觉得眼前的不是手机,而是一把钥匙,解开这一切谜题的钥匙。

唯一的问题,这把钥匙是有密码的。

王之夏给他的手机上锁了。

苏溪拿到王之夏的手机之后,马上给他关机了,警察就是靠着给他的手机定位找到他的。

谁知道这个手机又会不会惹来新一轮的麻烦?

如何不开手机,就能解开手机的密码呢?

这是专业人员的工作范畴了。

她拿起自己的手机,发了一条短信给网络黑客甄先生,"我有事要你帮忙,能见个面吗?"

手机"叮咚"一声,信息很快就来了,"不能。"

苏溪不死心,马上想出好几套说辞,正在编写短信,突然眼角一晃,她看到一个人影从门口闪了进来。

苏溪的心咚地沉了下去!

小钟!

他是怎么找过来的!

对,王之夏!在她昏睡的时候,王之夏既然能在她的背包里搜到了那张带血的字条,也一定能在她的背包里放了信号发射器!难怪他在夜市被人拧住的时候,还对她笑得那么意味深长……

她原本应该想到的,原本应该一有时间就检查一下自己背包……她是真的太累了吗?

她来不及再想下去,忙低下头,让长长的假发披下来,遮住了脸。但是,显然,小钟已经盯上了她,他正目标明确地向着她疾步走来。

苏溪跳起来,向外斜冲过去,正在这个时候,另一边位子上,一个不知道什么时候坐在那里看报纸的戴眼镜的男人,忽然收起了报纸,一把抓住苏溪的肩头。

苏溪的肩膀向下一沉,刚躲过去,小钟的大手已经抓住了她的胳膊。

不行!

绝对不行,绝对不能落到他们手里!

他们看起来根本不想跟苏溪商量,两个人上来就动手,完全是势在必得的架势。

苏溪正在心里疯狂地计较着如何逃走,忽然看到小钟从裤兜里拿出了手铐!

啊,他是警察?!

苏溪真的慌了,不行!她宁可落到那个勇哥手里,也不能被警察带走。

苏溪奋力挣扎,挣脱出一只手,冲着小钟的脸抓去,然后又是一脚,踢向另一边的戴眼镜的男人。

"小心!"小钟大叫了一声。

那个男人别看戴眼镜,一副斯文样子,身手却是十分了得,他敏捷地一闪身,不慌不忙地直接捉住了苏溪的脚,顺势一拉,她差点跌倒。

紧接着,这个戴眼镜的男人手一扬,一落,打在了苏溪的脖颈上。

苏溪腿一软,当即跪倒在地。

接着,眼镜男又给她的后脑来了一下,苏溪眼前一黑,晕了过去。

是你?!

7月5日　晚上10:00

一个男人躺在病床上。

他穿着病号服,身体侧躺着,头微微藏在臂弯下,看起来就像熟睡了。房间里漆黑一片,忽然之间,房门被推开了,一个穿着护士服,戴着口罩的人推着小车走了进来。

"喂,喂!"

她轻轻走到病床前:"睡着了?别睡啊。"

千江很着急。

她根本不知道事情怎么会变成这个样子,她本来不是调查聂宇吗?结果怎么跑去查王之夏了?现在她竟然听从了王之夏的指挥,跟两个不认识的男人一起准备设局抓聂宇？

她这可是擅离职守兼超越职权范围兼里通外国……不知道张维则有没有发现她失踪了？如果最后能抓住聂宇，那也算戴罪立功，可是万一没有抓住……她简直不敢想自己的下场。

病床上睡着一个男人，睡得很沉，呼吸沉重。

守在外面的都是警察，千江本来根本没想过他们能通过警察的封锁线。结果王之夏派来的两个人，一个留着小平头的小个子男人，叫叮咚，一个长脸高颧骨叫F2，这两个脑洞大开的名字，不知道是外号，还是代号？千江简直都不敢去称呼他们。

这个叮咚和F2，不知道怎么在医院的楼道里转了一圈，回来就搞到了护士服、医生服和病号服。同时，他们不知道用了什么神通，门口守着的警察也由两个变成了一个。这一个还是睁一只眼闭一只眼，对穿护士服的千江和穿医生白大褂的叮咚问也不问。

"你为什么不跟我们一起去？"

布置任务时，千江问王之夏。

她惊恐极了，她根本不知道自己在做什么，也不知道自己将会面对什么。

"我还有更重要的事。"王之夏告诉她，"不用担心，他们会帮你。我们已经放出了风，就等凶手露面了。"

就像COSPLAY一样，千江万分纠结地跟着他们换了装。

至少目前他们没犯法，而且，如果真凶真的来了，只要动手杀人，她就冲进去抓人！

只要做到这点就行了！

他们干的是大事，至关重要的事儿，举大事不拘小节，只要抓住了真凶，这些过程和手段都是小事儿！

千江给自己打着气。

然后医生叮咚带着护士千江大模大样地进入了病房。

这就是今天下午，在纺织城疗养院门口出车祸的那个三角眼男人的病房。

一进门，叮咚就从兜里拿出一个针管，对着病床上的男人来了一针。他这么做的时候，千江拼命捂住嘴才忍住尖叫声。

要是在她眼前人被杀了，她这辈子别说职业生涯，人生恐怕也到头了。

直到片刻之后，病床上的男人继续传来了沉重的呼吸声，千江才松了口气。松了一口气之后，她眼泪差点儿落下来了。

"病人情况不太好，我要带他去做脑电图。"

叮咚走出去对着门口的那个似乎心有默契的警方守卫说，那个人简单地点点头，千江便推着病人快步走出病房，十分钟后，她和叮咚便推着藏在被子里的 F2 回到病房。

现在全世界知道这个病房详细内情的，只有 F2、千江、叮咚和王之夏四个人。

他们在等内奸、嫌疑人聂宇出现。

肥龙已经供出，九纹虫是力哥的手下，也就是大白鲨的手下，那个跟九纹虫在一起的三角眼肯定也是毒贩同伙。同伙落入警方的手里，最坐不住的人，应该就是警察队伍里的那个内奸了。

王之夏已经放出风声，三角眼男人已经苏醒，并且向医护人员表示过了，他想开口——向合适的人开口。

已经深夜了，走廊和病房的灯大部分都关了，只有应急灯开着，光线昏暗。

千江在屋子里转了一圈儿："我们三个人能行吗？万一凶手用枪怎么办？万一我没看住……"

"嘘，别出声，藏起来，快！"

叮咚一进屋就躲在窗帘后面，他对着千江嘘声。

"那我躲哪儿啊……我藏在床底下……"

她一矮身就要往床下爬，结果一弯腰，发现床很高，床单很短，床底下别说人，猫都藏不了一只。

她急得转了两圈，忽然看到房门口的柜子，心里一喜，打开柜子，

"这里好,我在这里守着门,如果凶手来了,正好背对着我,我能出其不意——"

"嘘!"

F2忽然出声,千江赶快扭头一看,门口的那个守卫不知道什么时候不在了,走廊上静悄悄的。

千江赶紧钻进了柜子,虚掩上了门。

特意放轻了的脚步声由远及近,停在了病房门口。

果然来人了!

千江的心都快跳出了喉咙口!

有个人推开了门,他背着光,斜斜的影子长长地投射到病床上。

片刻之后,他闪身进来,轻而快地走向了病床。

他停在床侧,立定不动。

是在准备手枪上的消音器吗?

千江凑近了虚掩的柜子门缝,奈何光线昏暗,她怎么看,也看不清人影手中的动作。

但是,她看清了一个形状——一把手枪!

手枪正指在F2的太阳穴上。

也许下一秒,他就扣动扳机了!

千江再也没法儿忍耐,她"啊"的一声,冲出了柜子。

"住手!你个内鬼!"

几乎是同时,窗帘后面也冲过来一个男人,是穿着医生服的叮咚。

那人大吃一惊,枪口转向叮咚,却不提防病床上的F2突然暴起,飞起一脚,踢飞了那人手里的枪。

在枪被踢飞的同时,千江和叮咚同时扑向了那个人。

那个人先是一拳砸到叮咚的脑袋上,把他当场砸趴下。又胳膊一抡,抡飞了千江。

千江飞出去,趴在地上,正好摸到了一个硬邦邦的东西,正是那个人被F2踢出去的手枪。

千江抓住枪,跳起来:"聂哥……投降吧。"

她咬着牙,一脸坚毅。

被枪指着,那人不再挣扎,他瞪着眼睛看着千江。

在看清楚他脸的那一刻,千江腿一软,差点儿又趴下。

那不是聂宇。

是张维则!

"张队!"

千江的喉咙里发出的声音几乎可以用"凄厉"两个字来形容。

张维则不动,不吭声。

即使是在这种人赃俱获的情况下,他也还是那副表情,不动声色,威严,郑重。

千江眨眨眼,再眨眨眼。

这一定是个梦吧? 噩梦!

她想尖叫,想跺脚,想头也不回地冲出这个房间……但最终,她什么也做不了,只是傻了一样地看着张维则。

F2 和叮咚冷眼旁观,什么都没说。

自千江叫出"张队"两个字后,张维则没有再抵抗,他站在原地,挨个儿看着千江三个人。

"怎么会是您?"千江终于找回自己的声音,她失魂落魄地看看张维则,又看看 F2 和叮咚,"王检……他要抓的内鬼就是张队?"

叮咚冷笑了一声:"这我们可不知道,或者,张队能给我们一个合理的解释?"

张维则还是一句话都不说。

"这肯定是个误会,张队您说话啊! 您是不是替聂宇来的? 他才是内奸对不对? 是他设计了陷阱,让您撞进来的,是不是?"

叮咚瞪了千江一眼:"让他来杀人? 这个病房躺着的人知道谁是幕后指使者,如果他醒过来,他就能指认这个指使者——只有这个指使者,才会有杀人的动机,这还不够明显吗? 这个人就是他,张维则! 这倒是挺好解释,为什么警察抓大白鲨一直抓不到,因为他就是大白鲨!"

张维则听到这里，有了反应，他的反应就是冷冷地哼了一声，转向了千江："你，怎么会在这里？"

他还跟以前一样，带着诘问和不满的口吻。

这个口吻就是常常让千江如履薄冰的口吻，她又被吓住了，讷讷地说："那个，是王之夏检察官，他说他有个计划，我不知道，我、我——"

倒好像是她犯了什么错误。

叮咚看着千江："千警官，站在你面前的，是个罪犯，一个杀人犯。至于他的犯罪经过，你在车上已经推理给我们听过了，我们现在有凭有据，你——"

张维则打量一下千江："哦？你现在长本事了，还会推理了？！那你也推理给我听听，让我这个杀人犯也心服口服。"

他摆出专注倾听的架势。

千江胸口被激起了一股气，她强迫自己直视着脸色黑沉的张维则，开口了："凶手……杀了谢兰仙以后，本来想拿了钱就走，那个时间应该没有顾客才对，谁知道苏溪马上就到了，他仓促之下，把钱扔到了楼下的杂草丛，然后躲在了窗帘后面……等到警察来的时候，凶手再光明正大地出来，走进警察中间，谁都没发现凶手其实一开始就在那儿。还有，凶手那天穿的衣服……张队，你那天穿的也是一件深色衣服，上面有暗红色格子，所以，如果你衣服沾上了血，别人也难以发现……那个凶手，真的就是你吗？"

千江眼圈发红地望着张维则，比他还难过的样子。

她想听张维则解释，她还是无法接受真凶是张维则的事实。

"干吗停下来？继续说！"

张维则语气里带着斥责，他俨然还是那个正气凛然的刑警队长。

千江吸了吸鼻子，又继续说："还有那笔钱，在公安局消失的十万块，其实还在公安局，那笔钱本来就是从公安局证物室拿去给受害人的，这笔钱又回到公安局证物室后，有人找机会再把那笔钱从一个证物箱，转移到另外一个证物箱。如果现在去查一下，我猜，地下赌场那案子的证物箱里，有一摞钱，上面会有我的指纹……我没有参与那个案子，所以,我的指纹就是一个证据——"

张维则听到这里,点了点头,似乎是赞同,又似乎是在感叹。

"还有,你杀陈廷,杀陈廷是因为他发现了你跟杜力勾结,为了灭口,你杀了陈廷,然后又嫁祸给卫东和,所以才会对卫东和的越狱这么紧张,才会对帮着卫东和的苏溪这么紧张……你指挥毒贩组织里的手下去对付苏溪,你、你就是大白鲨……"千江说不下去了。

"推理得倒有模有样,不过,目标人物完全弄错了。"张维则哼了一声,"我不是大白鲨,我也没有杀陈廷,更没有嫁祸给任何人。"

他的声音还是那么铿锵有力。

"那你为什么会来这里?"

"废话!我一直盯着这间病房,这个人算是我们的唯一线索,我当然得盯紧了。我派的看守的警察都被莫名其妙支开了,我就知道有情况!我跟大白鲨打交道两年了,知道他的做事风格,他不会放着这个人不管的——"

F2冷笑一声:"张队,那么,你是来探查病人的了?"

"不错。"

"那什么样的探查,才需要把枪口顶在病人的脑袋上?"

夜遇

7月5日　晚上10:00

夜深了,街道上车辆行人都少了。小院里的虫鸣声隔着窗户传入卫东和的耳朵,他静静地待在房间的一角,闷热的空气让他汗如雨下,他却是浑然不觉。

杜力去世以后,房子保持空关状态,水电全通。两三个小时之前,这里刚刚被警方造访过。卫东和知道自己的潜入行为很冒险。

他不敢开灯,更不敢开空调。

他躺在书房靠窗的地板上，把窗户拉开狭小的一条缝隙，无风，闷热夏夜的空气凝滞了一般，不起一丝波澜。

卫东和已经在这蒸笼一样的房子里待了一个小时了。

在老汪也关了杂货铺的门，急急慌慌地回家了之后，卫东和趁着左右无人，悄无声息地撬开了杜力家的门。

最危险的地方就是最安全的地方，从这个角度来考虑，实在没有比这儿更适合一个逃犯的了。

更何况，他有预感，今天晚上一定会有人来这儿。

卫东和双手枕在脑后，眯着眼睛，他的思绪很乱。一会儿是今天在绿雅茶社和魏如海的对话，一会儿跳到几个月前，他被逮捕的那天和聂宇的打斗，一会儿又是今天下午，聂宇隔着墙，对他说的公安局里可能有内奸的那句话，一会儿又听手机里传来的高程的声音，他说，苏溪单枪匹马又回到了疗养院，在那里，遭遇了两个不明身份男人的袭击，一个男人带着枪……她差点儿被枪打死！

那个苏溪！

他完全猜不透这个女人为他这么做的理由。

他思潮翻滚，心绪不宁。

十五年前，第一次被捕之前，他还只是个只知道练拳打篮球的毛头小子，认识的女孩两只手都能数过来。

五年后，刑满释放，他妈妈托尽关系给他在少年体校找了个工作，天天见的都是些荷尔蒙旺盛的皮小子。后来还是走漏了风声，有家长找上门了，说不想孩子的身边有个杀人犯，谁知道这个人会不会再一次情绪失控，那时候，倒霉的就是孩子了。学校怎么保障自己学生的安全？一开始是一两个家长闹，后来是十几个家长联合起来闹。

卫东和没让校长为难，他主动辞职了。

接下来的几年，他就从一个学校晃荡到另一个学校，连工读学校也待过，不管是体育老师，还是校队陪练的岗位，都做不长。

直到有一天，他看到家门口的美亚特健身中心招健身教练，就去应聘了，招聘他的正是经理杜力。

工作稳定下来,接下来的就是他的终身大事了。他的终身大事可把他妈妈给愁坏了,差不多的女孩子,一听说他坐过牢,曾经杀过人,都立马扭头就走。他过了三十岁后,他妈妈简直都绝了望,都开始为他介绍乡下妹子了,可人家乡下妹子也是有要求的,有人肯跟他相亲,但相亲结束后,没人肯跟沉默寡言的他再联系。

直到三年前。

三年前,在一个超市门口,一个年轻女孩子不小心撞到了他,手里的冰激凌正好扣到了他的 T 恤上。那个女孩不肯放他走,坚持给他买了新 T 恤,出于不好意思,卫东和请她吃了晚饭。那个女孩子,笑起来,眼睛是好看的弯月形。就是这个女孩子,半年后,问他愿不愿意当他的男朋友。又过了一年,她跟他一起爬山,下山的时候,她崴了脚,他背着她一路走,她趴在他的背上,凑到他的耳边,问他愿意不愿意娶她……是她主动向他提出恋爱,又是她主动提出跟他结婚……也是她,主动提出,要跟他分手。

她说她实在坚持不下去了。

简妮,不管是过去还是现在,卫东和的生命里的唯一的女孩。

可是,那个苏溪……

他对她的那种莫名其妙的熟悉感又是怎么回事?

会不会,这一切都是简妮设计的……

他的脑海里突然冒出了这样的念头,又很快把这念头给扔在了脑后。

不,不会是简妮。

简妮是他见过的最单纯善良的人。她是孤儿,可是从来不怨天尤人。在电影厂她专门给那些动画片里的小女孩配音,不管是刁蛮的还是阴郁的,在卫东和看来都是可爱真挚的。她总是温和地轻笑,说话轻声细语,从来没有跟人起过争执。她只和卫东和生气,生气的时候就拼命喝水,每次看到她咕咚咕咚大口喝水,他都很心疼,所以每次都是他道歉。

她不会换灯泡,打不开矿泉水瓶,做不了十个俯卧撑,一游泳就呛水……可是她会做饭,她会烫熨衣服,她会把旧毛衣拆了,编织成小块地毯,她还会主动帮邻居接送他们家的小朋友上下幼儿园……

她就是那种只要她在哪里,哪里就变成家的女人。

卫东和的心里一阵阵地疼。

他想她。一直都很想她。

他不想分手。

分手这两个字,就像一把利刃,深深地插在他的心窝上。

太痛苦。

他忽然发现一个真相,他为什么会舍命越狱的真相——他不能忍受失去她!他要去找她!说他自私也好,疯狂也好,他一定得找到她!

他幻想的所有幸福都是和她在一起:他想他们老了,她生气的时候,他就拿着水杯,站在旁边,等着她喝完再给她满上;他会跟她学做饭的手艺,时不时地把她推出厨房,也给她露一手,逗得她笑得满脸皱纹……哦,对,在他们老之前,还会有孩子,他一定要有个像简妮那样温顺善良的女儿,而不是像他这样的,爱闯祸让人操心的傻小子,他会一手抱着女儿,一手抱着她,左边亲亲女儿,右边亲亲她;出去逛街,他站在中间,一边拉着女儿,一边拉着她,三个人说着笑着……

或许,还有机会。

他微微睁开眼,看着窗外的月朗星稀。

在一切真相大白,他重获自由的时候。

希望不会太晚。

等我,简妮。

虫鸣声突然停顿了。

果然来了!

卫东和机警地起身,他小心地躲在窗帘背后,屏息凝神地等待着来人。

会是谁呢?

细微的脚步声越来越近了,卫东和听到了掏钥匙开锁的声音,接着,门咔嗒响了一声,开了,一个人走了进来,又关上了房门。

之后，一切像是凝滞了一般，再也没有任何声息。

不耐烦的虫子继续叫了起来。

刚刚难道是幻觉？

不，不会的，的确有个人进来了，这个人一进来，就跟他一样，一动不动地待在某个地方。

卫东和的内心迅速盘算了一下。

如果这个人是来抓捕他的，在狭小的房间里卫东和会束手束脚，他身手再好，如果这个人手里有武器，也足以制服他。反倒是把这个人引诱到外面对自己更有利，除非外面都是全副武装举枪待发的警察。

不太可能。

警察的抓捕步骤他清楚，他们不大可能以这种单人单挑的方式实施抓捕。

卫东和还在等。

房间里的人也没有动。

屋里很热，藏在窗帘后面就更热，不一会儿汗水就把卫东和的前额打湿了。他的手动了动，碰到了裤兜里的电话。

卫东和心念一动，他解锁电话按了通话键。

上一个电话，正是他在半小时前给聂宇打的，只不过还没打通他就挂断了。

房间里传来了嗡嗡嗡的电话振动的声响，离他很近。

是聂宇！

卫东和从窗帘后面走出来。聂宇就在他的面前，手里握着一把枪，枪口对着他。

"是你？"聂宇愣了一下，马上掉转枪头，从口袋里拿出手机，看了一眼，挂断。

卫东和紧贴着墙，警惕地打量聂宇："你不是来找我的？"

聂宇把枪收起来："不是。我不知道你在这儿。"

他打量着卫东和："你倒是真找了个藏身的好地方。要不是我之前卡在门上的丝线掉了，我真的没想到这里面有人。"

"你本来想在这儿找什么？"

月光照在了聂宇的脸上。多云的夜空，月亮穿行在云朵间。忽明忽暗的光线，让聂宇的表情诡异而虚幻。

"这个。"

聂宇从身侧的博古架上翻了翻，拿出个心脏造型的玻璃摆设。

简妮在哪儿？

7月5日　晚上10：00

苏溪做了个梦。

那是一片桃林，开满了粉色的桃花，风一吹，落英缤纷，漫天飞舞。一个古装红衣女子背对着她向前走着，长发绾髻，环佩叮当，她走到一条小桥上，桥那边走过来一个男人。

男人笑容满面。不帅，笑起来的样子却是充满魅力、真诚、憨厚，他是卫东和。

卫东和跟红衣女子在桥头相遇，卫东和牵着女人的手，一脸幸福的笑。他牵着她，跟她并肩往前走。

梦中的苏溪像一个幽灵，飘在两个人的身边，她很害怕，很委屈，她伸出了手，对着卫东和尖叫：别走，别走。

谁都听不到她的声音。

苏溪的心口刀刺一般的剧痛，她像被放了火上，身上每寸肌肤都火烧火燎，五内俱焚。

红衣女子忽然转回身，冲着苏溪的方向看了看。

细长的眼睛弯成一道月牙，鼻子小翘，嘴角上扬，双目含笑，满脸幸福的模样。

那是简妮的脸。

苏溪猛然惊醒。

在一片漆黑中她大口喘着气,额头上的汗水汩汩而下。她伸手摸了摸,才发现那都是泪。

忽然一声细不可闻的呼吸声从角落里传来。

苏溪来不及整理思绪,她迅速地擦干了眼泪,听到角落里的人说:"做噩梦了?"

是王之夏。

苏溪掀开被子,整理了一下头发,长吐了一口气:"能开灯吗?"

啪嗒一声,王之夏所在的位置亮了起来。

那是一盏地球仪样的台灯,一边发散着光芒,一边慢吞吞地自转。昏黄的灯光下苏溪发现这是间卧室,正中间一张床,一侧是衣柜一侧面窗,靠墙的角落放着个木质三脚架,上面放着的都是书,一张布艺单人沙发。王之夏就坐在沙发上。

苏溪摸摸脖子。

肩胛骨的刀伤火烧火燎地疼,脑后被打的地方肿起了一个大包。她不知道以后再要有伤口,该往什么地方添? 她身上还有没有地方可以再受伤?

苏溪打量一下周围的环境,稍稍松了一口气。

至少不是公安局。

她瞪着王之夏:"你想怎么样?"

王之夏沉默了一会儿说:"是因为这个吗?"他从沙发上站起来,手里拿着苏溪的手机。

王之夏把手机放在床角。手机是开着的,上面播放着实时监控。

"这个人是谁?"

手机屏幕上,播放的监控画面是一间房间,房间里黑漆漆的,红外线的夜视功能下,只能看到一个人影躺在床上。

苏溪没吭声。她在心里盘桓着。他为什么先问监控的事,指纹的事他怎么还不提? 他没去指纹数据库比对过吗? 如果他查了的话,怎么会不知道手机屏幕上的那个人是谁?

奇怪,难道是想套她的话?

苏溪迅速就得出了结论,她并不特别畏惧王之夏知道她真实身份这一点,但现在不是时候,时候没到,在卫东和安全之前,她什么都不会说。

王之夏误会了她的沉默,他把手机又拿了起来,看着监控上的人影。

"你的手机有密码,我们解锁了,你说我们查到监控上的人在哪儿,需要多久呢?"

苏溪笑了。

"我拿到了你的手机,解不开锁什么都没查到,倒是你先解开了我的手机锁。真是造化弄人……"

"为他人作嫁衣,心里是什么感觉?" 王之夏慢慢地说。

苏溪顿时语塞。

她这一路惊心动魄,冷暖自知,却在这个时刻,猛地被戳中了心窝,她想起了自己做过的梦,心里一阵抽痛。

王之夏不知道她的心事,他又问:"你接近我,目的是什么? 认为我是卫东和案子的真凶?"

苏溪看着他,没有说话。她不知道现在还能说什么。

王之夏语气平静地说:"今天抓你的小钟和戴眼镜的那个,他们不是检察官,是省厅禁毒局的。去年年底,他们开始调查市局里的涉毒的黑警,我是他们临时的联络员。"

她愣住,没想到是这个答案。

他却转过脸,不再解释,而是举起了苏溪的手机,"说完我了。再说说你吧……你这个电话号码登记的用户名是许册,二十四岁,两年前去了美国,嫁给了一个程序员,最近一次回国是五月二十四日,她在那时候丢了身份证。她丢身份证的地方就在市检察院附近。"

苏溪没吭声。

"那也差不多是简妮最后一次出现的时间,五月二十五日,简妮的同事洛筱筱——顺便说一声,洛筱筱的妈妈叫李克梅,在一中做数学老师。洛筱筱送简妮坐飞机离开了东临市,之后就没人见过她了。简妮的信用卡倒是一直有消费的记录,但不知道是不是巧合,到现在为止都没有拍到过刷卡人的正面像……我觉得这不是巧合。当然,直到现在,我们也没有找到简妮。"

苏溪还是没说话。

"简妮这个名字第一次出现是在 2001 年 5 月。她当时还是个十二岁的小女孩,在乌市出了车祸,头部受伤,恢复后一直说不清楚自己的姓名出身来历,医生判断她得了失忆症。撞伤她的是个家境优裕的女司机,那个女司机给她支付了医疗费,还赔了她一笔钱。这笔钱的代理人是乌市的市立福利院,福利院帮她办理了乌市户口和身份证明,院长给她取名叫简妮。她在福利院生活了六年,然后考上电影学院的配音系,大学学费就是用那笔赔偿金支付的,剩下的钱,简妮都捐给了福利院。那个福利院的捐赠光荣榜里,有她的记录。"

苏溪静静地听着。

"简妮大学毕业后来到了东临市,是三年前的事儿。大学毕业到了东临市。交叉对比卫东和的资料,发现他第一次坐牢的案件里,也有一个年纪相当的女孩……"

苏溪的心跳突然开始加快,她看着王之夏的嘴巴一张一合,嗓子里干得要冒烟了似的。

"不过我们调查了很多次,依旧找不到你和简妮,甚至卫东和的联系,你到底是谁,简妮在哪儿? 这个女人是不是简妮? "

他指着手机。视频里的人影翻过身来,能清楚看出是个女人的身体轮廓。

苏溪倏地睁大眼睛。

不对,他们什么都不知道。

他们拿到了她的指纹,但还是什么都不知道? 是有人替她隐瞒了,谁? 谁会这么做?

她没时间思考那么多,摇摇头,吸了口气。

"所以你觉得是我把简妮藏起来了? "

"你和简妮是盟友,还是敌人? 或者,你不是把她藏起来,而是绑架了她。"

苏溪没有回答。

"苏溪!"王之夏的声音终于有了怒气,他走到她面前,把手机摔过去,"如果你现在说了,有什么不得已我还能帮你,可是等到我们查出来,那一切都来不及了,你想你这辈子都在监狱里度过吗?"

监狱?

不,绝不可能。她不会进监狱,如果逃不掉,她宁愿死。

苏溪微微闭起眼睛,向后靠在床头上。

她好像又回到了梦中,梦中卫东和牵着一身红衣的简妮,且笑且走。

而她,她是个幽灵。

这就是她的宿命。

这一刻,她忽然心如止水。

这是她早就预料过的结局。

恨与不恨

很久很久以前

五月份,大山的山坳处。

槐花儿开得一片雪白,空气中满是槐花特有的甜而美的香气,风吹阵阵,白色的花瓣儿漫天飞舞。

简妮和卫东和并肩坐在树下。

卫东和的脸异常的凝重,刚刚,他把自己所有的经历都告诉了简妮。

他曾经打死过一个人,为此坐了五年牢。他是个有污点的人。

"你能接受我吗?"卫东和的眼睛闪着黑亮的光,有点期盼,但更多的是担忧,"我杀过人,坐过牢,我不聪明,也没什么存款,我觉得我这辈子也发不了财,除了身体好一点儿,我都不知道自己有什么优点……身体好算不算优点? 我妈老说我是傻大个……"

简妮轻轻伸出手,拍拍他的腿,"但是……"

她头发上落着几片花瓣儿,看着他紧张局促的样子,嘴角都是笑。

他马上反应过来:"对对,但是……但是我很喜欢你。这是我第一次爱上一个人,我不知道女孩子怎么想的,其实我觉得我应该向你求婚,但高程说我们还不够了解……我有点怕太了解你就不喜欢我了……"

除了高程,他一辈子也没跟别人说过这么长的话,紧张得腿在打战。

"但我更怕你不了解我,会爱错人。"

他咬牙说完,忽然不敢再看她了。

他低着头,看到她放在自己膝盖上的小手。

她的手真小,又小,又白,像朵白玉兰花儿。他的手很大,很厚,皮肤黑黝黝……一瞬间他觉得不可思议极了,他这样的人,凭什么认为自己有资格去喜欢她?他是不是疯了才会向她告白?担心她爱错人?他凭什么觉得她会爱他?

他一动不动,额上渗出了一层汗珠。

"你恨那个女孩吗?"简妮忽然问,"那个害你坐牢的小女孩。"

卫东和愣了半天,才反应过来她说的是谁。

"不,我不恨她。"他说。

"为什么?"

他想了想,说:"恨她也不会让我好过一点,过去的已经过去了,我觉得我救了人,我不后悔。"

她看了他半天,确定他这么说是真的。

他真的放下过去,在努力向新生活奔跑了。

简妮把手塞到卫东和的手里。

她的小手很凉。

"如果那个小女孩回来找你呢?"

"她干吗要找我?"

"报恩……"她看着一脸迷茫的他,"她现在差不多也有二十五六岁了吧,如果她当初逃走是不得已的,现在想要回来报恩呢?"

卫东和想了想:"那她可以跟我说句谢谢。"

"这样就够了？"

"还要什么？我不要别人可怜我。"他不知道想到了什么，松开了她的手。

"也许不是可怜，说不定是崇拜和感激？"

"说谢谢就好了。"他板起脸，"我不恨她，但我也不想和她有什么瓜葛，其实我想我们最好可以永远不见面。"

他的语气很不好。

在那一刻，她明白他的心意了。

总有些人，我们不恨她（他），但我们希望从来没见过她（他）。

简妮把手再次塞进他手里，"那就好。"她说，"我可不希望莫名其妙多个情敌。"

他倏地转头看她，眼睛一下子亮了起来，"情敌——"

"对啊，你是我男朋友，喜欢你的女孩子，不就是我的情敌？"

他笑了。

他的眼睛真好看。

她从没见过这么纯澈真挚的眼神，那眼神告诉她，他会为她做任何事。

她也是。

隐瞒

7月5日　晚上10：10

王之夏在房间里走来走去，越走越焦躁："你到底在隐瞒什么？我可以告诉你，卫东和的案子肯定会重新审理，他迟早有一天能洗脱冤屈……你现在的坚持，有意义吗？"

苏溪仿佛听到了王之夏咬牙切齿的声音。

她弯了弯嘴角："重新审理不能说明什么，重新审理之后，也能重新判死刑。"

"那，你到底想怎么样？"

"找到真凶。找到真凶，卫东和才能真正解脱。"

"你还记得我从你那里拿走的那张带血的字条吗？上面验出了三个人的指纹，你的、死者的，还有一个第三者的残缺指纹，这个残缺指纹，现在正在技侦部门比对。这个指纹的主人，就是真凶。真凶把纸条递给受害人，要求受害人写收条，再趁受害人低头写收条的时候，一刀割喉——所以纸条上的血渍，都是喷射状的血渍。有这个证据在，真凶迟早会落网，这件事早晚会水落石出——"

"迟早？早晚？"她声音冷得像是结了冰，"那女人等不了那么久。"

王之夏悚然而惊。

他忽然感受到了自己左手腕上的那只瑞士表细碎的嘀嗒声，嘀嗒，嘀嗒，嘀嗒，时间一秒一秒地在流逝……

在腕表的嘀嗒声中，有些什么正在发生变化……可怕的变化。

蓝区A3队

7月5日 晚上10：10

卫东和看着聂宇。

云散了，月光柔和清亮。

聂宇小心翼翼地把那个心脏造型的玻璃摆设拿下来，放在了书桌上。

聂宇的脸上有一种格外庄重的神情，一瞬间，卫东和都觉得聂宇是想要给那东西作法或者对着它祈祷什么的。这个警察的表现真是怪异……不，他独自来这儿，不管是找他，还是找别的东西，本身就是一件很怪的事儿，他在掩人耳目？那遮掩的到底是谁的耳目呢？

聂宇从裤兜里拿出一个打火机，他从桌上的抽纸盒里抽出两张纸，点燃了那两张纸，之后把燃烧的纸贴近玻璃心脏。

片刻之后,玻璃心脏变色了,一开始是淡淡的灰,接着变成浅黄色,淡褐色,深褐色……最后变成了浓厚的黑。

纸燃尽了,玻璃心脏的颜色停滞不变,在黑烟环绕中成为一个社科文献中经常出现的病灶。

卫东和看明白了,这大概是个戒烟提醒器什么的吧。

花样真多。

聂宇把那颗心脏拿在了手上,循着月光认真检查。烟雾散去的速度比想象中要慢,他端详了许久。

卫东和有点不耐烦了:"你——"

"等一下。"聂宇说。

片刻之后,聂宇把玻璃心脏递到卫东和手里:"你看。"

以月光为光源,卫东和要看清楚聂宇要他看的东西,很是费力。但隐约地,也发现了内部的玻璃上凸出了一行小字,并不清晰,是在黑色烟雾的映衬下才能看到。他正要发问,聂宇已经打开了手机的电筒,对准那行字照下去。

"吸烟有害健康"。

卫东和默默地把玻璃心脏还给聂宇,有点拿不准自己想笑还是想骂人。

聂宇似乎察觉到了卫东和的心理活动,他苦笑了一下,把那个玻璃摆设放下:"我也有这样一个玩意儿。"

卫东和没吭声。

聂宇却没有再解释下去,他握着拳头,一会儿紧握,一会儿伸展。

卫东和看着他的手。

聂宇说:"上次跟你打的时候这手受伤了,没好利索又出了一次事儿。现在这手已经废了一大半儿。你要跑的话,我可拦不住了。我有枪,却扣不动扳机了。"

他说得轻描淡写,卫东和的脸色却绷紧了。

他似乎又回到了几个月前,跟聂宇搏斗时的情景,聂宇按住他,他则一个胳膊肘捣过去,把他撞到墙壁上,接下来一脚,正端到他的右手上。他当时听到了他骨头断裂的声音。

他为什么会下手那么狠?他明明知道他是个警察,逮捕他,是他的职责。

他骨子里是不是就是这种穷凶极恶的人呢?

聂宇会因此记恨他,所以,才找个机会报复他……比如说,自己亲手击毙他。

卫东和一时间心念翻涌。

聂宇却神色淡定,低着头,又端详着那个玻璃心脏。

烟雾已经渐渐散去,颜色变浅,那行字也随之消失了。

聂宇缓缓开口,"半年前,公安局的同事因为抓毒贩殉职了。"他看着卫东和,表情很平静,"这个同事叫刘智,我们一起搭档了五年,他去世的时候我正好在外地培训。后来,我去刘智家看他父母,他父母告诉我刘智死前寄了个包裹给他分手已经两年的前女友,前女友马上要结婚了,收拾东西的时候发现了这个,就还给了刘智父母。前女友大概觉得他寄错了,因为包裹里还有一张纸,纸上写了一句话,少抽点烟——刘智的前女友不抽烟,他父母也不抽烟,就把这东西给了我。我试验了一下,果然发现了其中的窍门——我的那个玻璃心脏,跟这个一模一样,只是里面多了一行字,在吸烟有害健康下面,还有一行字……"他望着卫东和,一字一句地说,"蓝区A3队。"

"什么意思?"卫东和问。

"那是我们刚做搭档,两个人性格不合,总是起口角,张队就让我们去参加省里举行的一次实战演习,结果也没什么用,我们俩都固执,最后吵着吵着被敌方抓住,困在了敌区的大本营,后来刘智想办法弄到了一套敌方的衣服,他穿着那套衣服大摇大摆地押送着我,我们俩靠这个法子,一起逃了出来……"聂宇说到这里嘴角微微上扬,"那次的敌区是蓝区,我们俩是A3队,为了纪念我们的胜利,蓝区A3队就成了只有我们两个知道的密码……意思是卧底或者奸细。"

卫东和明白了:"所以,那个玻璃心脏就是寄给你的?"

"对。我很了解刘智,他当警察当了二十年了,身手灵活,经验丰富,警方的报告说他在追捕嫌犯的时候踩空发生了意外……那个嫌疑犯被捕两天之后在看守所上吊死了。"

"有人杀人灭口?"

"应该是,可是没证据。我第一时间就赶了回来,还是晚了,案件的资料早被清理过,相关人跑的跑,死的死,竟然一点儿都查不出来。我唯一的线索就是这东西……"

他再次拿起那个玻璃心脏。

"我说过,刘智不抽烟,而这东西是用来提示人戒烟的,很明显不是他的东西,他是从哪儿拿到的呢?"

卫东和提出相反意见:"会不会是为了隐蔽?即便落到别人手里,不知道窍门的话也不会发现上面有字。"

"我觉得不是。蓝区A3队,除了我没人知道什么意思,这已经足够隐蔽了,他甚至可以给我打电话说这几个字,可是他没有。我觉得这说明他在给我寄东西之前就已经被控制住了,他发现自己被监视了,可是他依旧能把东西辗转寄给我,就说明,他死前接触过这东西,而且是不被怀疑的接触。"

"这是凶手的东西,是杜力,杜力给他的!"

卫东和脱口而出。

聂宇点头:"现在看来,这是最可能的解释。刘智那些天正在摸底一个毒贩,很可能阴差阳错得到了杜力的信任,这对他不是难事,他的反应非常快,应变能力也好……但是他被那个内奸认了出来。他发现了自己很危险,所以想办法传了个信息给我……"

"你什么时候发现杜力是毒贩的?"卫东和打断他。

"今天。就在你来找杜力之前,我刚刚知道。"

卫东和审视着聂宇。

他决定相信聂宇。他没有理由跟他这样一个逃犯编故事。

在他刚决定相信聂宇的下一秒钟,只听"嘎吱"一声,屋外的小院的院门便被人推开了,纷沓的脚步声响起。

卫东和和聂宇同时有了动作,卫东和抓住了聂宇的衣领,而聂宇则要向窗帘后面躲藏。

　　两个人眼神交会了一下,卫东和马上知道自己想错了,他松开了手,他跟聂宇一左一右地躲在了书房的落地窗帘后面。

　　脚步声到了屋外,门锁响了两下,很快被撬开。紧接着,房间的灯"啪"地亮了起来。

　　"没人。"是一个男人粗粝的嗓门。

　　"我亲眼看着他进来的。"另外一个低沉的嗓门说。

　　最后一个轻而快的脚步声走进了屋子,在各处转了一圈儿,来到了书房。

　　卫东和从窗帘底缝儿下看到了一双黑色的皮鞋,皮鞋的主人就停在了书桌前。

　　那个人好像在俯身专注地盯着书桌上的那个玻璃心脏。

　　接着,几声轻笑声响起来:"小聂,别躲了,出来吧。"

　　那个人说。

 ## 保密行动

7月5日　晚上10:10

　　张维则神情倨傲,冷冷地看着F2。

　　"一个不应该出现在这里的人躺在这里,我当然有理由把枪顶在你的脑门上。"

　　"我当时把脸藏在床单里,你不可能发现——"

　　张维则手一挥打断他,他指着病床对面墙上的一幅木框油画,"全医院,只有这一间病房的床对面挂了一幅画,为什么?"

　　他问的是千江。

　　千江看看画,再看看病床,"那个……画里有摄像镜头?"

张维则哼了一声:"隔壁病房的电脑屏幕,正在24小时播放这个病房的画面。"

他对着那幅画挥了挥手,三秒钟内,两个警察,白立伟和林强都小步跑了过来。

张维则对他们点点头,他们又不言声地退了出去。

这一下,叮咚和F2没话说了,他们俩面面相觑。

千江却是大松了一口气:"原来,张队,王检想的招数,您都提前想到了啊?"

她满脸放光,张维则不是黑警,这一点比什么都好!

比她自己有可能会被开除还要好!

只要刑侦队长不是毒贩子的内鬼,只要这个世界不是黑白颠倒的疯狂,那就好!

张维则看着千江,眼神还是一贯的严厉:"你行啊,你!才当警察几天,就知道跟外人里应外合,联手给自己人设计陷阱了,胆子够大的啊!"

就算这样挨骂,千江还是忍不住笑了。

张维则瞪她一眼,转脸又问叮咚两个,"你们又是什么人?"

叮咚从口袋里拿出证件,"我们是省厅缉毒局的。"

千江倒吸了一口气。

她以为他们也是检察官呢。

叮咚的证件上写着"丁冬"两个字。

"省缉毒局的来我们这块儿执行任务,为什么没跟我们打过招呼?以前查案子,不都是你们跟地方一起配合工作?"

叮咚跟F2互相看看,叮咚说:"这次不一样,这次是保密行动。"

张维则忽然明白了,他沉下脸:"你们这次行动就是针对我们刑侦队的行动?"他转向千江,"你说的内鬼是怎么回事儿?你刚才提到聂宇——王检认为聂宇是内鬼?"

千江迟疑了一下,"这个——王检说,他认为聂宇有问题,有什么问题,他没说。"

"不可能是聂宇！他跟刘智是五年搭档，他们俩是过命的交情。刘智就是因为缉毒案子死的，要说刑侦队里谁最想抓到大白鲨，那个人不是我，一定是聂宇！"张维则说。

叮咚和 F2 都不置可否。

千江讷讷地说："不过，我觉得聂哥，有些地方，确实挺奇怪的。"

"再奇怪，也没有王之夏奇怪！他鬼鬼祟祟到底在搞什么？！领着省里的人来陷害我们刑侦队的人？！他人呢？我有话要当面问他！"

叮咚跟 F2 交换了一个眼神，叮咚说："张队，情形很复杂，现在不是我们内斗的时候。王检察官有更棘手的事情在处理。"

F2 说："张队，您在隔壁房间设置监控这件事，刑侦队的人都知道吗？"

"嗯，都知道，怎么了？"

"那么说，聂宇也知道了？"

张维则沉默了一下："知道。"

千江觉得自己的呼吸有点困难。

聂宇知道张维则率领着白立伟和林强都在这里蹲点监控着这个病房，他绝不会自己撞到网里去的。

所以，不管是张维则，还是王之夏，算盘都打错了。

那，聂宇到底在什么地方？

他是又在蓄谋什么奸计，还是已经嗅到了危险，逃之夭夭了？

苍蝇与蜜蜂

7月5日　晚上10：10

"小聂，出来吧。"

来人又说了一句。

房间里安静极了。

藏在窗帘后面的卫东和听见自己如擂鼓般的心跳声。

他认得这个声音。

今天一直跟聂宇在一起的那个亲密的队友,那个总是乐呵呵的老警察,邓铭!

"出来吧,小聂,我们谈谈。"邓铭的话音落下,脚步声响起,卫东和低头看到他的眼前一双黑色的皮鞋,紧接着一只手抓住了他面前的窗帘。

卫东和的全身肌肉绷紧,手握成拳,手肘抬起。

千钧一发之际,他感觉到另一边的窗帘动了动,聂宇走了出去。

邓铭抓住窗帘的手松开,对着聂宇一笑:"就是说嘛,出来好好谈谈,没什么是不能沟通得了的。"

卫东和抬起来的手肘慢慢放下,他现在像坐过山车,一会儿俯冲到谷底,一会儿又直冲向云霄,心跳得都快从喉咙眼儿出来了。他知道现在的情况,最好是保持不动,配合聂宇,静观其变。

"来,搜他的身!"邓铭对房间里另外两个人说。

另外两个人都是彪形大汉,肌肉虬结,身材壮硕。

邓铭手上拿着枪,枪口对准着聂宇。

聂宇高举着双手,任由两个大汉从他身上摸出了枪和手机。

"不用这么小心。"聂宇语调轻松地说:"我的手废了,我想你也知道了,我扳机都扣不动。"

邓铭笑而不语,对一个大汉使了个眼色,那大汉便把聂宇的手机塞到裤兜里,把他的枪别在了腰后。

聂宇把手放下,慢慢地走到书房中间,好让邓铭的视线离窗户远点,他走到书桌前:"下午你看到我把这个藏起来了?"

他看着桌上的心脏烟雾器。

邓铭依旧是亲切热情的邓铭,依旧是那个笑容可掬的老大哥,唯一不同的是这一次,他举起的枪口对着的是他的队友,他的同事。

邓铭慢慢走近一点,枪口始终对着聂宇:"在你车里看到这东西的时候就猜到了——刘智死之前寄的那个包裹,他说他是寄给女朋友的,我信他了，当时我真应该再查查。"

聂宇说："可惜她女朋友忙着结婚的事，拖了这么久才把东西交出去。"

邓铭摇摇头，叹口气："你啊，小聂，你不该掺和进来的。好好的当你的警察就是了，有任务执行任务，干吗非要自个儿查什么内奸呢？这不是活得不耐烦了嘛！"

"我倒是很想活着，就怕心中有鬼的人不太乐意。"

邓铭收起了笑容："咱们走吧。"

"去哪儿？"

"小聂，别浪费时间了。走到这一步只能说人各有命，你也不要怪我。"邓铭的表情几乎是真诚的。

聂宇笑了一下："去外面多麻烦，人来人往的，在这儿动手不是更方便？"

邓铭侧一下脸，似乎在认真考虑聂宇的提议。

聂宇说："我要不想走，你们不是还得在这儿动手吗？虽说会弄得一地血，但你是专业人士，又有这么能干的帮手，什么犯罪现场，你也能处理得干干净净，不留蛛丝马迹。"

邓铭又笑起来。两个大汉没笑，他们就像没听见似的，一左一右黑铁塔般站在邓铭的身后。

邓铭笑着说："小聂，我知道你的打算，就算死也要留下些线索——问题是你能留给谁呢？杜力家有和你车上同样的这玩意儿，可能大白鲨的手下都有这东西——我们那个头脑简单，四肢发达的张队，肯定会这么推理的。等他推理出你，聂宇，是刑侦队的内鬼，是警察界的耻辱，以他的个性，还会真正关心，打死你的人，到底是你道上的哪个兄弟吗？呵呵，刘智死的时候，是以身殉职，张队当时恨得咬牙切齿的，但他能做的，也只不过是疯狂地大扫荡，最后抓到些小鱼小虾……"

邓铭可惜地啧啧嘴巴："你就不一样了，你今天死，是以黑警的身份死的，我们张队一身浩然正气，到时候恐怕连你的尸体都不想看一眼。"

聂宇看着他。右手握起了拳头，拳头一下握紧，一下又松开。

邓铭叹口气："你身边的人，你那个搭档千江，只是个小毛丫头，已经一晚上没见人影了，现在的年轻人，你也知道，你要出了事儿，估计她发上两天傻，就把你丢在脑后了。不过，这也是她的福气，傻人有傻福，知道得越少，越安全；我们那帮子人，倒是上蹿下跳，干劲儿挺大的，可大都是些没头脑的蠢货，有几个聪明点儿的，心思也都用来升职加薪，就这样一帮人，你还能指望谁呢？"他一脸诚恳地望着聂宇，"说起来我还得谢谢你。今天下午追卫东和的时候，你要不是冲上去，我看魏如海那个蠢货恐怕就把他给带到我这儿来了……现在倒好，大家都怀疑你跟卫东和、魏如海他们是一伙的。要不说人生如戏呢？我编都编不出这么好的，你说你死在我枪口下，是不是特别顺理成章啊？"

聂宇没理他，问："王之夏是不是你们的人？"

邓铭笑了："你想多了，你以为，谁都可能是我们的人？"

"也对，你们干的是个技术活，必须心狠手辣脸皮厚，一般人做不到这个。"

邓铭一点儿也不生气："你啊，小聂，还是太嫩了，你呢，光知道盯着王之夏，王之夏呢，光知道盯着杜力，当然，盯着杜力也没错，可结果也只能是把杜力给盯死了，大白鲨的皮毛却没挨着一丁点儿。"

"大白鲨到底是谁？反正我是死到临头了，你告诉我一声，我到地下，遇到刘智，也好告诉他一声，省得他一直纳闷。"

邓铭呵呵一笑："原来你也会讲笑话。小聂，你早这么讲讲笑话，跟大家伙儿一起吹吹牛多好！你早这样，人缘也不会那么差！刑侦队要出个内鬼，最合适的人选，就是你了。"

"那大白鲨到底是谁？"聂宇不理睬邓铭的嘲讽，追问。

"这个，可真是个秘密，别说你不知道，站在我后面的两个兄弟，也不知道。大白鲨之所以能一直做得风生水起，靠的就是这一点儿，身份成谜，来无踪去无影。"邓铭的口吻格外自豪。

"那么说，你也不知道他是谁。卖命对象是谁都不知道，你这钱，赚得可真糊涂。"

"你别激我，激我也没用。钱，只要能赚就行，管它是糊涂还是明白。"

"只要能赚钱，你就连队友都杀？"

聂宇死盯着他。

邓铭真心诚意地说："刘智不是我杀的,真的。刘智是特种兵出身,你想想,凭我这样一个老家伙,能杀得了他吗?"

"谁杀的?"

"他自己失足掉下去的,确切地说,他是为了救我而死。"他叹了一口气,表情有些难过,"我们当时在天台吵了起来,他要抓我去自首,我一挣扎,就从天台上翻了下去,结果是刘智抓住我的手,把我拉了上去——前一分钟他还骂我是叛徒是坏蛋,我不知道他是不是害怕我死了线索就断了,反正他救了我。可是我刚爬上来,他手里抓着的那根纤绳就突然断了,我来不及反应,他就掉下去摔死了。"

聂宇握着的拳头咔吧地响了一声:"他是因你而死。"

"没错。他救了我,我很感激。我也很难过,刘智,真是个好人,唉,命不好,死得惨……"

"那如果他没掉下去呢? 你一有机会,还是要杀了他吧?"

邓铭叹口气:"我从来不愿意假设,但你非要我说的话,我觉得当时那情况,如果他没掉下去,死的就是我了。我不可能打得过他,对吗?"

"好,就算你说得对。那当时刘智追的那个毒贩子呢? 你嫁祸了他,然后又找人杀了他。"

"我是嫁祸了他,但我没杀他——现场一看就是打斗过的,我只好找个替罪羊,他被抓住的时候吸毒吸得神志不清,根本不知道发生了什么事,这样的人我干吗还要杀他? 反正谁都不会相信他,连他自己都弄不清楚自己是不是杀了人。"

"那他怎么死的?"

"我不知道,但知道那人是无辜的,只有我和大白鲨两个,所以我猜是他找人干的。"

聂宇失笑,看着邓铭好半天,说:"要按照你这个逻辑,大白鲨也不是凶手,凶手是那根让吸毒者上吊的绳子,凶手是让刘智摔下去的纤绳。"

邓铭还是真诚地看着聂宇:"小聂,你知道的,我无心伤人。"

"有心赚钱?"

"对。钱。世上的人不都这样？人为财死。谁不希望自己的日子好一点儿呢？谁不想让自己的家人住大房子，喜欢什么就买什么呢？人之常情，你要活到我这个年纪，你会明白的，也会理解我的。"

聂宇想骂粗话，又想直接暴打他一顿，他的手捏成拳头，几次想提起来，几次又无力地松开。

"王之夏是怎么盯上杜力的？"

再开口的时候，他的嗓子沙哑了。也许是觉得他可怜，邓铭目露同情，语气也更温和了："具体我也不清楚，总之从去年年底开始王之夏就一直盯着杜力的健身中心，后来我无意中发现了这事，我跟杜力说了，他说他去解决，谁知道他没解决掉王之夏，却先解决了那个……"

他一时记不起名字。

"陈廷。"聂宇提醒他。

"对，那个瑜伽教练。这个瑜伽教练不是什么好东西，发现了杜力买卖毒品这事儿，问他要钱，狮子大开口，一要就要一百万。杜力跟我来商量，我就说，这事儿只有一个办法，宰了他！杜力别看做生意是块料子，胆子却不大，杀人怕偿命。这事儿该怎么办，还是我给他出的主意。"

"你出的主意就是嫁祸给卫东和？"

"卫东和这个背黑锅的人，是杜力自己想到的，我知道卫东和是谁啊！我告诉杜力，只要杀人凶器上有这个人的指纹，这个黑锅他就背定了。"

"然后杜力就下手了？"

"对，他正好找陈廷跟那个卫东和吵架的时候，下了手，用的是卫东和削苹果的水果刀。整件事特别简单。"

"为了让卫东和认罪，你们还对他妈妈动手了。"

"哎，我们也是没办法。卫东和和那个毒贩子可不一样，他那身手我们没本事让他神不知鬼不觉地死了，既然如此，也只好抓住他的软肋，让他自己认吧。"他笑了出来，"呵呵，谁能想到，卫东和的性子硬，他妈妈的也硬，第一次被推下来，居然没报警，还说是自己不小心，可怜天下父母心啊……她以为藏在家里不出来就没事了，结果还不是被……"

他说到这里挥一挥手："算了，都过去了。"

"你过去了，卫东和可没过去。"

"他不过去还能怎么样？他没死，他妈也没死，他还想跟我拼命啊？"邓铭摇摇头，"你这么想帮他，不如把杀人的罪名也揽下来。卫东和什么都不知道，你死了以后，他就没事了，你安心，我也安心。"

"我信教，不能自杀。"聂宇认真地说。

"你信教？我怎么不知道？"

"刚刚信的。"

邓铭哈哈大笑："你可真有意思。"

他看起来真的开心，笑得脸上的皱纹挤在一起，依旧是那副慈爱敦厚的老大哥的样子。

聂宇静静地看着他："杜力是你杀的吗？"

"是大白鲨的意思。杜力杀了人之后，心里过不去这个坎儿了，一直表现得萎靡不振，然后又说要金盆洗手退隐江湖。这个人，表面上聪明，实际糊涂，他都没想通，这条船上去容易，下来就难了。他手上沾过人血，想金盆洗手，就能洗干净了？大白鲨的队伍里，不能出现这种软脚虾！"

"怪不得杜力的死没人发现异常，有你这个警察帮忙，还有谁能查出来？"

邓铭一副宠辱不惊的样子："你过奖了。要不是王之夏的人一直盯着杜力，本来也不用那么麻烦。不过杜力这人喜欢喝酒，对我们来说，算是有个可乘之机——这事是他们哥俩干的。这哥俩可是亲哥俩，别看他们不爱说话，可都是实打实的硬汉，对了，千江也跟他们过过招儿，要不是我，千江现在指不定怎么样了……她都不知道，她现在还能活蹦乱跳，最应该感谢的人是我。"

"大白鲨对你很倚重啊？不管是什么行动，都跟你直接联系？不会你就是大白鲨吧？"聂宇挑了挑眉毛。

"哈哈，我可没这本事。"邓铭笑，"我老了，现在可是年轻人的世界。"

说这话的时候，邓铭语气里又不自禁地带了那种发自肺腑的自豪感。

这语气，让聂宇心中一动。

"跟大白鲨为伍,你不怕他哪天张开血盆大口,一口吞了你?"

"小聂,你看人太狭隘了,盗亦有道,大白鲨也有大白鲨的规矩,说到做人,他对手下,不会比我们张队差了。"

看着聂宇一脸鄙夷的样子,他又笑了:"小聂,我知道你这种人,你和刘智、张维则都一样,吃东西的时候看到一只苍蝇就要把整碗饭倒掉,好像吃一口就要了你们的命一样——我从来不浪费食物,我连着苍蝇一起咽下去,我做了你做不到的事,你不能指责我吃饱了而你饿着。"

"你没有咽下苍蝇,你是自己也变成了苍蝇。"

"我不指望你能明白,但这世道本来就是这样了,苍蝇是杀不绝的,苍蝇有苍蝇的生存之道,我只不过是睁一只眼闭一只眼,人干吗要活得那么累?干吗想太多?你说我是苍蝇,那也不对,我是蜜蜂,蜜蜂跟苍蝇比,身上多了一根毒刺儿。"

邓铭晃了晃手中的枪:"这身衣服,这把枪,就是我的毒刺儿。所以,我比苍蝇有用。"

聂宇简直说不出话来。

"说起来,小聂,我们在一起也好几年了,是老战友了,今天走到这一步啊,我可真不落忍啊。"

"是吗?你可真好心。"聂宇讽刺地笑。

"真的,恻隐之心,人皆有之。就像我对千江,能帮她一把的时候,我肯定帮她。大家都朝夕相处,跟家人似的,都是有感情的。唉,你啊,我是实在没办法,你知道得太多了。"

邓铭惋惜极了:"其实我还是挺喜欢你的。你还是想开点儿吧,我听人说,人死的时候带着怨恨,做鬼的时候也不会开心——"

聂宇冷笑:"如果真的有鬼,那时候你会更不开心。"

"也许吧。"邓铭长嘘了一口气,"不过呢,有的人就是要找死,让人也没办法。"

"比如陈廷?"

邓铭摇头:"陈廷是杜力杀的,跟我没关系。"

"那谢兰仙呢?"

邓铭的脸上第一次露出厌恶的表情："这个女人，贪心不足蛇吞象！不是什么好东西！我跟杜力谈陈廷这事儿的时候，被她听到了几句，本来她一点儿证据没有，我完全可以不用搭理她，可就怕这女人一张嘴，到处去乱说，正在风口上，我也不能不用点儿钱堵上她的嘴。本来，动手，找个兄弟干就完了，可这个女人狡猾得不行，把我们第一次交易录像了，还把视频藏起来，说是她出事就会曝光。"

"然后你就杀了她？"

"这个实在是没办法，这个问题总归要解决，不能让她一颗老鼠屎，坏了大家一锅好汤。"

"那公安局里丢的十万块是你拿的了？"

"我没拿，暂时当个道具用用，马上还回去了。我不缺那十万块，可这个女人，说见面就见面，我一时没来得及准备这么多现金，又不能关联到我自己的银行卡，只能想办法暂用一下物证室的现金。说起这件事儿，还幸好那个苏溪来掺和了一脚，不过要没有她，那钱我杀完人就还回去了，哪用这么麻烦？"

"苏溪是怎么回事儿？派人去追杀她的是你吧？"

邓铭沉下脸："这个女人不知道从哪儿冒出来，闯进命案现场，我还没来得及处理干净，她就来了。来了就来了，还拿了不该拿的东西——真是麻烦！我还是得找她，不找到她不算完。"

"她拿了什么东西？证据？可以证明你是杀人真凶的证据？"

邓铭却不想再多说了，"你想知道的也太多了，时间紧，我看我们就别多啰唆了。"

"那我还有最后一个问题。"

"问吧。"

邓铭表现得很耐心，很给面子，就像他平时在同事中的为人一样。

"如果你的事败露了，你要你一家人继续用你的脏钱生活下去吗？你女儿是今年年初结婚吧？你肯定给她不少陪嫁？她用那钱能安心？"

邓铭深吸了一口气："那我也问你一个问题，如果你现在死了，除了面锦旗能给家里人留下什么？靠着你无私无畏的精神就能不吃不喝了吗?"

谁都无法回答对方。

眼睁睁地互相看着,直到邓铭躲开了眼睛,他挥一挥手。

两个大汉再次走过来,一左一右架着聂宇的胳膊押在身后。

"不用担心,我的手动不了,再说我也打不过三个人。"聂宇回过头
唬笑道。他趁机看了一眼藏在窗帘后面的卫东和,发现窗帘动了动。

"小心总是没错的。"邓铭摆了一下枪,让那两个人带着聂宇走在
前面。

"那倒是。"聂宇被押着往外走,他回头,对着邓铭,"小心驶得万年
船,我就是不够小心,才阴沟里翻了船。不过,这肯定不是最后结局,你
啊,还是早点儿找个好律师,提前做个准备。"

押着他的一个大汉推了他肩膀一下,"死到临头了还这么啰唆。"

卫东和在窗帘后面捏紧了拳头。

他很明白自己出去以后会面临什么,也清楚聂宇刚说的那些话就是
让他隐匿不动,逃出生天之后,把邓铭的真相告诉他的律师高程……

可是,他去找高程了,聂宇几分钟之后,也许就没命了,他能见死不
救吗?

他根本没思考,就已经做出了决定。

邓铭只觉得耳后一阵疾风,卫东和已经冲到了他面前。

邓铭猝不及防,拿枪的右手就先挨了卫东和一掌,他手一吃痛,枪就
掉在了地上,卫东和马上补了一脚,把枪踢到了书桌底下。

而另一边,两个大汉一看到卫东和,同时松开了聂宇,一前一后冲向
卫东和。

聂宇跳起飞出一脚,一个大汉被踢中,撞到了墙上,另一人则马上从
腰后拔出聂宇的手枪。他刚刚拔出枪,还没来得及端平了,卫东和已经
杀了过来,一拳砸向那人的面门,那人一躲,卫东和顺势搋过了他持枪的
胳膊,向后用力一扭,"啪"的一声,他手里的枪落地了。

聂宇和另一大汉同时扑向地上的枪,卫东和一脚把枪踹到了客厅的沙发下面。

"你干吗出来!"聂宇喘着粗气。

"废话,我能看着你被他们带走?"

"现在是咱俩被他们带走了!"

"还说不定呢,我能打两个,你去对付邓铭……"

"呵呵,要对付我,可没那么容易。"

邓铭已经从书桌下面爬起来,手里拿着捡回来的枪,枪口对着卫东和,笑得特别开心:"还真是意外收获。"

城南水库

7月5日 晚11:00

邓铭的枪口对准了卫东和。

聂宇一动,后面一个大汉马上按住了他。

"不要动。你快,它更快。"邓铭从桌子后面走过来,"我不想杀人,别逼我动手。"

卫东和看了看聂宇,聂宇则看着邓铭。

"你不想杀人,还割了人家的脖子。"

邓铭笑了:"我说了那么多,你就是不理解,我说了,这是她自己找的死,老天都没办法。"

邓铭说话的时候,那两个大汉都没闲着,一个人扭住聂宇,一个人则趴到地上,够那把被卫东和刚刚踢到客厅沙发下面的枪。

邓铭看看卫东和,满意地叹口气:"小聂,要不怎么说,我喜欢你这个人呢。临了你又送我一个大礼,替我找到了卫东和,这个句号画得真是圆满啊。就为这个,等一会儿,我肯定不让你受罪。"

客厅的沙发有点矮,枪又在最里面,那大汉身体肥硕,趴下去肚子顶着地板,半天也没够着,没办法,他只好凑近了沙发,几乎把脑袋也伸进去了。

就是现在!

聂宇对卫东和使了个眼色,用力扭过身子,对着门口的大汉的脸就是一拳,大汉被砸得鼻血都喷了出来,不等他反应,聂宇抄起墙上的玻璃相框砸了过去。

玻璃摔碎,大汉满头是血地跌坐在地上。

邓铭开了一枪,但卫东和速度比他快,邓铭的扣动扳机的手刚一动,他就撞过去,把邓铭的手臂一抬。子弹射向了天花板。

"跑!"聂宇大喝一声。

"你先跑!"

卫东和跟邓铭缠斗在一起,他跟邓铭在抢夺那把枪。

"你走,我来对付!"

又是一声"砰"的巨响。这次开枪的,是那个终于在沙发底下捞到枪的肥硕大汉,他对着房顶放了一枪,然后将枪口对准了聂宇。

"还他妈的互相谦让呢!都别走了!"

那个满脸是血的大汉,也从后面抱住卫东和,把他从跟邓铭的缠斗中拖开。

邓铭终于保住了枪。

朝天花板开枪的大汉怒气满面,冲着聂宇就是一拳,打得聂宇的鼻血也喷了出来。然后转向他受伤的同伴:"二猛,怎么样?"

"我没事,哥。"

二猛擦擦脸上的血,也想给聂宇两巴掌,邓铭喊了一句:"枪响了,警察马上就来了,咱们赶紧走!"

二猛吐出一口带血的唾沫,恶狠狠地望着聂宇:"等会儿有你受的!"

这是辆七人座黑色 SUV,二猛开车,邓铭和大猛在第二排,两人手中都拿着枪,对准了并排坐在最后的聂宇和卫东和。

车已经开了一段时间,窗外黑漆漆的,偶尔有灯光一闪而过,像是划过黑夜的流星。

"这是去哪儿？"聂宇看着邓铭，举起被捆住的双手，"都这样了，你还害怕什么？"

"到了你就知道了。"

邓铭心情不大好，再也笑不出来了。

聂宇转过脸，看看卫东和："有什么遗言？"

卫东和白了聂宇一眼，看向邓铭："你指望邓警官给我完成心愿？"

邓铭没吭声。

聂宇咳了一声："说出来听听。"

"没遗言。"

卫东和的目光转向车窗外。

黑夜中车子平稳地飞速前行着，从杜力家出来之后一共遇到两次红灯，两次减速，第二次的减速时间比较长。卫东和在这片土生土长，对地形再了解不过，虽然看不见外面，他还是猜测到这辆车是从青林一路经过文汇路小学门口绕行到松塔路，在松塔路和安源街交会处的道路施工现场缓慢经过之后，现在应该是往城南而去了。

像是回应他的想法，耳畔被一阵轻风划过，那是隧道里掀起的一阵风。

松塔路隧道，如果不是为了出城上高速的话，那目标就只能是城南水库了。

卫东和想到这里，心一沉。

城南水库占地广袤，沿途修得好的地方好像度假村，在夏天尤其生意兴隆，修得不好的地方杂草丛生人烟罕至，在这种地方随便把聂宇和卫东和埋了，恐怕等人找到尸体都得一年半载之后了。

这可不是他计划中的死亡方式。

他想过很多种死法儿，但跟一个警察一起死在毒贩的手里，实在是出乎意料。

卫东和转头又看了看聂宇。就像第一次见到聂宇一样，他依旧冰冷沉静，就像是在冷库中冻硬的刀子，扑克脸上完全看不出任何表情。

"你有什么遗言？"他问聂宇。

"遗言没有。"聂宇平静地说，"就有点遗憾——把你牵扯进来，稀里糊涂丢了命,早知道这样,你还不如待在牢里安全。"

他对着邓铭:"老邓,卫东和跟这事没关系,他是逃犯,你放他走他也不会去报警……"

忽然一只脚伸出来,猛地踹向聂宇的小腿,是那个大猛。聂宇挨了恶毒的一脚,虽然没吭声,脸上的表情却显露了他的痛苦。

"别他妈耍花样! 老子还是逃犯呢! 这小子要举报我们,没准能换个减刑……就你花花肠子多,他妈的给我老实点!"

他又伸脚,这次没踹到,卫东和伸出腿,把他的腿架了起来。

"妈的,给我放开! 信不信老子毙了你!"

右腿被架得越来越高,大猛也跟着往上抬屁股,好像个被扯断腿的肥大的蟑螂。

"行了,别闹了。"邓铭说。

卫东和冷哼了一声,把腿倏地收了回去。大猛没了支撑,一屁股摔回座椅上,他想跳起来给卫东和点厉害瞧瞧,邓铭按住了他。

"别急,他们是眼看要上桌的鱼肉了,你跟两条死鱼较什么劲啊。"

大猛啐了一口唾沫,气哼哼地转过身去。

邓铭转脸儿看着聂宇:"不是我不帮你,这件事现在不是我说了算的。我现在只能在力所能及的范围内帮你们二位做点事……别让我为难就行。"

卫东和都快气笑了:"那你说说,你干什么能不为难?"

"钱,钱不为难,如果你们两位,想要给谁留点钱……"

"行了,你那点儿脏钱,给自己留着烧纸吧。"卫东和说。

聂宇刚想说点什么,车子猛地停下了。

开车的二猛转过身,脸上干掉的血迹在昏暗的光线下更加可怖,他龇牙一笑,"该上路了。"

天很黑。

卫东和五人深一脚浅一脚地走着。他们正贴着水边往深处的密林走去,地上都是淤泥和落叶,踩在脚下湿乎乎黏嗒嗒的。

卫东和跟聂宇走在最前面,二猛和大猛走在中间,邓铭在最后。

"走快点!"二猛推了一把聂宇。

聂宇打了个踉跄,卫东和赶快用肩膀顶了他一下,让他稳住身子。两人的双手都被绑住,不能保持身体平衡,时不时地磕绊一下。

"要走多远?"聂宇问。

"干吗?急着去见阎王爷?放心,快了!"二猛哈哈笑。

"走了差不多十分钟了吧?这该不会是你们的老窝吧?"聂宇讽刺。

卫东和跟着哧笑:"住在林子里?是大白鲨还是黑狗熊?这要是个熊窝,你们哥儿两个,就一个熊大,一个熊二,邓警官,你就是光头强。"

大猛挥拳就要揍卫东和,卫东和一闪身,大猛扑了空,趁他身子不稳,卫东和猛地撞了过去,大猛被撞了个四脚朝天,手里的枪甩到了一边的树丛中。

"妈的,找死!"二猛从地上捡起一根碗口粗的木棒冲着卫东和砸了过去,卫东和刚撞了大猛,还没站稳,来不及躲闪,硬生生地挨了一下,一股血马上顺着他的额头淌到了他的脸颊上。

二猛杀气大盛,挥起木棒,又砸下来。

卫东和突然暴喝了一声,双手接住了二猛的木棒。

他手腕上的绳索不知道什么时候已经开了。

"跳水里去!"

卫东和对着聂宇大喝一声。

他握着木棒把二猛往邓铭的方向用力一推,紧接着飞起一脚,踹开了扑过来的大猛。

"扑通"一声,聂宇毫不犹豫,转身直接跳进了旁边的水库里。

他的双手紧缚住不能行动,一下水就大吸了一口气,然后屏住呼吸,让自己使劲往下沉,没过多久,他感觉头顶上的水面波动,一个人影迅速地向他游过来——是卫东和。

他抓住下沉的聂宇,把他拉出水面。

聂宇一露出水面,就大口地呼吸空气。

卫东和用脚踩着水,俯身低头,用个什么尖利的东西在聂宇手腕处的绳索上使劲地摩擦。

水面上隐约听到有人在叫喊,后来还听到了枪声,之后又是扑通两声重物落水的声音。

是大猛和二猛追来了!

卫东和加快了速度,专注地切割聂宇手上的绳子。

一下,两下,三下……聂宇看到卫东和身后出现了个人影,二猛!二猛游得飞快,满是横肉的脸在水下看起来更加狰狞。

他的嘴里叼着一把匕首。

眼看他要游到跟前了,二猛从嘴巴上拿下匕首,抓向卫东和的肩膀,就要捅下去。

绳索终于断了!聂宇丢下绳子,第一件事就是伸出左手,用食指和中指猛戳了二猛的眼睛。

二猛疼得号叫一声,匕首"咕咚"一声掉到水里。

卫东和判断了一下方向,飞快地朝着右前方的水中心游去。聂宇紧紧跟随。

卫东和是专业运动员的游泳速度,聂宇是特警出身,游得也不差。

两个人潜着水,谁也没有回头看,只顾着拼命往前游。

一直游到肺几乎要爆炸,聂宇才支撑不住浮出了水面,浮出水面他也只是呼了口气,不敢停留继续往前。

就这样,不知道游了多久,身后终于没了水声。二猛已经被远远地甩下了。

而前方,也终于到了对岸。

卫东和和聂宇趴到岸上,大口地喘着粗气。

夜深人静,万籁俱寂,一时之间只能听到聂宇和卫东和两人此起彼伏的气喘声。

"不行,咱得藏起来,不然他们绕过水库,还得找咱们,邓铭没下水,他准会从岸上抄到这边来,他手里有枪——"聂宇说。

"嗯。"

两个人打量着四周。

远处的暗林里像是有伺机而动的怪兽，在一团漆黑之中，张开了血盆大口……不远处，忽然传来不小的动静，有影影绰绰的灯光，有互相招呼的人声，甚至还有狗叫声。

两个人都很快意识到，来的这群人，是什么身份。

卫东和吸了口气。

接下来怎么办呢？相信聂宇，跟他回公安局？真相已经揭开，他跟他回去应该是最安全最明智的选择；可是，他真的能够完全信任聂宇吗？就算他完全信任他的人品，他能信任他解决危机的能力吗？邓铭这样的老狐狸，没有证据，他怎么会轻易承认罪名，他会反咬一口，把脏水泼到聂宇身上……谁知道公安局会不会再有一个邓铭颠倒黑白？另外，他还有他放心不下的事情，简妮，苏溪……

逃出去也不见得安全——拿着枪的邓铭就在附近的密林里游荡。

砰砰砰的几声枪响伴随着人的呼喝和狗的狂吠。

来不及思考了！

卫东和看看身侧的聂宇，他的手捏成拳头，犹豫间刚刚举起来，就听到聂宇说话了，"不用打我一顿才能跑吧？"

卫东和吃了一惊，但马上反应过来，他飞快地转身："保重。"

卫东和倏地潜入水中，向着另一个方向潜游过去。

第五部

这世界上另一个你

7月6日

　　制毒专家,倒计时的炸弹,苏溪的底牌,真相即将大白……人的心很奇怪。人的心,不像车,有油门,有刹车,想开快就踩油门,想停下就踩刹车。她的心没有刹车装置。自从接近了卫东和,她的心,就一直向前冲,向前冲。直到万劫不复。幸福吗?真的很幸福。

伤口

7月6日　凌晨2：00

苏溪靠在床上，宠辱不惊。

王之夏深呼吸，又深呼吸。

他好不容易平复了情绪，卧室的门被推开了，"王检，有发现。"

是小钟。

他看都没看苏溪一眼，说完马上就走了，王之夏把苏溪的电话拿起来，瞪了苏溪一眼，也跟着走了。

房门没锁。

苏溪马上从床上跳了起来。事到如今也没必要玩什么花样了，她的目的大家都清楚，能不能逃出去就只看她的本事了。

卧室只有一扇玻璃，苏溪看了一眼就放弃了，17楼，她只会逃，不会飞。

客厅里的灯全开着，亮如白昼，苏溪走到一半儿，听到了一个男人的声音，声音略微有些沙哑，普通话有口音，不像是东临市本地人，苏溪对这声音有点耳熟。

"就在这儿，城南的惠民路附近……奇怪，这个地方好像正在施工。"

她走到客厅。客厅正中央放着个巨大的桌子，桌子上摆满了电脑和监控监听设备，一共有五个人，有两个人端坐在电脑前，一个戴着耳机不知道在听什么，另一个的电脑里放着苏溪手机上的红外监控视频，剩下王之夏、小钟还有那个眼镜男都围在一起看着。

说话的是戴耳机的男人。

头发蓬乱，黑眼圈很重。

苏溪不知道他是谁，她的资料里没有他这个人物，跟小钟、眼镜男一

296

样,他也是个出没在王之夏身边的一个神秘角色。

客厅的沙发和飘窗下面都铺着床褥,沙发旁的茶几上都是垃圾,外卖餐盒,喝了一半的牛奶,各种瓶装矿泉水和能量饮料……

看样子他们在这里安营扎寨已经一段时间了。

"是在施工,那地方是郊区,靠近高速公路,鱼龙混杂,特别混乱,前年开始拆迁改造,听说要建个大型广场。"

小钟说着回头,瞥了一眼苏溪,眼神高度戒备。

眼镜男的手机响了,他看了一眼走到窗口去接听。

"会不会弄错了?正在施工的工地,应该不好藏人。"眼镜说。

"应该不会错。"电脑前看监控的男人长得又高又壮,一点儿也不像是个电脑高手,他手指头在键盘上飞舞,"没错,就是这个地方,信号不稳定而且比较微弱,这房子会不会是在地下?"

一瞬间所有人的目光都转向了苏溪,苏溪只是耸耸肩膀。

"我现在就过去看看。"小钟说。

"等等。"王之夏想了想,"我跟你一起,带上苏溪,启东,你也一起去。田劲和丁浩继续保持观察和侦测,有情况随时联系。"

他的话音未落,戴耳机的黑眼圈男忽然大声叫起来:"有情况!"

不等众人反应,他一口气说道:"卫东和在城南水库附近出现,现在警方都在往那边赶……"

所有人再次回头看苏溪。

苏溪依旧保持着冷静,只是她的脸色一下子变得更白了。

王之夏转过头问:"丁浩,什么情况?"

丁浩说得飞快:"警方的内鬼自己暴露了,是邓铭!刚才公安局内部播报,卫东和聂宇在一起,不知道是他们抓了邓铭,还是邓铭抓了他们,总之,他们在城南水库那里打斗了一场,后来警方赶过去,找到了聂宇,邓铭和卫东和好像都跑了,警方正在展开大规模的搜索……他们应该没跑远,城南水库已经戒严了,警方都赶过去了。"

苏溪呆立着,一时间脑子一片混沌,一大堆信息在她眼前打晃,她几乎站立不稳,不得不扶着身边的椅子,才不至于昏厥过去。

卫东和怎么会跟聂宇在一起？邓铭又是怎么跟他们打斗起来的？卫东和跟邓铭打斗，是因为他就是那个内鬼吗？

是邓铭跟杜力商量好，把陈廷之死嫁祸卫东和的？

卫东和为什么还会逃了？内鬼被曝光，一切都大白于天下了，为什么还要跑？

城南水库已经被包围了。

她去过那里，知道那儿有一片密林，很大的一片，幽暗阴森，她还开玩笑说像是小红帽奶奶住的那种森林，随时会有大灰狼跑出来。后来证明她的预感没错，那里的确出过人命案，就在去年，一个女孩被杀死了，直到现在还没找到凶手。

不，不，这不是重点。

她怎么还有心思想这些？

苏溪的心揪成一团，在那样的树林里，四处都被警方包围了，卫东和能逃掉吗？逃不掉会不会被击毙？

他只差一步了，只差一步就能逃出生天了！

她仿佛听到了狙击手扣动扳机的声音。

她仿佛看到了卫东和倒在了黑暗的树林中，额头的正中汩汩地冒着血……

狙击手。

苏溪渐渐清醒起来，隐约听到王之夏和几人在商量下一步的行动。

是他们刚刚提到的狙击手。真正的狙击手还没有找到卫东和。

这才是目前的情况。

"不管么多了！田劲，你把情况汇报给上面，小钟，你联系一下叮咚和F2，让他们来会合支援这边，你们随时跟我联系……"王之夏抄起椅背上的外套扔给苏溪，"我们现在就过去，丁浩，你掌握好节奏，每条线的信息都及时反馈给大家……"

小钟拦住王之夏，说："为什么要带她？她跟我们没关系，我们的目标是大白鲨，现在邓铭暴露了，他一定会联系大白鲨逃跑，我们没时间管她了。"

启东也说："小钟说得对。邓铭现在还没找到,当务之急是先找到他,只有找到他,才能找到大白鲨。邓铭是刑侦队的人,抓邓铭的事情最好由我们的人负责,这个我们领导已经在跟公安局局长沟通了。我调查过邓铭,他女儿怀孕三个月了,邓铭很疼他女儿,他要逃走,一定会去跟女儿告别的。趁警方没反应过来,我们应该先去找他女儿……"

"如果他逃不出来了呢?"苏溪冷静地插嘴,"他是警察,有枪,会不会负隅顽抗被直接击毙?"

王之夏看着苏溪,没吭声。

她接着说:"还有卫东和,他也可能被击毙?"

现在房间里都安静了。

苏溪指着田劲电脑上的视频,冷冷地说:"如果卫东和死,这个女人也会死。"

"你说什么?"

王之夏喝道。

苏溪冷笑了一声:"这个房间装满了炸药,在明天早上九点会准时爆炸,除了我没有人知道解除炸药的方法。"

你疯了吗?

王之夏的话卡在嗓子里,他看着她,一句话都说不出口。

她说的是真的,她确实会为了卫东和杀人!

到目前为止,苏溪所有目的都围绕着卫东和,看起来她倒是像条不知道从何处而来的小鱼,搅动了东临市刑警队和大白鲨那个毒品集团的浑水……他基本可以判断出她既不是大白鲨的人,也不是警方的人。这就意味着不管是警方还是大白鲨,恐怕都不会轻易放过她——尤其在她的底牌不明的情况下。

正因为如此他才不敢轻易地把她交给别人!

可是他能眼睁睁看着另一个女人因此身亡吗?

他甚至不知道那个女人是谁。

真的不是简妮吗?

那她是谁?

跟苏溪是什么关系？

和这个案子有关的，还有哪个女人失踪了吗？难道是他猜错了，这个女人和案子完全没关系，只是她随便绑架而来作为谈判的筹码？

那简妮去哪里了？她为什么不出现？

不对，一定是他们遗漏了什么线索。

王之夏倏地转过头看着苏溪。

她依旧在看着监控，头微微偏着，看起来很累也很虚弱，仿佛一只折翼的小鸟，伤痕累累，但毫不放弃，仿佛一旦停下就会被死亡吞噬，她奋力地挥舞着另一只翅膀。

王之夏把头转过来，眼睛忽然瞥到她耳朵后面的一道细小伤口。

"你动过手术？"他心念一动，说了出来。

她的身体震动了一下，像是没听见似的，但转过了头，留给他一个背影。

他知道自己猜对了。

简妮

7月6日　凌晨3：00

树林很暗。

卫东和藏身在一棵偌大的樟树后面，远远地看着聂宇，正在和前来接应的警察说着什么。

他伸手指了一个方向，马上有警察带着警犬冲了过去。

卫东和很庆幸这里是水边，水会消弭他身上的味道，警犬能起到的作用很有限。

他回过头来，背靠在树上，重重地喘着气。

现在怎么办？

他们没有证据，即使抓住了邓铭，邓铭也会负隅顽抗，他会反咬聂宇一口,双方各执一词的时候,卫东和对警察的判断力并没有多少信心。

不管怎么说,到现在为止,他依旧是个通缉犯,是个危险的逃犯。

他累极了。

他已经超过24小时没有吃东西了,最近的一顿饭是昨天的晚饭,香菇肉面,他和简妮一样不吃香菇,再加上心事重重,连一半的面都没吃掉——那会不会就是他最后的晚餐了?

早知道真应该多吃一点。

他脑中胡思乱想着,眼看着警察越聚越多,陆续赶来的警车和救护车把附近的树林照得灯火通明,要不了多久,卫东和的藏身之处也会被发现了,他得想个办法才行……

卫东和移动了一下身体,碰到了右侧裤兜里的硬物——那是高程给他买的手机。他拿出来看了看,早在他藏身杜力家的时候,就已经按了关机。

在水里泡了那么久,可能已经坏了。

他抱着试试看的态度,手机竟然开机了。

几乎是同时,电话在他手中振动起来,他按了接听键,那边马上传来高程焦虑的声音:"喂?"

"是我。"

高程松了口气:"出什么事了?为什么关机?快急死我了!"

卫东和简单地说明了一下情况。

高程在那边叫了起来:"卫东和,你要去自首!"

卫东和愣了一下,就听到高程叫:"简妮!简妮没有走,我已经查过了,简妮当时从东临市到了乌市,她是直接从机场坐车去了长途车站,她当时就回来了,她一直就在东临市!她跟那个苏溪是一伙儿的,那个苏溪是被她指使的,或者是被她胁迫的!我得到一个信息,好像有个被绑架的女人,不知道是不是简妮绑架了苏溪的什么人,来要挟苏溪帮她——"

卫东和的脑袋像被水泥袋砸了一下。高程的每句话都狠狠地砸他一下。

简妮没走!

简妮一直在想办法救他!

她甚至还绑架了一个人……要挟助理检察官苏溪?!

这怎么可能?

他一瞬间想张口大骂高程一顿:你是不是傻了?简妮怎么可能去绑架人,她哪有那个能力?还是说她有帮凶?你怎么不说她是跨国犯罪团伙的头目?你到底从哪里听到的鬼话?

可他还没开口,高程叫得更大声了:"你有没有在听啊?那个顾秋听到简妮说的话了,简妮临走的时候跟阿姨说,明天——不对,今天九点,也就是说你庭审之前,她说她会提前去那边等你,如果你依旧被判死刑的话……"

卫东和的头嗡嗡地,他忽然听到了一声巨响。

他站立不稳,手机掉在地上,摇晃着身子,迷迷糊糊转过头,看到身后站着个人——邓铭。

邓铭的手里拿着一根手腕粗的木棍,一击不中,再次举起来,对准卫东和的头又砸了下去。

卫东和没有躲闪,他的双眼呆滞,表情凝结,很快一行血从他的头顶流下来,糊住了他的眼睛。

他望着眼前的邓铭,没有说话。

但是邓铭却迟疑了一下,再次举起了木棍,"杀了你,我得让警察都知道,我这么做,都是为了抓逃犯,黑警是聂宇,不是我……"

卫东和眨巴着眼睛。黏稠的鲜血挡住了他的目光,他觉得眼皮又沉又烫,跟他的心一样。

简妮没有离开——

她绑架了一个女人——

她会提前在庭审现场外面等着他——

掉落在地上的手机里传来高程的叫声:"你有没有听到?卫东和?卫东和,你必须去自首!你要自首让简妮看到,你要救她,不管她做了什么,她必须撒手了……"

简妮！

卫东和腾地抬起头，在血雾中看到邓铭的脸，他阴沉着快步上前，飞起一脚，踹到了邓铭的下巴上，他看到邓铭像个破布包，重重摔在地上，他的头正好摔在一棵大树裸露的树根上。

头一偏，他昏了过去。

卫东和擦了擦眼睛上的血。

他捡起电话，不管高程的聒噪声，挂断了电话。

然后他拨打了110的报警电话，简单地说完情况，他挂断了电话。

很快，水库对岸的树林里就集结了一大群的警察，他们隔着水库，向着这边打量。有一个领队的，一边指着这边，一边在吩咐着什么。

片刻之后，领队的警察一挥手，警察们就分成两队，分左右两个方向，绕过水库，向着这边跑过来。

卫东和的身影快速消失在了密林中。

只留下昏迷不醒的邓铭。

暴雨在突然之间倾盆而下。偌大的雨滴如同一颗颗银色的子弹，以凄厉疯狂的姿态扑向地面，瞬间就打湿了邓铭的衣服。

他在迷迷糊糊中睁开了眼睛。

看到了脚下的一双鞋。

他沿着鞋子看上去，头上的是一张脸，一张黑沉黑沉的脸。

张维则。

 **炸药**

7月6日　凌晨3：00

千江坐在车里。

雨说下就下，她望着眼前白色的雨雾，心里空荡荡的。

车还是聂宇的那辆，甚至时间也没过去多久，但是现在的情况却完全不同了。

她在车里接到了白立伟的电话。

"老邓估计是看屏幕黑着，没留心小聂之前就拨通了报警电话——哎，你说说这事，这老邓怎么就是黑警呢？要不是110那儿有记录，我还真是不敢相信。我们现在都在城南水库，你在哪儿呢？张队问你呢？他让你赶紧过来，一起加入行动……"

千江一开始是高兴，张队让她加入行动，看来是原谅她"吃里爬外"的背叛行为了……她还以为自己会因为捉凶手捉到张维则头上，被他踢出刑侦队呢！

呼出一口气之后，千江才后知后觉地理解了那个更重要的信息，她的心忽地沉了下去……什么，邓铭？！

"啊，内鬼不是聂宇，是邓叔吗？"她问。

"什么聂宇！聂宇这次立了大功！说不定等我们老大退休了，聂宇就成了我们聂队了！"

"啊？！"

"不多说了，大家伙儿忙着哪，你快点过来！"

千江怔怔地放下了电话。

邓铭？！

那个一直笑呵呵地关心她的邓叔，她犯了错儿，总是安慰她，帮她求情的邓叔！那个一提到自己的家人，提到自己的女儿，就爱心满满，温情四溢的邓叔！

这怎么可能？！

千江挂了电话，趴在方向盘上半天缓不过劲来。她觉得难受极了。

如果确定聂宇是内鬼，也许她都不会这么难过。

邓铭走上这条路，一定是有什么原因的吧？是因为家里遇到什么困难吗？他妻子生病？女儿出了意外？女婿破产？到底是什么原因，让邓铭这样的老警察，把灵魂卖给魔鬼，把自己变得人不人鬼不鬼呢？东临市刑侦总队出现一个黑警，为毒贩子当内线，贼喊捉贼，连着背上几条人命……这样的新闻爆出来,她都不敢想象这件事曝光以后会引起怎样的舆论爆炸。

更绝望的是,她隐约觉得,她心中有什么东西倒下了。

她从七八岁和小伙伴玩骑马打仗时就立下的宏愿,她在摸爬滚打的操练中从不放弃的信念,她在国徽下宣誓入职的骄傲还有她被苏溪踢中依旧隐隐作痛的下巴……

对,苏溪!

千江打起精神来了,她不能倒下,她一定要让这个案子有始有终,不管她以后还能不能做警察,她都不希望自己的第一个案子留下遗憾。

千江打火,发动了汽车。

她不知道苏溪在哪儿,但白立伟刚才讲了,卫东和还在城南水库,她可以先去城南水库。

她刚要打方向盘转向,忽然看到一直在医院蹲点的叮咚和 F2 跑出了医院大楼,他们很快也上了一辆黑色雪铁龙。

等等!

这么说来,王之夏说他有事,现在还有什么事比抓住凶手更重要的? 会不会苏溪在他手里?

她上次就是在王之夏那里发现苏溪的!

他们俩好像总是被一个看不见的暗线联系在一起。

警察都在城南水库,千江去了也起不了什么作用。这么想着,马上减速转向,悄悄地跟在了叮咚的车后面,驶离了医院。

两辆车不远不近地在雨夜中行驶。

千江不敢跟得太近,远远地跟着。

开了半个多小时以后,她发现,他们走的这条路通向城南郊区,看样子是要出城了。

糟糕,难道是被发现了?

要不然有什么急事非要现在出城?

前面灯光渐渐亮了起来,那是出城的高速路收费站。

如果他们要出城，千江就只能撤回来了。她一个人不能孤身涉险。正这么想着，在最近的一个丁字路口，叮咚的黑色雪铁龙转了向，向右侧的马路拐去。

　　千江停了一会儿，直到那条马路上开出来一辆拉土车，才转方向跟了过去。

　　这条路有点窄，而且越开越窄，两侧都是院落式的民居。看样子他们去的地方是个城中村。

　　千江远远看到叮咚的车停了下来，他跟 F2 急匆匆地下了车，从他们停车地方的院落里，走出来一个戴眼镜的男人，三个人在门口窃窃私语了几句，然后关上了院门。

　　关门的叮咚看向千江的方向，千江心一顿，把车转到了另一个狭小的路口。

　　她停了车，又等了一会儿，才轻手轻脚地下车，贴着墙边走到了叮咚他们所在的院落门口，听到里面的说话声。

　　"确定了？是炸药？"

　　"苏溪说是，我也不确定，我是刚到，但肯定是这里没错。这房子改造过，地下室比房子还大，田劲去查前任房主的情况了。"

　　"联系拆弹小组了吗？"

　　"联系了，但拆弹组在夏东县，那里下大雨塌方了，最快也要中午才能到。"

　　"苏溪说九点炸弹就爆炸？"

　　"对。"

　　"妈的，她在搞什么鬼？她人呢？"

　　"她要王检去救卫东和，说如果卫东和死了，这里面的女人也要死。"

　　"进去看看！"

　　随着几声雨中的脚步，几个人的声音消失了。

　　千江擦了擦脸上的雨珠，她发现身后的院墙并不高，于是从墙角下面找来几块砖头，踮起脚，双手用力一撑，就跳上了墙头。

　　脚才刚刚上去，就觉得墙微微晃动了一下。

这是个土坯墙，看样子还是违章搭建的，再定睛一看，这个院子都像是违章搭建的，跟隔壁高墙立瓦的三层楼小院比起来，这房子灰头土脸破败陈旧显得格外寒酸。

她小心地从墙上跳下来。

她刚跳下来，一个黑影就闪过来，一把按住她。

"谁？"

接着，黑影又把她拎起来，讶异地说："千江？"

是F2。

 ## 猫和老鼠

7月6日　凌晨3：30

警车离开了城南水库，在树林边磕磕绊绊地行驶。

开车的是白立伟，聂宇坐在副驾驶座上，张维则坐在后车座上，眼睛又红又肿。也不知道是刚刚落过泪，还是只是单纯地气红了眼。

邓铭的事情让他一直没缓过神来。

害死刘智这个亲密战友的，是他的另一个亲密战友！

车里很安静，好长时间谁都没说话。

只隐约听到窗外的雨声，噼里啪啦，像天漏了个洞。

"这个破天！"白立伟嘟囔了一句，"昨天夏东县发洪水了，看样子我们这里也快了。"

没人接话。

白立伟不自在地扭动了一下身子，瞥一眼沉默不语的聂宇，叹了口气。

一辆救护车从他们身后超过，溅起的水花弄得玻璃上都是——车上是大猛二猛兄弟。警方到的时候他们俩正在河里，无处可躲，只好憋气藏在河里，不时偷偷出来透个气，竟然也藏了二十分钟，直到一条水蛇咬

了大猛,二猛只好强行带哥哥突围,结果被警犬咬了腿,两兄弟同病相怜被抬上了救护车。

这已经是第二辆救护车了。

第一辆救护车载的是邓铭。救护车来的时候,邓铭已经醒了,他躺在地上不肯动,说自己摔断了脊椎。然后他就闭上眼,头一歪,一个字也不肯说了。

省缉毒局的人直接接管了邓铭,说他身上系着大白鲨的下落,是这个特大冰毒案的唯一线索。

这是市刑侦总队跟了两年的案子,因为邓铭这个黑警被揪出来,整个刑侦队都跟着吃了挂落。省里的人直接接管了这个案子,大家伙儿都灰头土脸的。好在揪出邓铭的人是聂宇,算是自己人清算自己人,扳回一点点面子。

白立伟看着救护车车顶闪烁的红灯,又叹了一口气。

张维则突然爆发:"你怎么动静那么多,再唉声叹气,就给我滚下车!!"

白立伟立马闭紧了嘴,专心开车。

车里又恢复了安静。

"大白鲨。"聂宇忽然冒出三个字儿。

"什么?"

张维则额头青筋暴起,眼看像是立马要拎拳头打人了。

"邓铭不会轻易供出大白鲨来的,他干警察干了三十多年,熟悉侦查审讯这一套,想从他那里套出有价值的信息,需要时间的。"

"不要再给我提邓铭——"

"张队,我的意思是,省缉毒局现在得到的信息情报不会比我们多,也许还比我们少呢。我们有天时地利的优势,要破这个案子,我们可以比省缉毒局的人更快!"

张维则一听,眼睛都亮了起来:"什么意思?快说,仔细说!"

"邓铭认识大白鲨,而且,他跟大白鲨交情不浅……提到大白鲨的时候,他的口气很自豪,还说过这样一句——现在是年轻人的天下——所以，大白鲨，很可能就是个年轻人，邓铭身边的年轻人……"

聂宇闭着眼睛回忆："邓铭生活里，有什么年轻人，而且，这年轻人又是能让他感到光荣的自己人……"

白立伟听到这里忍不住了："那不就是他女儿女婿嘛！老邓一天到晚最喜欢讲的就是他女儿女婿，说他女儿是名牌大学毕业，女婿是个海归，儿女女婿有自己的生意，特别能干——"

"他女儿女婿是做什么生意的？"

"是什么材料的进出口贸易，他说他女婿在美国大学学的是化学专业——"

"化学！"张维则叫起来，"八成是在美国学了一身制毒的本事！"

他马上掏出手机，打电话给林强，叫他立即去查邓铭女儿女婿的住处。

"邓铭出事，没通知他家里吧？"

"没，还没来得及，这联络家属的事本来是想让千江干的，可千江到现在都没人影——"白立伟说。

"先对邓铭家属保密，然后派人三班倒着蹲点跟踪！如果邓铭女儿女婿有鬼，这个时候一定会露出马脚！"

"是，张队。"

张维则又一连打了好几个电话，把本来一片沮丧阴郁之气的刑侦队又指挥得团团转起来。

不提防间，前面公路上忽然横插过来一辆黑色大众，白立伟用力踩下刹车，巨大的惯性让车里的人都猛地向前一冲，最后随着一声巨响，车子撞到了路边的道牙上。

车前盖被撞开，冒出了白烟。

"怎么回事？"

"小心，不要开车门！"

车里都是身经百战的干警，所有人几乎第一时间就做出了迎敌的准备。

凌晨三四点钟出现在树林边儿的神秘车辆，里面会是大白鲨的人吗?

一共两辆车,一前一后,前面的车上下来了两个人,两人手里都拿着枪,速度飞快直接冲到了聂宇他们的车前,其中一人探头看了一眼车里的情况,大叫道:"卫东和不在里面。"

卫东和当然不在。

十分钟前,随着雨势的加大,警方不得不撤销了前方的搜捕工作,只在外围设立了警戒线,那片树林极大,但出口只有三个,卫东和应该依旧藏在这片林区。

"卫东和的同伙!"白立伟咬牙说了一句,悄没声儿地降下了车窗。

"不要!"

聂宇大叫一声。

已经来不及了,白立伟举起枪对着那人扣了扳机,那人一低头,射偏了,白立伟正要开第二枪,聂宇叫道:"等等,是王之夏!"

王之夏从第二辆车里走了出来。雨很大,王之夏瞬间就被雨淋透了,但他用以往少见的凌厉气势大踏步地往聂宇车前走来。

他身后还跟着两个拿枪的家伙。

"妈的,搞什么!"白立伟骂了一句。

王之夏已经走到了车前,他看了一眼张维则,马上就把目光移到了聂宇身上,"卫东和在哪儿?"他问。

"不知道。"聂宇回答。

王之夏身后一个年轻人不耐烦极了,"据说,给110报警说邓铭位置的那个电话,就是卫东和打来的!我们不管他是不是戴罪立功,你现在必须立刻把他交给我们。"

"凭什么?你谁啊你?!"白立伟怒气冲冲地叫起来,"妈的,省缉毒局的人欺负人就算了,你们检察院的人,都是一个地方的兄弟,也狗仗人势欺负人?"

王之夏还没说话,刚刚那个差点挨了白立伟枪子的男人冲上前,举着枪,伸手就拉向聂宇的副驾驶座车门。

聂宇反应迅速,马上狠踹了车门,车门向外一撞,可对方早有防备,那个人一闪身,躲开车门,又一纵身,手里的枪便抵住聂宇的脑袋,驾驶座上的白立伟同时也拿枪对准了他。

张维则吼起来了:"干吗啊?你们是公检法的还是土匪?要是土匪的话,我们警察就专门治土匪!"

他说着,也把枪掏出来。

王之夏疾步过来,把指着聂宇脑袋的那人拉开:"大家都冷静一点!张队,你也理解一下,我们是救人心切——"

"你们急,我们就不急了?你们救人,我们还抓大毒贩呢!"

跟王之夏在一起的年轻人冷哼:"我们就是省缉毒局的,抓毒贩的事儿不是已经不归张队长负责了吗?"

一听是省缉毒局的人,张维则的火就不打一处来,张口又要骂。

王之夏已经看清楚了,车里没有卫东和,"卫东和在哪里?你们没抓到他?"

白立伟也是一肚子恼火:"卫东和是我们的犯人,是从看守所跑出来的逃犯,抓他是我们刑侦队的分内工作!跟你们缉毒局没关系吧?我说,王检,有警方卧底,有毒贩子卧底,你呢,是缉毒局的检察官卧底,隐藏得够深的啊!"

王之夏冷冷地说:"我没工夫跟你啰唆,卫东和到底在哪里?这事儿很重要。"

聂宇问:"卫东和跟你们救人有关系?你们救什么人?"

王之夏深深吸了一口气:"是苏溪,苏溪手里有个人质!她要求见到卫东和才会放人!人质现场被放置了炸弹,情况很危急,所以,现在必须要找到卫东和!"

"苏溪在你手里?"聂宇看了看路边的那两辆车。

"对。"

张维则一听,立马推开车门下车:"把苏溪交给我!苏溪是我们案子的嫌疑人,她是从我们警局逃跑的!我不能干涉你们缉毒局抓你们的毒贩子,你们也别干涉我的案子!"

说着,他大步流星地,就要走向停在路边的那两辆车。

王之夏还没有拦住张维则，只见大雨如注中，一个人影从车前面飞也似的绕过，一把勒住了张维则的脖子，张维则手里握着的枪，也被这个人劈手夺去。

"张队！"白立伟大叫一声。

聂宇也在叫，他叫的是"卫东和"！

绑架和被绑架

7月5日　凌晨4：00

大雨滂沱。

一群人站在雨中，卫东和一只胳膊紧紧箍住张维则的脖子，一只手拿着枪，指着张维则的脑袋。

车里的所有人都下来了，一时间所有枪口都对准了卫东和。

张维则气得暴跳如雷，他一点儿也不怕他脑门上的枪管，又是踢又是打，为了防止他挣脱，卫东和格外地用力。

"你要干什么？"王之夏向前踏了一步，"松手，他快被你勒死了！"

"我要跟简妮说话！"卫东和稍稍松开了一点，但举枪的手更紧地贴在张维则的太阳穴上。

"我不知道简妮在哪儿！"

"那个苏溪知道，让我跟她说！"

卫东和一边说着，一边牵制着张维则往路边的广告牌上靠近，他的后背贴到广告牌上，警戒地望着众人。

现场一个检察官，四个缉毒警，两个警察，手里还有个叫骂不已的刑侦队长——以一敌八他可不觉得自己有这个本事。

"让他见。"聂宇小声对身边的王之夏说，"苏溪的要求不也是要见他吗？"

王之夏犹豫了片刻，挥一挥手，马上对面的车里走下来一个男人举着枪,接着一个女人从车里走了出来。

她的身材瘦削,披着宽大的男士外套,摇摇晃晃的样子仿佛随时会晕倒。

"简妮!"卫东和大喝了一声。

女人在雨中抬起了头。

她的脸色煞白。

浑身湿透,瘦骨伶仃,像个末日到来的小妖。

她不是简妮。

上一次见面的时候,她是杂物间里的小护士顾秋。

苏溪。

"苏溪!"王之夏快走了两步,卫东和马上鸣枪示意,"不许动!让她自己过来!"

王之夏停下脚步,他对着苏溪,说:"他要跟你谈谈——他现在安全,你看到了,我可以保证他的安全,只要你把炸弹解除——苏溪,现在一切都还来得及!你们都还来得及!"

苏溪低着头,像在思考。

卫东和扯着喉咙喊:"简妮在哪里?简妮呢?"

苏溪的身体在大雨中发着抖,脸却始终没有再抬起来。

聂宇上前一步:"卫东和,邓铭是杀死谢兰仙的凶手,他交代了陈廷案子的作案细节,真凶是杜力,不是你,他说的那些话,110报警电话都录了音。你现在已经不是杀人犯了——"聂宇嗓音嘶哑,"你不要一错再错了,你知道挟持刑侦队长是什么罪名吗?如果有机会,现场的这些人,哪个都可以当场击毙你。"

苏溪听着聂宇的话,身体颤抖得很厉害,像是马上站不住的样子。

王之夏看着她,沉着声音:"这就是你要看到的吗?他越狱出来,洗白了以前的罪名,然后又背上了新的罪名?"

苏溪低着头,声音细不可闻:"我知道了。我答应你,我现在就去放了人质。"

卫东和还在吼："简妮在哪里？为什么不回答我？！"

苏溪却转身，回到了车上。

"苏溪！简妮呢？！你回来！"

卫东和眼眶都快瞪裂了。

趁着他分神，聂宇一个箭步上前，把卫东和举着枪的手一把按住，一推一拉间，张维则就脱了身。他一脱身，扭脸给了卫东和一拳头，再要打时，看到卫东和脑门上还在渗血的口子——那应该是他跟邓铭缠斗时候受的伤，张维则打不下去了，"疯子！"

他骂了一句。

他没说错，卫东和就像个疯子，他全身被雨水浇透，脑门上有一道深深的伤口，血水混合着雨水，流淌在脸颊上，他的眼神疯狂而绝望。

"我也要去。"卫东和看着聂宇说，不管不顾地喊，"我要跟他们一起去！简妮可能需要我！"

聂宇看看王之夏。

卫东和就对着王之夏喊："让我跟苏溪一起去！我能帮上忙！不是有炸弹嘛，要救人质，我上！我不怕死！"

王之夏跟聂宇碰了一下眼神，深深吸口气，他走去跟张维则商量，"张队，我觉得，卫东和最好还是能跟我走一趟，解救人质过程中，说不定真的会需要他的帮忙。不管是检察院，还是刑侦队，还是缉毒局，我们的目标都是一致的，大家不管有什么误会，在解救人质这件事上，我们的职责是一样的。"

聂宇也说："张队，我跟卫东和一起去，我负责押解他，那边事情结束，我会马上再把他带回来——"

张维则还在犹豫，他的对讲机嗡嗡响起来了，布置抓捕大白鲨的各路人马，都在向他汇报情况，寻求指令。

张维则对着聂宇烦躁地摆摆手："去，去！"

"是，张队。"

"解救完人质，卫东和要给我带回来！卫东和要是回不来，你聂宇也不用回来了！"

什么仇什么怨

7月6日　凌晨4：25

车开得很快。

卫东和坐在副驾驶座上，手被铐在车门上。

他从后视镜里看着坐在后车座上的苏溪。

她贴着一侧的车门，缩成了一团。刚刚被雨淋湿了的头发贴着脸颊，显得她的脸特别苍白，特别小。

不知道为什么，光这样看着她，他就觉得心里刀刺一般的痛。

是因为简妮吗？

这个叫苏溪的女人，她知道简妮在哪儿……她和简妮是同伙儿……是简妮要这个女人出面帮自己的？可是，简妮什么时候认识的这个女人，他怎么从来没听她说过？

简妮和这个苏溪，到底有多深的牵绊，才能让苏溪豁出命来帮他？

这不符合常理啊……

简妮为他，到底做了什么事？

她们绑架了一个女人？

那怎么可以？！他的人畜无害的简妮，温柔似水的简妮，为了他，竟然变成了一个绑架犯！

他不相信！一定是哪儿弄错了……

是简妮出事了！

有个女人被绑架了……会不会就是简妮？！

卫东和抖了一个激灵。

"人质是简妮吗？你把简妮藏哪儿了？"他从后视镜中，瞪视着苏溪。

苏溪把头更深地低下去。这样子在卫东和看来就是做贼心虚。

他那种强烈的心痛,立刻转化为强烈的愤怒,"你说话啊你!不敢说是不是?!"

王之夏侧目打量着苏溪。

面对情绪激动的卫东和,苏溪虽然勾着头,但不知道为什么,王之夏却感觉,之前她周身所弥漫的恓惶和疯狂的气氛,却散去了不少。她一言不发,人却越来越镇静,越来越从容。

也许是因为她放心了吧。

一直揪着她的心的卫东和,算是安全了吧。

"你说,你把人到底藏哪儿了?"卫东和攥着拳头。

"我知道人质在什么地方。"王之夏说。

他给开车的聂宇报出一个地址。

聂宇侧目:"你们知道人质在哪里,为什么不救她出来?"

"她被困在了地下,据苏溪说那房间都是炸药,定时装置只有她能解除,我的人已经去了那里,还没找到突破口。"

卫东和咬牙切齿。

为什么要放炸弹?

你跟简妮是什么仇什么怨?你干吗一边要救我,一边要杀了她?

为什么?

她是不是疯了?!

"简妮要是死了,你也别想活!"卫东和吼。

苏溪对他这句话的反应,仅仅是把脸转向了车窗外。

王之夏的电话响了。他接通,是启东连线的视频电话。

"情况怎么样?"

启东的脸出现在昏暗的背景里,模模糊糊中能看得到摇曳的灯光和斑驳的墙面。

"找到了!我们在惠民村一个自建小楼的地下室里……不过有点麻烦。"

"什么意思?"

"你还是自己看吧。"

屏幕晃动了一下，紧接着看到了一面锈迹斑斑好像还在渗水的墙面，墙中间是一扇铁门，而铁门上则连着个巨大的炸药包，炸药包上面有个计时器，红色的指针显示还有 4 小时 32 分钟就要爆炸了。

真的是炸弹！

王之夏看了一眼苏溪，对启东说："能确定里面有人质吗？"

"可以。"启东马上用手提电脑播放了红外监控的画面，"但是没办法对话，这个门是特制的，隔音很好，而且里面还有房间，人质是被关在里间，隔得远，听不到人质说话声音。现在人质只知道有人在外面，她的情绪比较激动。"

这是一目了然的。

视频里的女人也趴在门上，她手脚并用疯狂地拍打着铁门。无声的视频让这一幕更加可怖。

"简妮，那是简妮吗？"卫东和伸出空着的那只手，一把抢过王之夏的手机，对着手机视频上的女人嚷嚷，"简妮，简妮，是你吗？别害怕，我来了！"

画面上的女人还在疯狂地扑打铁门。

手机沉默了一下，传出启东的声音："是卫东和？卫东和，我们只能看到画面，人质听不见声音。"

卫东和喉咙里发出一个声音，像是负伤的野兽的呜咽，又像是临终病人的呻吟。

那声音让苏溪闭上了眼睛。

王之夏又把手机夺了回去，他对着手机，沉着声音："知道了，我们马上到了，苏溪和卫东和都在车上，苏溪答应了配合解救人质。"

启东的声音听着明显地大松了一口气，"好的，王检。"

卫东和抱着头，在座位上缩成一团。

苏溪还是闭着眼睛。

她为什么一声不吭？

王之夏一直盯着她。

她不是想要见卫东和,想要还卫东和清白,让卫东和自由吗? 她已经知道真凶是邓铭了,算是达到目的了,见了卫东和,不是应该好好跟他讲述一番吗?

　　为什么忽然不肯说话了?

　　他还以为,见了卫东和,她会喜极而泣……她为他做的事儿,普通人想都不敢想,这些普通人不敢想的事情,她全做到了,但奇怪的是,她做到之后,却好像这一切都跟她没了关系。

　　她看上去,一个字也不想对他提。

　　太不正常了。

　　她就这样静坐在车厢的一角,离那个让她疯狂的男人那么近,又似乎是那么远……

　　这是不是又是一场精心策划的诡计呢?

　　王之夏一动不动地盯着她。

　　一道闪电劈下来,车厢里忽然亮如白昼,短短一瞬,王之夏再次看到了她耳后那道细细的疤!

　　一瞬间他脑中火花一闪。

　　不,不,这可能吗?

　　他的眼睛直勾勾地望着苏溪,被自己心里的念头吓得说不出话来。

　　为什么她会跟一个多月前截然不同,为什么她会对卫东和的案子那么熟悉,为什么她要接近谢兰仙,为什么她的脸上有伤痕,为什么简妮失踪了一个多月?

　　眼前的这个女人动过手术,是整容手术!

　　她整容,是因为她根本不是苏溪。

　　她! 就! 是! 简! 妮!

她

7月6日　凌晨4：40

王之夏坐在疾驰的车里。

平静的外表下是足有八级地震的内心，他曾经以为自己身经百战，坚如磐石的内心终究还是输给了这个女人。

他看到她正襟危坐，很长时间头都没有动一下。她害怕再有人看到她的伤口……那个做了整容手术留下的耳后的伤口。

他真应该早一点发现！

毕竟除了王之夏，这几天所有和苏溪打交道的人，其实之前都没有见过她。根本没人能证实苏溪不是苏溪。但王之夏已经很久没认真关注过一个女人的外表了，更何况她脸上带了伤，那是伤口还未消肿的痕迹不是遭遇了暴力！

对，她不是苏溪。只有车里的这个女人是简妮，她的一切行为才能说得通。

那个现在被关在地下室的女人是谁也就呼之欲出了——苏溪。真的苏溪必须要被藏起来，而且关键时刻，比如现在，还能成为她的筹码。

不可思议。

惊心动魄。

与此同时，他的心微微放了下来，炸弹不可能是真的。她只是为了救人，不会杀人，杀了苏溪对她一点儿好处都没有。

按照现在的情况，卫东和就算落到警方手里，他杀人的案子势必要重新调查，真相大白应该是迟早的事，她绝没有必要引爆炸弹让事态恶化。即便是为了卫东和，她也不会这么做。

可是，这件事，她到底想要怎么收场呢？

难道她还有其他的目标没有达成吗？

她为什么不说出真相？

车子停了下来，王之夏暂时稳定了心神，他深吸一口气。

聂宇解开卫东和铐在车门上的手铐，把他跟自己铐在一起，一行人走进了那个小院。

启东在屋门口守着，看到他们进来，马上迎了出来。

"怎么样？"王之夏问他。

启东摇摇头："人质的情绪比较激动，雨大，拆弹小组还没到。"

呼啦一声。

站在房檐下的众人看到对面的院墙在大雨瓢泼的攻势下轰然倒下。

"这是什么地方？"

王之夏皱起了眉头。

启东引着他们进了屋子，屋子里开了个大洞口，洞口下是台阶。

启东在前面领着大家一边下台阶，一边说："田劲已经查过了，前一任房主叫李川，十年前因为贩卖人口、教唆犯罪、持械伤人等多项罪名被判了二十年，现在还在监狱里。他入狱以后这房子就空下来了，年久失修，我看不用炸弹，也难挨过这次大雨……"

其他人听着，倒没什么反应。

只有王之夏心念巨动。

十五年前，那个偷卫东和钱包的小女孩！她对卫东和说自己被拐卖，被胁迫偷东西！

那个小女孩，十五年前，有可能就被关在这个地下室……

还有，光华街的那个郭彩梅！

光华街离这里不算远，郭彩梅向来做见不得人的生意，被贼头控制的小孩儿生病了也许找的就是这个黑医！

简妮，十五年前的那个小女孩！

她是不是在那儿看到了手术台？所以在危难时刻，迫于无奈再次去了那里！

王之夏的眼睛一直盯着"苏溪"，他看到她微微吐了口气，似乎做出了一个思考已久的决定。

她要干什么？

他来不及继续思考，他已经到了地下室。

地下室里污迹斑斑，空间不大，看样子像是个储藏室。靠墙的铁门不大，明显是嵌进去的，人进出需要弯腰，仔细看的话，门上的锈迹都比较新，和房间里的其他设施不太一样。

禁毒局的一个小分队都赶来了，但毕竟不是专业的拆弹人员，一行人只能听从电话里专家的建议正在往铁门上堆沙袋。有一个预料不到的人也正在人群中堆沙袋——千江。

自他们一行人进来，千江就直起腰，死死盯着"苏溪"看。

这是她自从被她踢晕两次之后，第一次再见到"苏溪"。

但没人注意到千江的眼神，连聂宇也没有注意到，大家都在打量这间地下室。

"这就是李川关那些孩子的地方，那次一共解救了八个孩子，其中两个是残疾孩子……"启东指着铁门，"这件事当时闹得很大，但毕竟是十多年前的事了，这附近两年前被地产商买下，当年的住户几乎都走光了……"他瞪着"苏溪"，"你倒找了个好地方。"

"苏溪"没吭声。

而卫东和的眼睛盯着 F2 手里的电脑，看着上面红外监控的画面——那个女人似乎感觉到了什么，她的手用力地砸在门上，瘦小的身躯剧烈地摇晃着。

看不见她的脸，也能感受到她的恐惧。

"简妮，简妮！"卫东和发出野兽一样的叫声。

"她不是简妮。"

"苏溪"终于开口了。

她用的就是她一贯的"苏溪"的嗓音，对，她是电影厂的配音员，换个嗓音说话，对她来说，是轻而易举的事情吧？

但，即使是这样，听到她开口，卫东和还是一个战栗，抬起头，紧紧地盯着她。

两个人之间,有看不见的暗潮涌动。

王之夏在此时终于想到一个问题:她,简妮,该如何面对卫东和?

她十五年前逃之夭夭,害他大好年华毁于一旦;

几年前,她又回来了,处心积虑接近他,一步步让他爱上她;

一个多月前,为了救他,不惜毁了自己的脸,整容成另一个模样——还绑架了一个女人,一个助理检察官,如果她的计划不是发生了变故,现在这个时候,卫东和二审的宣判日,她应该正拿着里面那个女人的命来跟警察和法官谈判!

她,有勇有谋,疯狂而危险!

卫东和被证明是清白之身之后,能很快脱困,她不能。

她会为了她做的这一切,负担起她的法律责任!

卫东和直直地看着她,眼睛眨也不眨。

他看出什么来了吗?

他,到底有多了解她呢?

他和她在一起三年,知道她的身手足以制服警察吗?知道她是学习专业播音出身,可以随心所欲模仿别人的声音吗?

他知道她会偷东西,会演戏吗?

他猜她什么都没告诉过卫东和。

她要想跟他重新开始,只能掩埋过去。

那现在,她该如何开口对他说呢?

她是不是真的爱过卫东和?

王之夏深吸了一口气。

这是毋庸置疑的,如果不是爱,不是蚀骨焚心的爱,她怎么能做到这个地步?

说实话,连铁石心肠的他,想到这一点儿,眼睛都不禁酸热了。

可是,他不是卫东和。不知道卫东和会怎么想。

他,如果知道了一切,还能爱这个女人吗?

他听到她说:"那不是简妮。那是苏溪。"

果然,所有人和卫东和一样,都是一脸吃惊的样子。

"真正的苏溪。"她在举枪戒备的警察面前,淡定地说,"炸弹是红外热量感应控制的,房间里少于一个人或者多于两个人就会爆炸,至于计时器——"

她走到铁门前,伸手摸向了计时器。

"别动!"几个人同时大喝。

她没有停下,手飞快地在计时器后面碰了一下,计时器马上停止了运动。

"计时器只是为了吓吓你们,炸弹的解除装置在房间里。"

她说的是真的还是假的?

众人来不及反应,她不知道在门框侧边按了什么机关,铁门瞬间就打开了,那个被关在里面的女子,立即披头散发地冲了出来。而与此同时,简妮灵巧地一弯腰,直接钻了进去。

几乎是同时,卫东和也冲了上去。但他只冲了两步,就被跟他铐在一起的聂宇给拖了回来。

"别进去!"聂宇叫。

一个身影冲了过来,挤开了卫东和,闪电似的钻进了铁门。

是千江!

除了卫东和,还有一个一直在一眼不眨地盯着简妮的人——千江!

一连串的变故,发生在电光石火的一刹那。

所有人都来不及反应。

连王之夏也是。

他只能怔怔地看着这个铁门里冲出来的姑娘。

这是个圆眼睛高鼻梁的姑娘,和通缉令上的姑娘长得一模一样。

她原本是一副慌乱不堪的样子,在看到王之夏的瞬间,突然站定,抬起手来理头发,然后,她对着王之夏扬起了嘴角,"王检。"

接着,她晕了过去。

真正的苏溪。

助理检察官苏溪。

被简妮关了三天三夜的苏溪。

崩塌

7月6日　清晨6:00

简妮把铁门重重地关上,反锁起来。

然后,她转过身,看着千江。

千江也看着她,用的是虎视眈眈的眼神,"我说过,我一定要抓住你。"口气掷地有声。

简妮笑了:"抓住我的代价,哪怕是跟我一起死?"

"死? 不会,我要逮捕你归案。"

千江的话虽然说得铿锵有力,却还是忍不住四下里打量,这个疯女人说引爆装置在里面,真在里面吗? 到底在哪儿呢? 怎么才能不让她有机会引爆呢?

简妮却不再看千江了,她慢慢地坐在一边的小床上,专心地想着卫东和。

刚刚,他是认出她来了吧?

他看着她的眼神那么深,那么深……

那么,他也能猜出来,这一切都是怎么回事了?

简妮想哭,又想笑,但她最最想做的,就是再好好看看他啊。

他多厉害啊,他可不是胸大无脑的肌肉男,他能一个人从守备森严的看守所里逃出来,出来之后并不逃之夭夭,他自己寻找真相,还真的抓到了邓铭这个黑警,他现在清白了,这份清白,不是她拯救他的,而是他自己争取来的!

她这么想着,心里就像个充满气的气球,里面所有的气体都叫骄傲。

他是她见过的最聪明、勇敢、坚毅、善良、专情……的男人。

这个她深爱的男人,完全值得她深爱。他值得任何人深爱——一想到这里,她就觉得心在抽痛。

她不后悔自己做过的事。如果卫东和真的自由了,而她并没有做任何努力,她才会真正的后悔,那会让她觉得,自己并没有站在和他势均力敌的位置。

她不是个乖巧的小白兔。

从来就不是。

她的手摸到床边的木头,上面有一道道的凹痕。

简妮微微闭起眼睛。

十八年前,她八岁。父母出车祸去世了,她在舅舅家住,有一天晚上舅母带她出去玩——她被带到了这里。

她被关在这里足足一个月。

一个月以后,李川开始教他们偷东西。一共五个女孩,三个男孩,她是最大的,也是学得最快的。

她从来不顶嘴,也不反抗。

即便这样,她也还是会挨打。一个孩子犯错,所有的孩子都要挨打——他们全部趴在木板床上,露出光溜溜的后背。李川是师父,他不打人,打人的是"钉子",李川的手下,那是个阴沉的人,他只有在用鞭子抽他们的时候才笑。

她咬着牙,不哭,也不闹。

在他们离开以后,她为其他的孩子上药。即便这样,还是有孩子挺不过,她去过几次郭彩梅的诊所,最后一次是在见到卫东和的前几天。

有个小女孩,被打了之后,发起烧来,烧了几天之后,越病越厉害。

她是握着那个小女孩的手,看着她咽气的。

她咽了气之后,"钉子"就扛走了她。

她不知道那个小女孩的尸体是怎么处理的。李川从不告诉她。他当她是孩子头儿,许诺以后要她当个小头目,他真的挺器重她。

但那个小女孩死后,她还是下决心要跑了。

于是遇到了卫东和。

他看起来就是傻乎乎的样子。

他也确实傻乎乎地帮了她。她趁乱逃到了商场三楼,买了新的衣服,甚至还在嘴巴里塞了张纸让自己看起来更胖一点。

她从商场离开的时候,警方已经到了。聚集了很多人,吵吵嚷嚷的,她的心跳突突的,不知道为什么闹得这么大。

但她没时间想了,她打了辆出租车,直接去了火车站。

她帮助一个农村妇女买了火车票,条件是带她去乌市。一路上她都把头埋在衣服里,像极了没出过远门的小丫头。

她到了乌市,两天之后花光了所有的钱。她不想再偷了,也没有地方想要雇佣她工作,她又累又饿,头晕眼花,然后就出了那个车祸。

她进了孤儿院,院长问她叫什么?她说什么都不记得了,没人难为她这个刚刚从车祸中复原的孩子。

院长姓简,给她取了简妮的名字。

那时候她十二岁,从八岁到十二岁,她没读过书没上过学。

但她聪明,学什么都飞快。

小学五年的课程,她用了一年就都完成了。

然后,她上了初中,按部就班格外努力地学习,考试,毕业。

她高考报了简院长建议她报考的电影学院的播音专业,院长说她的声音甜美动听,以后应该去电视台做个漂亮的女主播啊。

她并不想当什么女主播,她对那些五光十色的生活一点儿兴趣也没有,这么多年,她有兴趣的只有一个——那个傻乎乎的大男孩,那个为她挥拳头教训她最恨的人的那个大男孩。

于是,大学毕业旅行,她又回到了东临市。她查看过往的新闻资料,发现李川早就被抓住了,然后再搜到了欣欣百货公司的那斗殴致死案,才知道卫东和当年打死了"钉子",她才恍然明白,自己曾经害得卫东和多么惨。

她又内疚又心虚,找私人侦探调查了他。她开始接近他,其实从没想过会爱上他,她真的,只是想为他做点什么。

可是,人的心就很奇怪。人的心,不像车,有油门,有刹车,想开快就踩油门,想停下就踩刹车。

她的心没有刹车装置。

自从接近了卫东和,她的心,就一直向前冲,向前冲。

直到万劫不复。

幸福吗?

真的很幸福。

雨真大,哗啦哗啦地砸在房顶。

几粒沙石打在她手上,她慢慢站起来,抬头看了一眼,忽然明白刚才苏溪拼命挣扎的原因。

房顶已经塌陷了一块,这个房子快要倒了。

快倒塌的何止是这个房子,还有她的整个世界!

她已经面目全非,不再是简妮了。

她相信,卫东和不会在乎她的脸,不管她变成什么样儿,以他和她的情分,他还会继续爱她,甚至比之前爱得还要深。

但是,她的历史呢?

她曾经是个小偷,曾经害他成了杀人犯,几乎毁了他的一生,如果这个是命运的安排,是造化弄人,是她年龄小,不懂事……那三年前呢?她处心积虑地接近他,让他爱上她,他是那么坦率,一开始就对她坦白了一切,但是,她呢?直到谈婚论嫁,她都对他隐瞒身份,隐瞒一切——这又算什么?

骗婚?

以卫东和的宽厚善良,他也许还会假装不在乎,愿意等她,愿意跟她重新开始。

但是,肯定有什么会从此变得不一样了。

比如说,他看她的眼神,比如说,他对着她笑起来的幸福的模样。

爱如果不再纯粹,以爱为生的两个人,幸福又能持续多久呢?

她不能让他再陷入不幸。

她给他的不幸已经够多的了。

她的身上有先天自生的阴影。无法割离,如影随形。

他曾经是她的阳光,为她驱散阴影,她享受着他的明亮、温暖。她原本以为,一切荫翳,只要有他在,终会都要消散的……

但是……

如果阴影一定要吞噬她,那么,她现在的放手,是对他的怜悯。

放手吧。

到了该放手的时候了。

她太累了。

累得想闭上眼睛,再也不要睁开……

但是,有个人不想让她闭上眼睛。

这个人在使劲儿摇晃她。

"钥匙呢?这铁门上的钥匙呢?房子要塌了,你真想让我陪你一起死哇!"

是千江!

不,她当然不要千江跟她一起死。

简妮闭着眼睛从腰侧的内口袋,掏出铁门钥匙,扔给了千江。

千江打开门的一瞬间,屋顶上的泥沙石块倾泻而下。

整座房子都在崩塌中。

外面传来了卫东和撕心裂肺的吼声:"简妮!简妮!"

也有聂宇的叫声:"千江!"

千江转回身去拖简妮:"快走!快走!躲在这里等死,算什么英雄!"

英雄?简妮微微发怔。她从来没想过当英雄。

"又是绑架,又是打警察,又是挟持检察官,又是枪战,又是跟混混打群架,你的能耐不是大得能通天吗?这会儿怎么像死狗似的,不肯动了?"

千江大喊大叫。

简妮想叫她闭嘴,可刚张开嘴,被一阵飞灰呛住了,她连连咳嗽。

千江一咬牙,一瞪眼,把简妮拎起来,扛在肩膀上。

"放开我。"简妮反抗。

"不行,你是我的犯人!"

千江用胳膊肘使劲儿给了她的后脑一下。

简妮眼前顿时一黑。

"咱俩也算扯平了!"千江说。

她扛着简妮,埋头就走。

屋子又是一阵摇晃,泥沙簌簌地下落。

千江扛不动简妮了,就拖着她走,先是拖着她的衣服,衣服裂成两半儿之后,又拖着她的一只胳膊。

她把她拖出了铁门,又一个台阶一个台阶地向上,拖出了地下室。

简妮清醒了,又挣扎起来。

"你干吗?就是不想活对不对?!男人有那么好吗?救男人,你发了疯似的去救,救完了,你自己又发了疯似的要去死——你神经病啊,白痴,疯子女人……"

千江还没骂完,只听嘎嘣一声响之后,一大块石板从她们头顶陡然落下。

简妮猛地推开千江。

千江向前扑倒。

几乎在此刻,一双手一把拉住千江,将她大力地拽了出去。

简妮则瞪大眼睛,看着石板对着她的头顶压过来。

那么,就这样了吧……

一切结束了……

一个人影闪电般地扑过来,疾风一样地裹住了简妮,就地一滚。

石板"啪"的一声巨响,碎在了简妮的头侧。

一瞬间浓厚的灰尘腾空而起,简妮什么也看不见。

但她能感受。

那是个温暖的怀抱,也是个熟悉的怀抱。

简妮哭了,哭得稀里哗啦的……

有一只滚热的大手正在抚摸着她的头发,一下,又一下。

（故事完）